U0934982

Shi Guang Shen Chu

SunShuNan

图书在版编目（CIP）数据

时光深处 / 孙树楠著 . -- 北京：中国人口出版社，2020.7
ISBN 978-7-5101-6191-9

Ⅰ . ①时… Ⅱ . ①孙… Ⅲ . ①散文集－中国－当代 Ⅳ . ① I267

中国版本图书馆 CIP 数据核字 (2020) 第 108888 号

时光深处

SHIGUANG SHENCHU

孙树楠 著

责任编辑 姚宗桥 刘继娟
策　　划 彭明榜
书籍设计 孙 初 申 祺
责任校对 贾晓晨
责任印刷 林 鑫 单爱军
出版发行 中国人口出版社
网上销售 京东商城小众雅集图书专营店
印　　刷 北京精彩世纪印刷科技有限公司
开　　本 889mm × 1194mm 1/32
印　　张 10
字　　数 198 千字
版　　次 2020 年 7 月第 1 版
印　　次 2020 年 7 月第 1 次印刷
书　　号 ISBN 978-7-5101-6191-9
定　　价 48.00 元

网　　址 www.rkcbs.com.cn
电子信箱 rkcbs@126.com
总编室电话 (010)83519392
发行部电话 (010)83510181
传　　真 (010)83538190
地　　址 北京市西城区广安门南街 80 号
邮　　编 100054

序

一场乡村美学的诗意构建

◎ 高文

读到孙树楠的散文集之前，我对其作品的文学品质是怀有警惕之心的。一者是作为中学语文教师的孙树楠，在写作中是否受语文教育的局限而陷入修辞技巧的窠臼，二者是回忆类散文是否会因沉湎于对往事的追忆而流于浅表的抒情。而这个秋日，当我展读这些带着乡土温度与清新的素朴文本，却仿佛展开了一幅刻在大地上的木版风情画，那木质纹理间蕴藉的宽广敦厚及拙朴筋骨，经由此刻远方正丰收着的田野，向我涌来一阵阵扑鼻的醇香。

在他那犁向土地深处的笔触开阔之处，作为乡村永恒主题的父亲、母亲，以及那些与之邻里守望的乡亲乡情、刻进记忆画板的乡风乡事，都以质朴的生命品质和丰富的生命意义一一呈现在我们面前。

写到父亲、母亲，孙树楠的叙述总是慢下来，一笔一笔地素描，极为细腻、素朴，又简省、内敛。那是隐忍着丰沛的情感的。描写母亲擀饼、摊煎饼等熟能生巧的绝活时，孙树楠的笔触灵动得像一个大地上的舞者。“鏊子热了，母亲用勺子把磨好的糊糊舀到鏊子上，然后拿一个用一片木板做成的耙子快速均匀地摊开，多余的糊糊，用极快的手法‘唰’地一下收到盆里。一层白白的热气在鏊子上升起，糊糊很快变成了金黄色，然后，就会看到一个圆圆的煎饼在鏊子上出来了。母亲用手指掀起一个边，轻轻一揭，再往旁边的盖帘上一扔，一张黄黄的散发着诱人的香味的煎饼就成了。”（《母亲的煎饼》）在作者的眼里，母亲辛勤劳作时的动作、自由舒展的肢体是乡村最美的风景，而经由母亲双手制作出的食物，又让孩子们在尽享味蕾快感的同时抵达“白月亮”般精神的童话：“面饼在擀面杖下来回旋转，慢慢地由小变大，如白白的初升的月亮。……麦面的香味开始散发，在屋子里弥漫。”（《饼》）那些馨香丰盈了孩童的整个世界，并穿透时光占领我们的阅读。

当下太多关于乡土的写作因加入主观的沉重和苦涩，沉湎于艰难困苦的回忆中而不能进行有效的文学书写和理性自省。不能不说孙树楠的父母亲所经历的生活同样是艰涩的，但在他的书写中看不到太多的沉郁和哀怨，他更像一个赤子，面对着亲人、乡村、粮食以及土地上生长的一切朴素事物，满怀感恩地歌唱。也许这正是孙树楠书写乡土的意义所在。他不求所谓现代性地对乡土精神的解构，而是用土地耕作式的细节呈现，带给人们更多关于乡土的价值和意义。在他的字里行间，乡土是神圣的。乡村里走出的孩子，无论走多远，那块飘着袅袅炊烟、麦面饼和玉米煎饼香气，舞动着母亲灵巧肢体、庄稼满坡金黄的乡土，是他们穷尽一生也诵读不完的经书！

向时光深处探溯，孙树楠所作的文本努力，无疑是一场乡村美学的诗意构建。由此我确定，他的写作使命就是要用笔开掘并呈现具有生命意义的乡土精神。

当然，牧歌式的吟唱并不能消解孙树楠散文书写的沉实。他写在外工作的“我”回家进门时“父亲”的举动，“只抬头看了看我，并没有说什么。母亲从厨房走出来，手上还拿着要择的菜，说，你爹说你回来了，看见你在楼下停车了”。父亲的沉默与母亲的解读形成对比，构成一幅朴实、生动、形象的画面。沉默的父亲像一部深藏了太多密码的书，而母亲总是父亲的注脚，用一生不厌其烦地解读这部书，用她的一言一行诠释这部书，父亲身上用负重、劳累积淀的人生密码像长了翅膀似的轻盈地飞出身体，在她那里获得一一破解。“父亲”生病后，“每天早晨，母亲会拉父亲起床……多少次，我来拉父亲起床，学着母亲的样子，可父亲总会被我拉的身子转到了一边。这么多年，母亲每天拉父亲起床，母亲和父亲的那股默契劲儿，还真的不是我们能做得到的”。“可看看母亲，忙碌后反而感到满足的表情，不知道什么时候我才能真的读懂。”这便是中国乡土上的父母亲。他们之间的默契是需要一代一代的人们用生命去体验和破译的，是需要一代一代的人们用中华传统文化的笔墨去书写的。

洞明世事却不善表达的“父亲”在沉默的外表下，同样隐藏着细腻。看他栽植水仙花的细节，“那些用泥巴糊着的花球，父亲用手捏捏，就能判断出里面有几枝花箭……父亲会用小刀把水仙外面的皮剥去，让里面的芽露出来，再根据估计能长成的样子选择方的或是圆的花盆。花盆里放入早就捡来的鹅卵石或是沙堆里挑出来的形状各异的小石头，把花球固定好，再往花盆里倒上水，用不了几天，水仙就会绿油油地长起来”。作者描写“父亲”栽植水仙花的情形和经验，十分耐读。从这段细节描写中，我们所能感受到的不只是老人对水仙的感情，正如文中写到的“有时候，我觉得，那就像小时候的我们”，一字一句、一枝一叶间，慢慢刻画着“父亲”对爱的付出，以及孩子对爱的领悟。

对于从乡村走出来的孩子来说，如果赋予村庄以人的象征，那必定一个是父亲，一个是母亲。村庄是父亲与母亲的全部意义，不管他们走到哪里，父亲与母亲的一生是村庄永恒的主题；不管时代如何变迁，关于父亲与母亲的更为广义的情感指向和象征，也早已成为中国乡土精神的一座丰碑。

于是，我们在孙树楠的作品里读到乡土之上更多的父母亲，读到乡村生活里更多打动人心的烟火气息。那纯朴的乡情尽在作者对亲人和乡邻们关于农事的细节描写中氤氲着。“姨奶奶包粽子，先把泡好的苇叶捋直、捋平，三两片叠在一起，苇叶的头和尾各向相反方向弯折，弯成漏斗的样子，然后放入红枣、糯米，红枣会放在各个角上，吃的时候，一剥开叶子，先看到的就是白白的米中露出的红红的枣，很是馋人。然后，将长边的粽叶翻折，包成三角形，再用马莲草拧好的细绳紧紧地捆住，一个粽子就做好了。”这个“姨奶奶”端的是一个心灵手巧的乡村工艺师，包进粽子里的是土地的殷实，是生活的色彩，是风情的纯美；还有，岳母包的粽子四个角，妻子包的粽子有红豆馅、肉馅，细细读来，不由得让人口舌生津。孙树楠写乡村之美，不在于语言的华丽，不在于风景的旖旎，而在于摄取时光深处一帧动人心魄的素朴画面，像那盏打麦场里的“玻璃罩灯”，不管你走多远，走多久，它永远挂在你内心的树杈上，温暖而明亮。庄稼开镰之际，一句“爷爷磨镰刀的姿势很美”，传递出老农对于麦季临战时那份紧张和劳苦的消解，更表现出对土地敬畏与感恩的仪式感；麦收扬场时“爷爷的木锨在空中划出一个漂亮的弧，麦粒就像散开的瀑布……”这是不经历过乡村生活，任谁也想象不出的“一幅动态的图画”！三婶“把落下的花瓣收起来，在井台上晒干，等着秋天收了谷子，和晒好的谷糠一起，填到枕头里”（《春天的色彩》），让我想起泰戈尔笔下晒花干的女子，无论生活有多苦，村里的女人都喜欢做一个开花的梦，并渴盼从梦里支取一份结实的生活；还有“畦地瓜秧”“粘知了”“烙土炉火烧”“赊小鹅”“支土炕”“拔胖孩草”“打尜”“烤地瓜”“蒸槐花”……太多充满乡情野趣的农事，被作者从时光深处淘出，一笔一笔勾勒出生动的图画来，其行文笔力与趣味不乏梁实秋的“雅舍”文风。

在写作中摒弃华丽，坚守拙朴，这需要一种沉着的勇气和深厚的修为。如同剥开玉米的外壳，只剩下亮晶晶、金灿灿的饱满籽粒，作者把语言和技巧的雕饰拆解开来，只怀了一颗赤子之心还乡，去完成大地之上的朴素叙事。

真正好的文本有着让人慢下来的力量。孙树楠擅长用白描式的勾勒、细节化的呈现，将亲人操持生活的一颦一蹙、乡邻劳作农事的举手投足，以慢镜头的方式切入我们的视野，将对乡村赤诚的热爱内敛入工笔刻画的乡村风情里。这份对于慢生活的叙述，可以清晰地指认我们每个人都曾参与其中的某一生活场景或心灵空间，让你在不经意间怦然心动。这份慢调式的指认，有着从木心的《从前慢》里抽取的一帧镜头，有着从林海音的《城南旧事》里剪下的一缕冬阳，无论你在如何喧嚣的闹市，都会引领你拐进一个慢慢的清早，一条烟火袅袅的街巷，引领你走过一扇记忆画框的门前，一段骆驼队般滞缓的时光。

在孙树楠笔下的乡村，那些邻里守望的乡情，那些大地上蓬勃的农事，都蕴含着朴素的乡村品格和做人道理。这便是中国乡土的精神所在，乡土文学的意义所在，也正是散文所要凸显的文体特色。“邻里间的情，可比饼厚得多。

三叔在外工作，二大娘没少帮三婶干地里的活。乡里人的朴实，和饼的颜色一样，简单、纯净。”一张圆圆的白面饼，可见邻里之真情，透着人性之馨香。在村庄里，人们心无所求相互帮衬着、照应着，凭着从生活中历练出的日常经验和精神支撑，共同走过了一段又一段艰难困苦的岁月，且生出无尽的生活滋味和乐趣来。“吃着卷饼长大的人，也如饼一样的朴实、厚道。”（《饼》）“爷爷说，燕子是人的朋友，燕子落在谁家，就说明这一家人诚实、本分，是一户好人家。”（《谁写出了春天最美的诗行》）“门口的几个大草垛，就是很好的证明，让人很直观地感受到过日子的真实。”孙树楠就是这样从俗世的生活里淘着闪光的金子，在广袤的田野雕塑起为人朴实、做事诚实、过日子踏实的乡村品质；又在草木烟火的日子里寄寓着执着、坚韧、永远充满希望的乡村信念：“草木为柴，草种为粮，一棵草就是我们活着的依据。”（《草垛》）“因为用心在做，一直做到了现在。”（《土炉火烧》）“日子总是向前，就如老树的花，每年都是新的。”（《杏花开时》）“父亲说，人也应该像这些花木一样，不管经历什么，都要长出新的希望来。”（《父亲的那些花儿》）这一切都是乡村骨子里的性格，并构成乡村口碑相传、世代濡染的美德和追求；这一切都呼应着土地之上，那一片“小院上方的方方正正的天”。这是乡村在任何年代都不倒的精神旗帜。往时光深处的探溯中，孙树楠挖掘出了乡村乡情多维度的生命美学和哲学内蕴。

对时光深处的追溯和回望，本身是对现世浮华的自觉警惕和远离。这是孙树楠在创作中所秉持的文学理性。他的笔触是凝重的，因为那些日渐衰老的父老乡亲；他的笔触又是轻盈的，因为那些大地上生长的素朴事物。这是一个在乡间流韵里向自然开怀、与乡村对话的大地之子。在这个意义上，我更愿意肯定法国昆虫学家法布尔的人文精神向度。

离开乡土，心灵的底色却永远是乡土的。在作者笔下，大地上的一切都有着乡村的姓氏，在他的眼里，世界总是明亮的、温暖的。恰如美学家朱光潜所言，“有审美的眼睛才能见到美”。于是无论走过繁华都市、人文景致，还是秀美山河，孙树楠总能从生活的烟火中寻找到诗意，总能在对乡土的久久回望中葆有一份热爱，拥有“一切美的东西原来都在自己的心里。当我们用一种自然、平静的心去感受时，那些活泼泼的声音原来就在柳梢头、草尖上、炊烟里……”（《春天的声音》）的生命体验。也正是源于这份热爱，我们才会通过作者笔下那些日常俗世里的活色生香，那些生命轮回中的山光水色，那些季节流转中的岁月光影，感受到一份纯美、素朴而又深厚、持久的挚爱。

跳出语文教育的方格子，面向清风掠过的天空与大地，作心灵的自由对话和抒写，这是孙树楠尤为难能可贵的写作趋向。当代文学评论家、北京师范大学文学院教授张清华说过，“过度知识化是语文教育学习的一个弊端”，所有的知识教育最终指向人格教育，而不应当止步于修辞与技巧。其实，我在阅读这部集子之前的担心多余了。孙树楠所在的校园正秉持着“教育的本质不应该是单纯的知识传授，而是育人”的教育理念，本就是一座人文精神花雨缤纷的“小宇宙”，每个师生每学期的名著“海量阅读”计划，已不只是单纯的语文教育所能抵达的境地。所幸，在适宜生长一切美好的菁菁校园里，有着孙树楠这样一位笔耕情怀的语文教育者。

2019年10月于万印草堂

（作序者系诗人、作家，中国作家协会会员）

目录

第二辑　乡间邻里

第三辑 季节流转

第一辑 春风化雨

细数每一个平凡而平淡的日子，感受和母亲在一起的每一个细节，总能感受到岁月静好而又温馨、富有。习惯了有母亲关心着的每一个日子；习惯了临走时，母亲给带上各种吃的、用的；习惯了听母亲一遍又一遍的嘱咐，虽然我知道自己能够做好；习惯了听听母亲的声音，听听家里的声音，那一刻，没有了距离，只有家的温暖笼罩着自己。

饼

给母亲打电话说，想吃饼了。

母亲说，那还不简单，给你擀就是了。挂断电话前，分明听到母亲嘀咕了一句：又不是什么稀罕物，还用巴巴地打电话。

是啊，很普通的一种面食，乡里、城里，谁家的饭桌上，不是隔三岔五地端上来呢。只是，现在很少有人家自己擀，都是去卖饼的铺子里买。我也经常买，但总吃不出母亲的味道。

母亲年龄大了，现在也很少自己做，毕竟这也是件力气活儿。

到家时，母亲已经开始忙活了。

母亲和面用的是灰黑色的陶土盆，用的时间久了，盆沿磨得光溜溜的，有些岁月的影子映在里面。加水，揉面，母亲弯腰的动作有些吃力，力道也没有以前大，额头上微微冒着汗珠。

和好的面，母亲用盖帘盖着，要“醒”一会儿。盖帘是用高粱秆串成的，用了很长时间，还有淡淡的清香味儿。

这工夫，母亲忙着支鏊子，放桌子。大大的铁鏊子，用三块砖支起三个角，留下烧火的空间。擀饼的擀面杖是用香椿树的枝干做的，粗细适中，握在手里，称手。香椿树长在自家的院墙边，每年春天长出嫩芽，用盐腌过，卷在饼里，清香无比。香椿芽香，香椿木自然也香，擀出的饼也会带着香椿特有的香味儿。

像小时候那样，帮着母亲烧火，烙饼。好久不做，有些生疏，显得笨手笨脚。有几次，饼烙得有些过，几处煳的地方，斑斑驳驳。

母亲说，我来。

母亲擀饼的手法自然，流畅。一张饼，一气呵成，毫不拖泥带水。母亲分剂子不用刀，而是用手。左手扶着“醒”好的一大块面，右手五指半握，一小把一个。母亲的动作很快，上下翻飞，让人有点儿眼花缭乱。撕好的剂子，再揉，直到柔软、筋道，然后用擀面杖擀。面饼在擀面杖下来回旋转，慢慢地由小变大，如白白的初升的月亮。擀好的饼，卷在擀面杖上，再在鏊子上轻轻展开。鏊子的温度让饼的颜色来了一次变化，由白慢慢变成浅浅的黄。麦面的香味开始散发，在屋子里弥漫。待到饼面上有一个一个的气泡鼓起来，母亲用三个指头捏住饼的一角，飞快地抓起来，在空中划了一个弧，又反落在鏊子上。动作快，不烫手，落地准。这功夫，可是这几十年来的积淀。

年老了的母亲，干起活儿来，像换了个人似的。

火苗在鏊子底下欢快地叫着。麦秸的火，软，再通过厚厚的铁鏊子传上来，正好适合烙饼。红红的火，映在脸上，暖暖的，许多旧日的事又在面前悄悄地展现出来。

小时候，并不经常吃饼。偶尔擀饼，也不全是白面的，白面里要掺上数量不少的地瓜面。地瓜面硬，烙出的饼有点黑乎乎的，吃多了，容易肚子胀。就是这样，也只有在农忙时候或是一些平常的节日里才能有。

有时候，生病了，母亲会做我们最想吃的炒饼。母亲把饼卷起来，用刀切成柳叶宽，伸开就是长长的一条。锅里加点油，葱花炝锅，饼放在里面翻炒。自家菜地里的香菜去叶，切成小段，加进去。火候不要过大，翻炒几下即可出锅。香菜的清香融进饼香里，浑厚中透露着清新，让人闻着就胃口大开。

隔壁的三婶在家擀饼，二大娘抱着孩子来串门。孩子饿了，哭。三婶给拿了一张饼，说，喂喂孩子吧。二大娘接过来，喂给孩子吃。一张饼吃完了，孩子还哭。三婶又给了一张，吃完了，孩子还哭。又给了一张，二大娘有些不好意思了。孩子饿，自己也饿，饼的香，自己没忍住，大都由自己吃了。

以后说起来，都是笑话。但是当时就那条件，谁也能理解。三婶的儿子和二大娘的儿子差了一岁，以后上学、做工都在一起。有时候，两家人凑在一起，说起以前的那些事，都会笑个不停。

这些陈年往事，氤氲在淡淡的烟雾里。邻里间的情，可比饼厚得多。三叔在外工作，二大娘没少帮三婶干地里的活。乡里人的朴实，和饼的颜色一样，简单、纯净。

立春时要吃春饼，是乡里流传已久的习俗。就是那些困苦的日子，也没有断过。擀好的饼，卷上地里拔来的荠菜、苦菜，吃得满口留香。现在更精细一些，饼是两层的，中间抹上油，一揭就能分成两个。对着光亮看，饼后的景物隐约可见。卷的菜花样多，各种炒菜都有，也有各种肉类，但很多人还是喜欢刚拔来的野菜。自然的味道，毕竟才是真正的春天的味道。

另一个一定要吃饼的日子，就是清明节。清明节忌火，乡里都是头一天就擀好饼，煮好鸡蛋。这一天，出去春游的人，带的饭也是饼和鸡蛋。鸡蛋去了皮，包在饼里，轻轻压碎，白的蛋清，黄的蛋黄，对比分明。饼卷鸡蛋，鸡蛋松软，饼有嚼头，配搭在一起，正好。

小孩子喜欢拿大门上的对联纸把鸡蛋涂得红红的，然后互相比试谁的蛋硬。碰破了的鸡蛋，才舍得吃掉。红红的手，把饼都染红了。

和母亲说着话，烧着火，翻着饼，也翻着那些陈年旧事。过去的光阴揉在现在的时空里，缥缈得有些不大真实。现在的日子里，可以很容易地吃到各种花样的饼，可总有些味道，还是一直传下来的纯。

去外地，见到多年未见的同学，带去的老家的饼，很让他喜欢。家乡的味道，不管走到哪儿，都会记在心里。

随着时间的流逝，会发酵成一段淡淡的乡愁，萦绕在自己的心里。

一张饼，配上春天刚发芽的大葱，或是地里的野菜，简单、厚实，很有些北方的粗犷、豪爽。吃着卷饼长大的人，也如饼一样的朴实、厚道。

卷饼的味道，就是家的味道。

母亲的煎饼

每次回老家，都要来看看自家的老房子，总觉得有些割不断的东西在召唤着似的。当年那些浓浓的味道似乎还在小小的院子里飘荡着。

其实，老房子在好多年以前就已经转给别人家了，但那些留在心底的记忆是不会随着一起转过去的。

西墙边的那盘石磨还在那里，因为年久不用，显得有些破旧，磨盘上堆了一些杂物，落了一层厚厚的土。

可在以前，这盘石磨却是家中最忙的物件。

每年到了冬天，家里经常要摊煎饼，那时候的煎饼是平日里最主要的饭食。母亲总是在前一天晚上就把粮食泡好，做煎饼的粮食主要是玉米、高粱等。第二天，天不亮，我们就会被叫起来和母亲一起推磨，把泡好的粮食磨成糊糊。

小孩子觉多，一大早起来推磨是件很不情愿的事，总是磨蹭到母亲叫好多遍才起来。扶着磨棍，走在磨道里，一圈又一圈，也不知道什么时候才能走到头，经常是闭着眼睛，走着走着，就会睡着。不过，有时候看着泡好的粮食从磨眼里放进去，再看着白白的糊糊从磨缝里流出来，那种很神奇的变化也勾起了许多的好奇心。

母亲摊煎饼是在正屋的锅台前，一个很大的铁鏊子，用几块砖头支起来，烧的是家里的柴草，冒出来的烟正好从灶口出去。一个大泥盆盛着磨好的糊糊，放在一边。鏊子热了，母亲用勺子把磨好的糊糊舀到鏊子上，然后拿一个用一片木板做成的耙子快速均匀地摊开，多余的糊糊，用极快的手法“唰”地一下收到盆里。一层白白的热气在鏊子上升起，糊糊很快变成了金黄色，然后，就会看到一个圆圆的煎饼在鏊子上出来了。母亲用手指掀起一个边，轻轻一揭，再往旁边的盖帘上一扔，一张黄黄的散发着诱人的香味的煎饼就成了。

摊煎饼看起来简单，实际上是桩技术活，要做到厚薄有度，烙熟又不能煳，形状要圆，不能有破的地方。在农村里，这可是家庭主妇的一项重要技能，谁家的媳妇要是连这都不会，要被村里人笑话的。村里人家，住得近，有点什么事，大家都会互相帮着。母亲摊煎饼，邻居家的大娘、婶子会来帮忙，她们在一起说着家常，手里边忙着活计，上下翻飞，从容自如，真好像是一场技艺表演。

不过，我们更期盼的是摊完煎饼后，母亲会把几个小咸鱼放在鏊子上，用手不断地翻动，不一会儿咸鱼的香味出来，我们的肚子也开始咕噜咕噜叫了。都说山东的煎饼卷大葱好吃，其实，吃煎饼就咸鱼更加美味。有时，母亲还会在鏊子下面的火堆里放上几个地瓜，等到煎饼摊完，地瓜也熟了。拿在手里，还烫手，不停地倒过来倒过去，用嘴使劲儿地吹着，红红的瓤，带着甜味的香，让你根本等不到凉下来就会咬上一口，然后再呵着热气咽下去。

那时候，日子虽然苦，可是母亲总会变换出许多的花样让我们念念不忘。母亲有时候把韭菜做成馅儿，包在煎饼里，再把煎饼叠几下，在鏊子上烙熟，那就是我们有些奢侈的享受了。

每年到了秋天，收了玉米，母亲都会用新玉米摊煎饼。新摊出的煎饼金黄金黄的，再配上母亲自己做的大酱，那滋味，一辈子都不会忘记。有时候地里的活忙不完，去地里时，就会带上中午的饭，煎饼就成了主角。

日子如流水一般过去，母亲如今年龄大了，已经不再烙煎饼，现在吃的煎饼是从街上买来的，虽然用料比以前讲究，但总没有以前的味道。有时候和母亲说起来，母亲还说，那些年就光吃煎饼了，一年也吃不了几次白面，还是现在的日子好。可是，为什么总是想起母亲摊的煎饼呢？

如今，老房子不是我们的了，也没有人再用石磨，可那些老去的时光里，有着我们不老的记忆，那些旧日的情景还有那些旧日的味道，总会在许多平静的日子里浮现在面前，那张黄黄的煎饼，成了我们最温暖的回忆。

坐在窗前的父亲

进门时，父亲和以往一样，坐在窗前看报纸，只抬头看了看我，并没有说什么。

母亲从厨房走出来，手上还拿着要择的菜，说，你爹说你回来了，看见你在楼下停车了。

哦，父亲看见我回来了。

阳光暖暖的，透过落地的玻璃洒了父亲满身。花盆里的花开过了，叶子更加葱绿，油油地透着生机。

父亲的胡子又长了，阳光下，白得有些耀眼。我说，胡子又长了，该刮刮了。父亲说，刮刮就刮刮。我说，以后要经常刮，不要等这么长了再刮。父亲说，嗯。

从什么时候开始，一向严厉的父亲变得这么温顺了？你说什么，他都答应，很少有说不的时候。心里有种酸酸的感觉，不习惯父亲现在的样子，有时候甚至觉得现在的父亲有些陌生。当初，那个对我们要求严格又很严厉的父亲呢？

父亲平时对我们要求很严，我们从小就怕他。小时候，不好好写作业，母亲说，你爹回来，我告诉他，看他怎么批评你！不想干活儿，奶奶会说，你爹回来我告诉他，你不听话。于是，我们总是乖乖地做该做的事情。父亲回来，奶奶和母亲并不会在父亲面前说我们的不是，可是看看父亲严肃的面孔，心里还是有些怕怕的感觉。工作了，父亲要求我们要勤奋，要努力，不管什么事，都不能耽误工作。我们和小时候一样，用心地做好自己的事情。

父亲在外地工作，离家远，不经常回来。虽然有些怕，但我们还是想父亲，想父亲在家时，带着我们做事的情景。有时候，父亲好久没有回来，我们也会站在门口盼望着，希望能看见父亲的自行车出现在村口。

父亲每次回来，会带一些我们爱吃的东西和一些我们爱玩的东西。其中，我们最喜欢的是父亲带回来的小人书。小人书的内容很多，有战斗故事的，有神话故事的，更多的是一些长篇小说的连载，像《三国演义》一类的。那时候，很少有别的书看，小人书就成了我们最初的启蒙读物。

可是现在，看着坐在窗口的父亲，就像当初的我们，也一样在盼望着什么吧？

几年前，父亲病了，行动不便，只能坐在轮椅上。每天，父亲就坐在窗前，看看当天的报纸，看看电视里的新闻，看看京剧，喝喝茶，生活如以往平静而安然。有时，父亲会看着窗外，看着走过的人，走过的车，静静地，也不说什么。

每次回家，我就坐在父亲身边的沙发上，和他说说话。父亲会把报纸上看到的新闻说给我听，如果有和我的工作有关的内容，父亲会把报纸留着给我。有时候，父亲会问我一些生僻的字怎么读，好多我也不认识，就查出来再告诉他。这时候的父亲像个虚心的小学生，有时候，一个字会问好多次。

有时候父亲会说起哪里又修路了，哪里又修桥了，哪个小区评上优秀小区了，等等。我就说，我们去看看吧。父亲会说，看看就看看。

我知道，父亲坐在窗前，只能从新闻里知道这些，父亲想出去走走。可是他不说，似乎觉得提出的要求会给我们带来麻烦和不便。我能读得懂父亲的期待，总是说，我们出去走走吧，这么好的天，出去换换空气。

我开车，和母亲一起，按父亲说的，找到了一个又一个新闻里报道过的地方。父亲很高兴，他会把新闻里介绍的内容再说一遍。工程开工，我们去；工程完工，我们再去。父亲亲眼看到了许多重点工程修建的过程，见证了城市的发展。有时候，我们也去河边湿地，去花圃，去山上公园，轮椅能过的地方都走到了。父亲喜欢花木，一路上会为我介绍路边的花和树，我也跟着长了好多知识。这时候的父亲脸上带着笑，说话的语气也是生动的。我喜欢看见父亲的笑，有时想再从父亲的脸上找到当年的严厉的样子来，可是，没有，父亲的脸上更多的是慈祥，是一种凡事都要依靠别人的顺从。有时候，会觉得眼睛湿湿的。

回到家，父亲又会坐到窗前，看看报纸，看看新闻，看看外面走过的车、走过的人。有时很难把眼前的父亲和以前的父亲重合在一起，以前的父亲忙于工作，很少顾家；而现在，父亲整天就这样坐在窗前，没有了严厉，也很少说话。在我们面前，父亲有些像小时候的我们。

走时，我说，我走了。父亲答应着，有时候会问，什么时候再回来。我说，周末就回来。父亲就不再说什么了。我知道，走时，父亲一定会在窗口看着我。

父亲坐在窗前，用心关注着外面，也关注着我们。每次回家，我也习惯了向窗口看看，每次总能看到父亲的身影，心里就有一种别样的暖。

和父亲一起旅游

小时候，父亲总是说，有时间带你去哪里哪里。

心里满是期盼，天天等着这一天快快到来。可往往是等了好久，也不见父亲真的带我们去哪里。

那时，父亲很忙，好多天才回家一次，就连过年，也是匆匆忙忙地吃过年夜饭就赶回单位值班。

和父亲一起去的第一个远的地方是青岛，但不是父亲带我们去的，而是大哥组织一家人一起去看海，爬崂山。

第一次看见大海，很是振奋。我们一起在海边嬉戏，在岩石的缝隙里捉螃蟹。父亲没有下水，在一边看着我们玩，不时地嘱咐我们要小心。登崂山的路上，父亲给我们讲崂山道士的故事，听得我们十分好奇。到了山上道观，真的四处找观里的道士，只是不知道他们是不是真的有那么神奇的本领。

以后的日子里，父亲依然会说等有了时间，带你们去哪里哪里，我们也如以前一样，等着父亲兑现许诺，但总是没有等来。心里的那份期待就在不断的等待中，成了和父亲说笑的话题。

父亲生病后，不再说带我们去哪里了，而我们在和父亲的交流中，不经意间说起以前的事，父亲的脸上会有一些不安，我们的心里也会有酸楚涌出，瞬间湿了眼眶。当年那个让我们敬畏的父亲，如今温顺得像个孩子一样，再也不会让我们感到害怕了，可我们多么希望父亲能和以前一样，带我们去那些我们想去的地方。

有时候，我说，爹，我们出去走走吧。父亲说，去就去。于是，我们走遍了城里城外车子能开过去的地方。

春天时，陪父亲去看桃花，摘樱桃；夏天时，去湖边，去山上；秋天时，去河边湿地，摘几个蒲子棒槌。

有一天，父亲说，听说你们学校建了分校，建得很好。我说，新校就在水库旁边，我们去看看吧。父亲很高兴，我也很高兴，父亲一直关注着我的工作，也关注着我们学校的发展。

当时，新校刚刚建成，还有一些后续的工作在做，还没有开始招生。校园里静静的，只有一些工人在忙碌。我开着车子围着学校转圈，走遍了学校的每一部分。父亲边看边说，学校建得越来越好了，和他们上学时不一样。我知道，父亲又想起他上学时的情景，有些回忆又涌在心头。当年，父亲是我们村里很少几个能到县城上学的人之一。县城离家四十多里地，来回只能靠走路，家里日子穷，地瓜干、炒过的盐，是平时的饭菜。父亲说，他那时成绩一直很好，经常考五分，也就是满分。

毕业后，父亲有了工作，我们家的日子就好多了。

父亲的话，已经听了好多遍，现在，在我们新的校园里再一次听到，心里有了一种很强烈的使命感。

和父亲一起去过最远的地方是上海。过年时，父母想去上海弟弟家看看，说了好多次，一直下不了决心。总担心路太远，父亲的身体会吃不消。可父亲说，没事的，能行。看得出，父亲很想去。那就去吧，最终达成了一致意见。

路上，我开车，父亲坐在我身边，母亲坐在后座。我不时地问父亲累不累，父亲总说不累，倒是担心我犯困，不时把带的草莓给我一个。草莓吃在嘴里，凉凉的，酸酸甜甜，真的让我清醒了好多。

一路上，我们说起了老家的老房子，老房子留着我童年的记忆呢。父亲又说起了当年盖房子时的情形，脸上的表情平静，但语调里明显地有了许多怀旧的情绪。当年的老房子还在，只是多年前已经转给村里的其他人家，现在说起来，有很多的不舍。我问起老家里的一些情况，父亲把老家里的那些人一家一家地理了一遍，一个庞大的家族脉络开始清晰地出现在我的面前。

父亲说得高兴，也说得动情，我听得也有些肃然，许多的人和事在我们的脑海里已经没有了太多的印象，老家在渐渐地远离我们，可是，我们的根却依然深深地扎在那里。不管走到哪里，身上依然带着老家留给我们的一份特殊的印记。我想，有时间，和父亲一起回老家看看吧。

在上海的日子里，我们游览了泰晤士小镇。我们陪父亲在小镇的街上走，弟弟给父亲介绍小镇的规划情况，父亲听得很认真。那天有些冷，父亲的兴致却很高，看得出，和我们在一起，父亲高兴。我们也很享受这样的时光，不断地和父亲说这说那，有时什么也不说，在安静的街道上慢慢地走，体味一份平和安详。

多年来，父亲一直想去曲阜，因为身体原因，一直没能去。我想，等天暖和了，就陪父亲去。

陪父亲旅游，好多的地方，父亲去不了，更多的时候是在车上。父亲的目光会走得很远很远，有时候追随着我们，有时候看向我们也不知道的地方。父亲的心里，有太多我们还没有读懂的东西。

喜欢和父亲相处的这些时光，蓝蓝的天，白白的云，曲曲折折的小路上，我们和父亲一同走过。

父亲的那些花儿

父亲喜欢花儿，家里就有了大大小小、高高矮矮的花儿，占满了庭院，也占满了窗台。父亲的花儿没有什么名贵的，但有花儿有果，很是热闹。

父亲对花儿很细心，喷水，施肥，松土，支架，做得耐心而又细致。有时，我们会在一边帮着拿这拿那，顺便听父亲说各种花的习性，养护的方法，慢慢地，我们也开始喜欢花儿了。

住平房时，家里有个小院，父亲在墙边垒上砖头，支上水泥板，花盆整齐地放在上面，高矮、品种、习性，按序排列。喜欢阳光的，放在堂屋的屋檐下，有些喜阴的，就放在院墙的后面。大门口，有一架葡萄，葡萄架下，就成了一些喜半阴的花草的好地方。

父亲说，“阴米兰，晒茉莉”，兰花要“春不出，夏不晒，秋不干，冬不湿”，栀子要放在半阴半阳的地方……花长得旺，开得也好。黄色的米粒一样大的朱兰，躲在墙角，默默地散发着幽香；白色的如牡丹一样的栀子花，翩然多姿，浓郁的香味里，带有一丝甜甜的味道；月季、芍药，开得热烈、招摇，引得蜂儿、蝶儿嗡嗡地飞。秋天时，石榴挂在枝头，就像喜庆的灯笼，有的笑开了嘴，露出了红红的籽；金橘结了满树，黄灿灿的，点缀于绿叶之中，可谓碧叶金丸，扶疏长荣。

到了冬天，父亲会把花儿挪到花窖里去。花窖是我们一起挖的，半人多深，上面垒上矮墙，搭上架子，蒙上透明的塑料纸，里面摆上木架，一个小门开在墙角。天冷了，花窖里却非常暖和。白天阳光透进来，晚上在外面还要盖上麦草做的毡子，花儿可以安全地过冬。有时候，外面雪花飘飘，里面的花儿却开得正好，红的月季，白的茉莉，黄的报春，挤挤地热闹。寒冷的日子里，有一片春天相伴，父亲的脸上总是带着笑容。

有些花儿，父亲尤其喜欢，是要放到屋里的。一棵茶花，开得红红火火，春节时，增添了很多的喜庆。一棵杜鹃，嫁接了三色，热烈而奔放。那棵君子兰，还是东北的亲戚带回来的，父亲一直很仔细地养护着，每年都会蹿出几枝花箭，能开过整个冬天。

过了冬至，父亲就开始栽水仙。那些用泥巴糊着的花球，父亲用手捏捏，就能判断出里面有几枝花箭。父亲说，水仙的花箭是早就长好了的，只是藏在里面，用手轻轻地捏，有花箭的地方硬，没花箭的地方软。等到长出来，和父亲判断的基本没有大的差别。父亲会用小刀把水仙外面的皮剥去，让里面的芽露出来，再根据估计能长成的样子选择方的或是圆的花盆。花盆里放入早就捡来的鹅卵石或是沙堆里挑出来的形状各异的小石头，把花球固定好，再往花盆里倒上水，用不了几天，水仙就会绿油油地长起来。水仙花淡雅，香气馥郁，恰如花中君子。

父亲生病后，大多的花儿都送人了，但窗前那盆兰花还在。母亲忙于家务和照顾父亲，也没有时间特别用心顾及它。每到开花时节，它依然静静地开着，小小的花，淡淡的香，一如父亲的生活，淡然而恬静。

父亲每天坐在窗前，看看报纸，听听京戏，那些花儿静静地陪在父亲身边，伸展着枝叶，打着骨朵儿。有时候，我觉得，那就像小时候的我们。

有时，父亲会放下手中的报纸，摘摘花儿的干叶，剪剪长乱了的枝条；有时，就那么坐着，一坐好久。有时想问问他，想什么呢？父亲的世界很大，还有好多我们未曾看到的地方。

那棵荆子做成的盆景，老根裸露，枝干苍遒，不知曾经经历了多少风雨，被石缝挤扁了的身躯透露出不屈和倔强，新发的枝芽如同一曲顽强的歌，昂扬回旋。父亲说，人也应该像这些花木一样，不管经历什么，都要长出新的希望来。

有些花，父亲把它送给了我，什么也没有说，可我总觉得父亲要表达的意思其实很多很多。现在，在我家客厅的窗前，茂茂盛盛的花啊、叶啊，让屋子里充满了生机。

有时，我也会像父亲一样，在花前坐上一段时间，什么也可以想，什么也可以不想，心里有一种少有的平静。

入冬时，接父亲来住了一些日子。父亲看着那些花，心里很高兴，平日里也经常帮我打理，告诉我一些养花的技巧。怎么浇水，怎么上肥，什么时候剪枝，什么时候疏花，看似简单的事，都有很多的讲究。水不能浇得太勤，肥不能上得太多，长得太旺的枝条要剪掉，过多的花苞要摘去……细想来，做人又何尝不是这样。多一些努力，少一些索求，及时把心里的乱枝剪去，生活才会多一些坦然，心里才会多一些淡然，生命才会多一些充盈。

阳光暖暖的，父亲坐在那里，依然没有太多的话。父亲的头发都白了，胡子也白了，父亲真的老了。我看看父亲，又看看那些花，那些勃勃的生命，好像要和父亲做个对比似的。

眼里有些酸，转回头去。墙上的吊兰，长长的蔓垂下来，绿意惹眼。终于没有忍住，泪水流了满脸。

母亲的电话

前几天，母亲打电话问我，周末回来吗。

我说，定不下来，要看看周末工作怎么安排。

母亲说，周末是母亲节，回来吧。

我知道母亲节，也想回去。

母亲很少提这样的要求，特别是和自己有关的节日。

近几年来，可能年龄大了，母亲有时过节前会问问我们。以前，母亲过生日，还总是说，没时间就别往回跑了，来回路上很累。我知道，母亲想我们，又怕影响我们的工作，每次问甚至有些小心翼翼地。

我知道，母亲又会做一大桌子菜，又会提前算计着日子，又会一趟又一趟地去菜市场，买这买那。

这几年，母亲的腿疼得厉害，走起路来也一瘸一拐的，平时也很少出去活动了。每次劝她去医院好好检查一下，母亲总说不用。可看到母亲走路时疼痛的表情，还是劝她去检查检查。几次查下来，开了药，打了针，母亲的腿疼也没有好多少。再让她去，母亲就总说，还检查什么，人老了，就这样了。每天，母亲就这样忍着，忙里忙外。

我工作在外地，离家有一百多里。每到周末，母亲总会在午饭前打电话给我，问我回家吗。听到我说回去，母亲声音里的快乐，总能那么清晰地感觉得到。有时候忙，回不去，母亲就会问怎么吃饭，做什么？然后就是嘱咐，不要吃凉的，回去自己熬点小米粥。

其实，每次给母亲打电话，母亲都会问这些，都会嘱咐这些。这些同样的嘱咐，每次听着，心里暖暖的。有时候，特意在饭前给母亲打电话，就想听听母亲的嘱咐。知道那个时间母亲会在厨房里忙，也知道母亲肯定会听到电话铃声的。听到母亲像以往一样问我怎么吃饭，做饭了吗，我就会告诉母亲，我要做什么，有时候问问母亲哪个菜怎么做好吃，母亲就会在电话里一点一点地教我。听到我说知道怎么做了，母亲有时候还会夸我，我心里的感受，真的不是高兴就能说得清的。已经不再年轻了，隔着长长的距离，感受母亲带给的温暖，觉得自己还是当年那个小小的孩子。

过不了几天，我总会给母亲打个电话，问问家里的情况，问问父亲的身体，问问母亲的身体。母亲总会说，没什么，都挺好。电话里，我能听得到家里电视的声音，传过来的是父亲喜欢听的戏剧节目，咿咿呀呀的唱腔，听不清内容，但我仿佛能看见父亲坐在轮椅上的样子。这些日子，父亲耳朵有些背，有时候，我们在一起说话，父亲有些听不到，看电视时，声音也开得大。听着母亲问这问那，听着家里那些熟悉的声音，心也似回了家，好像又坐在母亲的身边，看她认真地研究手机里的功能，好多知道我们一些。

母亲总说，没时间打电话，就发个短信，我会看短信。我知道了，就放心了。每次外出，母亲的电话总是不定时地打过来，问我们到了哪里，吃饭了吗，住下了吗。听到我们的消息后，母亲也不多说什么，只是说，知道了，就挂了。有时候，就给母亲发个短信，尽量详细地说说情况，我知道，母亲会看得很细，不想让她自己再去过多地猜测。现在，母亲会用微信了，我们有什么情况，会在家的群里发照片、发视频，母亲不仅能看到我们的样子，还能听到我们的声音，有时候，会和父亲一起看，边看边笑。

父亲生病后，一直是母亲照顾他。母亲的生活就以父亲为中心，每天忙忙碌碌。每天早晨，母亲会拉父亲起床。母亲会拉住父亲的一只手，然后说使劲儿，一、二……父亲另一只手撑着身体，使劲儿坐起来。多少次，我来拉父亲起床，学着母亲的样子，可父亲总会被我拉得身子转到了一边。这么多年，母亲每天拉父亲起床，母亲和父亲的那股默契劲儿，还真的不是我们能做得到的。

每次吃饭前，母亲要给父亲打针吃药，这些年，母亲成了一个称职的家庭医生。父亲静静地等在那里，看着母亲拿出针管，调好单位，再拿出棉签，擦擦要打针的部位，然后熟练地扎下去。母亲的动作很轻，父亲基本没有什么感觉，只是静静地看着。然后，母亲再把各类药片一一分好，放到父亲的手里，父亲喝口水，咽了下去。有时候，母亲忙着做饭，可能会忘了给父亲打针，等到吃饭了又忽然想起来，就不住地埋怨自己。我就问父亲，自己怎么也不想着，没打针也不知道提醒一声，父亲只是笑笑，也不辩解。母亲会有些生气地说，他什么事自己想着了。

有时候，母亲在忙着，会让父亲给我们打电话。电话通了，父亲会说，母亲让他打电话问问我们什么时候回来。想起小品里的话，孩子到家总是问妈不问爸，就算是问爸，也是问“爸，我妈去哪里了？”想想，可不就是。

父亲的生活很规律，上午看报，午睡后喝茶，晚饭后看戏曲。母亲的生活也很规律，上午收拾房间，下午陪父亲喝茶，傍晚去小区附近的菜市场买些时令蔬菜，晚饭后和父亲一起看戏剧，有时就拿着手机研究刚刚学会的新功能，看到我们的消息，就会高兴地和父亲一起看。

母亲每天出去时，总要把家里的电话放在父亲能伸手够得着的地方，母亲担心有人过来，父亲不能开门，也担心父亲有什么事。母亲的手机就放在自己的包里，手机的铃声总是调到最大。其实，母亲出去也就一会儿，就匆匆忙忙地回来了。

生活就这样平静而从容，母亲做饭时，父亲静静地坐在客厅里，有时候看报，有时候看看窗外。日子，就在这样的平静中演绎着最真实的温暖。有时候想，母亲太累了，可看看母亲，忙碌后反而感到满足的表情，不知道什么时候我才能真的读懂。

细数每一个平凡而平淡的日子，感受和母亲在一起的每一个细节，总能感受到岁月静好而又温馨、富有。习惯了有母亲关心着的每一个日子；习惯了临走时，母亲给带上各种吃的、用的；习惯了听母亲一遍又一遍的嘱咐，虽然我知道自己能够做好；习惯了听听母亲的声音，听听家里的声音，那一刻，没有了距离，只有家的温暖笼罩着自己。

我在手机里，把父亲和母亲的合影设成了头像，我愿意看着母亲的笑脸，听着母亲的声音，然后，和母亲说说也听母亲说说那些平淡的日子里的平淡的细节。

弟弟

今天是弟弟的生日。

已是中年的弟弟，在我的眼里依然是小时候的样子。

当初，弟弟的到来，让我有些蓦然。

那天早晨，我醒来时，看到旁边有个小小的孩子，很好奇地摸摸他的脸，问母亲，这是谁？红红的小脸，粉嫩的手脚，微微的鼻息，那个小小的生命在我的眼里是那么的神奇。母亲说，那是弟弟。哪儿来的弟弟，这么悄悄地来到我们家里。

那一年，我七岁。

这之前，家里的孩子我最小，姐姐、哥哥什么事都让着我。有什么事我也会有些骄横地嚷“我最小”。现在突然有人占了我的位置，心里有老大的不情愿。只是从那以后，我再也没有说过“我最小”。

那时候，家还在农村。母亲每天要去生产队干农活，奶奶在家里带弟弟。有一天，奶奶去邻居家借点东西，我抱着弟弟去场院找母亲。母亲和村里的妇女们正在挑选烤好的烟叶，喂饱了弟弟赶紧打发我们回家。

场院到家还有一段路，胖乎乎的弟弟让我有些吃不消。我使劲儿抱着他，他还不停地往下出溜。好不容易到了家，奶奶没回来，家里的大门关着。我抱着弟弟没法开门，焦急地等。弟弟哭了起来，怎么哄也不听，我也没有了办法，抱着弟弟坐在门口的石头墩上，也哭了起来。奶奶回来时，看到的是两个孩子在一起哭。以后说起这些情景，想想当时的场面，不会多么的惊天动地。只是，当时我也还是七岁的孩子。

弟弟上小学时，和母亲一起从老家搬到了父亲工作单位的驻地。

上小学的弟弟贪玩，经常和同学一起偷偷跑出去。已经在县城上高中的我，一周才能回家一次。有一次，我考完试回家，下了车，走到离家不远的小河边，远远地看到几个孩子在河边玩，其中有个小孩像弟弟。我赶紧走过去，果然是他。看到我，他有些吃惊，瞪大的眼睛里有些害怕的神情。当他乖乖地被我送回学校时，走了好远，还不忘回头看看我。

我工作的第二年，弟弟上了高中。我们在同一个学校，我是老师，他是学生。军训时，我带我的班级，他在他们老师的带领下训练。每天回家，我骑自行车带他，穿着军装的我们两个，也吸引了好多的目光。影集里，我们两个穿着军装的照片，真有些勇武的姿态。

军训结束，弟弟的语文老师没有来，我去代课。弟弟说，给我上课也就罢了，还要叫我起来读课文。呵呵，班级里我也不认识别人，就认识他，谁说我没有故意的意思呢。以后的日子里，和弟弟的同学们一起，我还不时卖卖老师的味儿。别说，另有一些高兴的滋味儿。

弟弟上大学的那一年，我和父亲一起去送他。那是我第一次坐飞机，也是第一次来上海。站在学校的大门口，心里很是羡慕。弟弟和我们一起合影，一起在校园里散步。高高的教学楼，宽阔的体育场，全然不是我读过的学校的样子。开学前，弟弟陪我们去外滩，去豫园，都市的繁华，让我眼花缭乱。记得当时嘱咐他，一定要好好学习，将来才能在上海站住脚。弟弟说，看电影看多了吧？想起看过的《上海滩》，也忍不住笑了。

其实，弟弟真的很努力，大学期间做班长，入了党，毕业后留在上海工作，几年打拼，也成了小有名气的设计师。以后自己创业，吃过苦受过累，慢慢地也有了自己的一方天地。

几年前，和弟弟一起去旅游，一起走过了一段难忘的行程。

许是学艺术的人眼光独特，弟弟和弟妹计划了一条独有的线路。避开众多的游人，我们去古北口看长城。站在未加修葺的古长城上，残垣断壁引发了我们许多的感慨。当年的人们何其艰难，克服了多少困苦，才有长城的出现。破旧的敌楼上，还有当年战争的痕迹，清晰的弹孔，留下的是一部民族不屈的历史。

在山西，黄河边，奔涌的河水震撼着我们的心。奔涌而下的壶口瀑布，似万马奔腾。一条大河流了千年万年，流出了一个伟大的民族。

广袤的腾格里沙漠，我们一起赤脚走在滚烫的沙地上，爬沙山，骑骆驼，坐车冲浪，感受异域风光的奇异。

神奇的青海，神秘的寺院，美丽的草原，明珠一般的青海湖，小河边捧水嬉戏，草丛中流连忘返。一望无垠的油菜花田、青稞地，黄绿相间，在蓝色的湖泊的背景下，有一种夺人心魄的美。

二十多天的旅程，我们走过了黄土高原，又走过了青藏高原。黄土高坡上的窑洞，孕育了中国革命的未来。坐在当年伟人曾经坐过的小石桌前，想象着当年领袖的风采，心里充满的是一份神圣。乔家大院曾经的辉煌，是一部晋商艰苦创业的缩影；古色古香的平遥古城，为我们展示了一幅非同寻常的文化、社会、经济及宗教发展的完整画卷。

古朴典雅的晋祠，从书本走到了我们的眼前。山腰上的悬空寺，似无所依托，凌空而立。浑源路边，我们一起在小摊边吃凉粉；太原城里，大排档前吃烧烤。走过了山西、陕西，尝过了各色面食。青海湖边，牦牛肉香在无边的花丛里飘荡。

几次来上海，都和弟弟在一起。弟弟的家，也成了我们的家。

暑假时，弟弟说，来上海吧，我和你一起粘知了。我说，城里哪里来的知了。弟弟说，公司楼下的绿化树上，一群一群的，粘它都不飞，还发来了粘的知了照片。这么神奇！有些超出我的想象。在老家，我们用长竿、面筋，在高高的树上使劲儿找。小心翼翼地伸竿过去，还经常把知了惊飞了。

去上海，带来了粘知了的“神器”，一种塑料做的“小手”，不粘树叶不粘手，只粘知了的翅膀。路边的樱花树、桂花树上，知了都躲在树叶底下，起劲儿地喊“热啊，热啊”。本来还小心翼翼地粘，没想到，碰到它它都不飞，任凭被我们捉到。有些落得矮的，竟然直接用手就可以捉到。没有多少时间，就捉了一大袋子。

原本的乡野乐趣，竟然在都市的街头再现，惹得许多路过的人驻足观望。

时间总是匆匆，无法拽住它的脚步，弟弟也已经迈入了中年的行列。闲聊时，一起回忆当年的情景，竟然有种昨天的感觉。但是看看眼前，儿女们都已经长大，我们也已不再是当初的少年。好在在母亲身边，我们还能找得到小时候的影子，还可以像以前一样，围绕在母亲身边。

今天，大家聚在一起，为弟弟庆祝生日。母亲、大哥都在，弟妹亲手做的蛋糕，小希用法语、英语、汉语分别唱了生日歌曲，小小咿咿呀呀地鼓掌。我们一起举杯为他祝福。祝福的话里满是对他的期待。晚上，大姐一家也赶了过来，一家人，欢乐地相聚在上海。

生活一直向前，我们也一直向前，相信以后的日子会越来越好。生活的路上，我们一起，结伴同行。

粽子

一大早，妻在微信群里发照片：粽子熟了。

几只粽子躺在锅里，绿绿的叶子，绑着白色的棉线，很诱人。

妻 @ 孩子，给你快递几个过去?

孩子回道，我们发了，谢谢妈。

妻感慨，哦，还发粽子，真好!

孩子在外地工作，我也离家好远。也不 @ 我，心里小小地动了一下。

哦，告诉过她，我要回去。

我喜欢吃粽子，喜欢粽子的那种自然的甜甜的味道。绿绿的粽叶，有着太阳和清清的河水的气息。

小时候，喜欢跟奶奶走亲戚，最愿意去的是奶奶的姐姐家。奶奶的姐姐，是父亲的姨妈，我们叫姨奶奶。

姨奶奶家住的村子很大，据说是当年古杞国的国都所在地，好多传说都和当年的那个古国关联着，包粽子的习俗一直流传了下来。

村子的外边有一条宽宽的河，河道里长满了高高的芦苇，密密麻麻的，就像地里的高粱一样。有野鸭扑棱棱地飞，也有叫不上名的鸟儿在苇丛中叽叽喳喳地叫。

苇叶长大了，就可以采来包粽子。苇叶长长的，宽宽的，有一股清香味儿。新采来的苇叶要在开水里煮过，再把它晾干，然后才用来包粽子，这样可以去掉叶子原有的一些涩味儿，叶子也变得柔软了。用不完的，可以收起来，什么时候想吃了，什么时候就包，叶子可以反复用好多次呢。

姨奶奶包的粽子三个角，里面有糯米、红枣。姨奶奶包粽子，先把泡好的苇叶捋直、捋平，三两片叠在一起，苇叶的头和尾各向相反方向弯折，弯成漏斗的样子，然后放入红枣、糯米，红枣会放在各个角上，吃的时候，一剥开叶子，先看到的就是白白的米中露出的红红的枣，很是馋人。然后，将长边的粽叶翻折，包成三角形，再用马莲草拧好的细绳紧紧地捆住，一个粽子就做好了。

包好的粽子要放在锅里煮，那时候总觉得要煮好久好久，总是不断地问熟了没有，熟了没有。奶奶用的是大锅，灶台下烧的是去年干了的芦苇，芦苇噼噼啪啪地响，火苗呼呼地舔着锅底，和着风箱的咕哒声。当带有苇叶的清香的味道飘出来的时候，我们就再也不会跑到外边去玩了，就等着粽子出锅了。

多年后，每到吃粽子的时节，那些温暖的场面总是那么清晰地出现在眼前。姨奶奶、奶奶都已经去世了，那些飘着苇叶清香的记忆，会永远地留在我们心里。

成家后，小区门口经常有一个卖粽子的，早晨早早地就来了。一个大大的竹筐放在自行车的后座上，竹筐的一角插着一根长长的竹竿，竿头挑着一个粽子做招牌。她来时，会用细长的声音吆喝：卖——粽——子——来！很快，就陆续地有人围过来。

买得多了，每次只要我去，她总会很快地把粽子外边的一层叶子剥去，只留下里边的一层，然后用袋子装好给我。她的粽子有糯米、红枣的，也有糯米、红豆的，花样挺多，但总觉得没有以前吃的香。可能粽叶用过多次，粽叶的清香已经很淡了。有时，从她身边经过，虽然不买，她也会很热情地问：吃过了没?

缘于我爱吃，妻也学着包粽子。

妻是跟她母亲学的。

那年回妻的老家，说起我喜欢吃粽子，岳母买了最好的江米、黄米，还有当地最好的红枣。岳母戴着老花镜，细心地捆扎着。岳母包的粽子四个角，里面放的枣多，吃起来又香又甜。

初到岳母家，心里有些紧张，吃饭时，只知道低着头吃，也不知道吃了几个，惹得帮我剥粽子的小妹看着我笑。后来说闲话提起来，还笑我能吃呢。

妻包的粽子种类比较多，有红豆馅的，加上花生米、绿豆、冰糖；有红枣的，枣放在每个角上，中间再放上一个。妻甚至还做了肉馅的，五花肉，提前加味极鲜、葱、姜、花椒腌一会儿，再包在米的中央。

我们这里包粽子，没有人这样做，妻还记着那年在上海南京路上玩，我非要买个肉粽子尝尝。没有吃过，不知道什么味道，吃过了，也就忘了，没想到，她还记着，竟然自己琢磨着也包了。

妻说，每一种馅的粽子都用了不同的绳捆着，吃的时候好区分。我说呢，包了那么多，看起来都一样，到时候怎么找出来。不过，现在很难找到马莲草，就用普通的棉线代替了。

电视上、网络上，介绍粽子做法的东西多了起来，一些和粽子有关的习俗也被又一次地翻了出来。小小的粽子，连着一份民族的感情和精神寄托。

我家的粽子，连着的是每一个寻常的日子里一份平常的情。这份情，随着粽叶的清香，绵绵长长。

我家有女初长成

不觉间，小希十二周岁了，十二岁的小希长成了大人。

小希是弟弟的女儿，我的侄女。

小希两岁时，嘴里总是碎碎地念，有东有西，说个不停。弟弟逗她，她会说“我一边走着一边说，爸爸真是个好爸爸”。弟弟说，“打倒小希”。她会说，“不要打倒我，我这么乖”。弟弟说，“打倒二伯”。她会说，“不要打倒二伯，二伯这么疼我”。和小希玩斗牛的游戏，我用擦眼镜的小布片，充当斗牛士的红斗篷，逗得她前后左右来撞我，停都停不下来。

小希三岁时，弟弟带她回到老家。三岁的小希嘴甜甜的，“爷爷好”“奶奶好”“大伯好”，叫了一圈，看了看我，没吭声。我说，我是谁呢？她竟然脆生生地喊：“虎子哥哥好。”

虎子是她的哥哥，可我是虎子的爸爸呢。当她弄明白过来，自己乐得一边笑一边跑，嘴里还在喊“虎子哥哥”。以后好长的时间里，这成了我们生活中的一个乐子。

小希六岁时，我们一起去旅行，一路上，小希教我玩扑克，不管我抓到什么牌，总也是她赢，原因很简单，每一次的规则都是她来定。玩累了，就枕在我的腿上睡一觉。醒了，又缠着我讲故事，我把所有能想到的故事都讲了，可那双眨啊眨的眼睛里分明是在等着下一个。

在恒山，我们巧遇挑战五岳的陈州。陈州小时因车祸失去了双腿，坚强的他，凭着一双手走出了全新的人生。那天，是他完成了挑战泰山后的又一次壮举，他要凭着一双手，撑着残缺的身体，登上恒山的顶峰。陈州是山东人，我们和他合影时，他笑得很灿烂。

在最陡峭的一段山路上，我们和陈州一起往上爬。小希在他的旁边，我在小希的身后，看得出，小小的孩子眼里充满了坚强，也充满了敬佩。

在沙漠，无边的沙山让她惊奇，这可是从来没有见过的景象呢。飞快的沙漠冲浪车，在沙丘上猛烈地冲，疯狂地扭，把小小的孩子吓得眼泪都出来了。从高高的沙山上，坐着滑板飞快地滑下来，却让她高兴地笑个不停。滑下去，再从山下跑上来，再滑下去，并没有多少花样的游戏，让她乐此不疲。那些依然稚嫩的脚印、童真的笑声，在空旷无边的沙的世界里，成了一抹别样的风景。

小希十岁时，我们一起去海岛。蓝蓝的大海，软软的沙滩，浪尖上飞翔的海鸟，微微凉爽的风，让原本炎热的夏天充满了快乐。小希开始时不敢下水，很小心地在浅水里看着我们随冲来的浪浮上来又沉下去。当她终于大着胆子走下来时，一个大浪涌上来，没有防备的我被重重地打翻在水里。我从水里钻出来时，看见小希也被冲倒了。水一下子就漫过了她，看不见她的影子了。当我们快速地跑过去的时候，她已经爬了起来，一边抹着脸，一边吐着嘴里的海水。本以为要哭的她，却看着我们笑了。突然觉得，她长大了。

小希喜欢看书，很小的她就能认识好多字。等到自己能读书时，家里就到处是她的书了。小希看书特别着迷，拿到一本书，不管在哪里，都看得非常投入，不看完，饭都顾不上吃。喊她吃饭，还会拿着书坐到饭桌前，边看边吃。有时候，晚上看到很晚，督促她熄灯睡觉，灯熄了，可她还要开着小手电继续看。为这些，没少挨批评，小手电也被没收了，可她看书的那股迷劲儿，依然还是老样子。

小希最爱去的地方是图书馆，一去可以待一整天。图书馆里丰富的图书让她着迷，她看童话，也看名著，看到精彩的故事，回来后就和我们说个不停，那个小小的脑袋里，装满世界了呢。

小希和其他的孩子一样，周末和假期照样忙碌，学英语，上奥数，打羽毛球，游泳，可小希并没有像有些孩子那样心里极度的不愿意，她是高高兴兴地去做这些的。看过她做的奥数题，有些真是我们这些大人都很难解得出。每周两小时的英语辅导，又说又写又做题目，每次结束，她会说，累得都要吐了。可是，下一次到了学习时间，她还是高高兴兴地又去了。

有时我想，小孩子，不要这么累，能玩的时候，多玩玩，不要被作业和课外的辅导包围了，可看看周围的孩子，哪个不是这样，要不，可能就去不了好学校。学习的竞争和压力，早早地就压在了这些孩子身上。真希望孩子的世界能更丰富一些，更多一些蓝天、白云、童话，让小小的心里充满对世界的好奇和想象。

小希喜欢表扬，听到表扬的话，脸上就绽开了花，听到批评的话，小嘴就噘得老高。不过，小希脾气不倔，就算不高兴，过不了多大会儿，又会有说有笑。

假期里，我让她写作文，第一篇写得不够认真，我说不好，不能及格，那表情，就像霜打了的茄子，好失落。又写了一篇，真的不错，大胆的想象，俏皮的语言，一个孩子眼里活泼泼的世界。听到我的肯定后，小希高兴得又蹦又跳，那神情，谁在旁边都会受到感染。前些日子，小希写了一篇《照片的故事》，我放到我的公众号里，赢得了一片好评。我打电话，鼓励她继续好好写，电话里，她高兴的笑声让我好像看到了又蹦又跳的她。

时间如水般悄悄流过，当年的小丫头十二周岁了。那些浸染着快乐笑声的日子渐渐沉淀在记忆里，发酵成一杯醇厚的不舍得喝下的酒，在我们日渐老去的岁月里，芳香无比。十二岁的天空蓝蓝的；十二岁的欢笑甜甜的；十二岁的心里开始有了自己的小天地；十二岁，最美的年龄里正在绽开最美的花。

已经十二岁的小希，已经长大了的小希，有那么多的美好在等着你呢。

七爷爷

七爷爷算是小村里的名人了。

七爷爷是我爷爷的弟弟，爷爷就他们弟兄二人，按大的家族里同辈人排序，爷爷排行第五，七爷爷排行当然就是第七。七爷爷一直独身一人，和我们住在一起。爷爷说，七爷爷当年也娶过媳妇，后来人家嫌我们家里穷，就走了。从那以后，七爷爷就一直没有再娶亲。

因为村子小，村里的人都认识，谁家有个什么事，往往是全村都来帮忙。村里也没有出过什么大的名人，但是在村里人的心目中，也有几个称得上名人的人。

其实，七爷爷在村里人的心目中是傻。有时候，大家总会拿他来开一些玩笑，村里的一些重活儿、脏活儿都让他干。七爷爷从来也不说什么，只是默默地把活儿干好。

生产队那会儿，大家一起干活儿，别人休息时，七爷爷还在干，大家谁也不愿意和他搭档。七爷爷经常说，这么点活儿，快干完就是了，累不着。别人都在地头上抽着烟，说着话，只有七爷爷还在地里忙着。有人在一边嘟囔，真傻。

有一年，七爷爷给生产队里喂牲口。大家割的青草送到队里去，按重量计算工分，那时的工分是秋后分粮食的依据。平时，村里人都是在劳动间隙再在地里割一些草送到队里，七爷爷就一捆一捆地称了，再记在一个小本子上，一点都不差。有一次，我去送青草，在草筐里放上一块挺大的石头，想多称点重量。结果，七爷爷帮我往外倒草时看见了，很生气地说了我一顿，说怎么能做这样的事呢，该多少就多少。我涨红了脸，又生气又有些委屈，挎着筐子就回了家。不过，也知道自己做得不对，回到家也没敢跟家里人说，以后再也没敢做过这样的事。

七爷爷手巧，会做木匠活儿，家里的小板凳都是他做的。村里的石碾上的木头坏了，都是他和村里几个人一起修。石碾上的那块横梁很关键，用材一定要用好的，大多选长了多年的洋槐树。洋槐树木质坚硬，韧度高，也是做马车车辕的好材料。七爷爷他们会在全村里找，找到合适的，跟队里打个招呼，锯倒了，修整好，再装到碾上去，村里人碾米用起来就好使了。七爷爷他们修理的时候，总会有一些人围着看，看他们怎么打卯，怎么打榫，怎么不用一根铁钉就能把横梁装好。

七爷爷识字不多，每天喜欢哼一些没有词的曲子，干活儿的时候哼，闲下来抽烟的时候也哼，我们有时候还会学着他哼，他也不生气。过年时，村里组织扭秧歌、踩高跷，七爷爷也是活跃分子。村里的秧歌队由几个年长的人领头，一般是一人扮成老头，一人扮成老太太，把生活里的一些事编成笑话，你一句，我一句，唱得也不太成调，再加上插科打诨，逗得大家哈哈笑个不停。过年时，秧歌队挨着村去表演，村里会给一些糖果、香烟之类的，当作奖赏，大家乐呵呵的，都不会计较。七爷爷会拉二胡，大家表演时，他拉二胡伴奏，有时也会和着唱上几句戏里的词。

七爷爷喜欢吃咸菜，每次吃饭，都拿着一块自己家腌的疙瘩菜，嚼得脆生生的，让人听了，也忍不住想吃几口。七爷爷年轻时，在邻村的一户地主家里做长工，每天能吃的菜就是缸里的咸菜。家里每年都会腌一大缸咸菜，冬天没有新鲜蔬菜，就吃咸菜下饭。以后生活好了，七爷爷还是喜欢吃咸菜，家里的咸菜大半是七爷爷吃的。现在的饭桌上，也还会有咸菜，但都是作为调味品出现。有时候，看着桌上的咸菜，我还会想起当年七爷爷吃咸菜的样子。

七爷爷一生经历也挺多的,早年时做过地主家的长工，后来又闯过关东，但不管走到哪里，都不改他的脾性，干起活来没完没了，又爱较劲，看不惯的事又爱直说，总会惹得一些人说他傻。现在想来，七爷爷身上的那股“傻”劲儿，很多人没有了，不过，别人身上的那些精明，倒真不是大家喜欢的。

七爷爷去世后，村里人说起来的时候，多了许多的敬重和怀念，七爷爷还活在小村的记忆里呢。

成长

数指算来，今天是孩子的生日。

有一次，孩子对我说，写写我吧，我想知道在你们心里，我是什么样子的。

能是什么样子呢，我们和所有的父母一样，眼里都是你的优秀，就算有些什么不好，也总会很快地被好的方面盖过去。

你出生的那天，微微地有雪花飘着。半夜时，那声嘹亮的啼哭，让我的心怦怦地狂跳。从此，我也有了一个响亮的称号——父亲。

初为人父，内心里的喜悦溢于言表。看着你粉嫩的面孔和微微闭着的眼睛，我的心里早已经为你撑起了一片天空，这里没有风雨，只有晴空丽日，鸟语花香。

一岁多时，带你回姥姥家。小小的你，在车厢里跑来跑去，可爱的样子，惹得列车员争着过来抱你。

返程的火车，人挤得满满的。嘈杂的人声，浑浊的空气，已经犯困了的你，让我不管不顾地坐在了两排座位中间的地上。座位上的人，看看我，又看看你，没说什么，有些友好地往一边挪了挪腿，我感激地对着人笑了笑。

你妈说，我们去餐车吧，晚饭后，那里会有座位卖的。我抱着你，要穿过密集的人群，真的不容易。胳膊累了，使劲儿往上抱了抱你，没想到，你的头碰到了车顶上。我问你，疼吗？你噙着泪，摇了摇头，说不疼。开始懂事的你，让我心里有些酸楚，小小的心，给了我大大的安慰。

上幼儿园的第一天，我们把你交到老师的手里，本以为你会像其他孩子那样哭闹，可你乖乖地跟着老师走进教室，很快就和小朋友玩了起来。趴在窗户上偷看的我们，倒有了一些小小的失落。

晚上我们开会去学校，把你一个人留在家里。你坐在地上摆着积木，听着录音机里播放的《妈妈讲故事》，玩够了，就自己爬到床上睡了。回来时，看你睡得香甜，给你脱衣服你都不知道。有时候，我们不放心，让邻居大娘去陪着你，你会让大娘到床上给你讲故事。你说，妈妈在家就是这样的。像妈一样疼你的大娘，现在说起来，还是满脸的骄傲。

渐渐长大的你，对所有新鲜的事物都感兴趣。新买的相机，让你充满了好奇。相机里的世界，给了你许多新奇的想象。每次出去，我们都成了你的模特。看着小小的孩子端着相机认真的样子，不少路过的人站在旁边好奇地打量。冲洗出的相片，装满了影集。许多年后，翻翻那些发黄的照片，旧日的情形依然那么鲜活地在眼前。

上了小学，偶然的机会，你接触到了机器人，又一个神秘的世界在你眼前展开。跟老师去市里比赛时，那是你第一次独自离开家。每天，电话里听你说比赛过程，还有你新认识的哥哥、姐姐，听着你的快乐，我们原本的担心就变成了对你的鼓励。等你拿着全省第一名的成绩回来时，我们为你和你的同学、老师感到骄傲，也为你的自立、自理能力感到高兴。我们看到了一个慢慢长大的你，多一点经历，就多一份见识。后来，你跟随团市委组织的团队去北京，再后来你一个人去上海看世博会，我们就不再有先前的担心了。

还记得吗，你第一次受到的委屈？刚刚戴上红领巾的你，回家时满脸都是自豪。每天总是把红领巾戴得整整齐齐的，写作业都格外的认真。可是，几天后，你哭着回来，脖子上没有了你引以为傲的红领巾。问你原因，你哭得都说不出话来。和老师沟通，才知道是你违反了纪律，老师对你作出了处罚。看着你伤心的样子，我们心里也不是滋味，尽管觉得老师的处罚有些严厉，但还是忍着，配合老师对你进行教育。感谢老师对你的严格要求，才使你从小就明白了许多道理。以后，你做了班长，也是老师的助理，和你的同学们一起，努力地前进。

初三时，你随我来到了一个新的学校。新的环境让你有许多的不适应，学习上的压力也让你有些措手不及。在原来的学校里，你的成绩是优秀的，可来到这里的第一次考试，就让你远远地落在了别人后边。其实，这并不怨你，两个学校的进度相差太大，你落下了整整一本书的距离。虽然，假期里自学完了物理和化学，可是，许多东西，还是无法在短时间里掌握。

你的骄傲似是受到了打击，但也激发了你的学习热情。在回家的车上，你会拿着小本子背英语。吃饭前，你也会拿着小本子记着上面的东西。第二次考试时，你就已经有了明显的进步。

学校开展的读书活动，你很喜欢。从小养成的读书习惯，在这里有了更多的机会。班级组织《红楼梦》研究活动，你们写出了很多有自己见解的文章。你对《红楼梦》中金陵十二钗判词的解读，让老师们赞叹不已。诗词背诵比赛，你拿到了第一名，得到了校长亲自给你颁发的奖品。

每次听到老师们对你的夸奖，我们的心里无比高兴。我们的生活可能平庸，可我们希望你能有更好的发展，这可能是我们的一点私心吧。

高中的学习是紧张的，大家都在铆足了劲儿努力拼。可是在这个关键的时候，你对自己的要求却放松了。班级的活动、学校的活动牵扯了你太多的精力，你的成绩开始出现了下滑。有时候，一个题目，大家都不错，只有你错了。吃饭时，我跟你说起这些，或许言语有些严厉，你摔门进了自己的房间，扔下了一句气鼓鼓的话："你什么时候好好关心过我的学习了？我不是你的孩子，你让你的学生做你的孩子吧。"你的话深深地触动了我，让我好长时间都在思考。或许，我对学生比对你更加尽心、更加耐心，可是，哪一个做老师的不是这样呢？我们拿出了所有的精力和爱心关注着学生的成长，可却忽视了自己的孩子。你的老师们不也是这样吗？心里有许多的歉疚，对你，对这个家。

一次国旗下的演讲，你作为学生值日校长，慷慨激昂。你提到了我，提到了对我的理解，让我心里很感动。你是我的骄傲，在你成长的过程中，我一直都在，并没有缺席。

以后的你，更加努力地投入到学习中。每天晚自习后，你都会再加做一套题目，有些学习中的困惑，我们也会一起探讨。看着你很晚还亮着的灯光，我们心疼，但也为你默默地加油。在另一个房间里看书到很晚的我，也是在默默地陪你。

高考时，我带着我的学生。每天陪着他们，看着他们走进考场。出考场时，再接着他们。而你，跟着你的老师。我相信你，也相信你的老师。相信你的努力，定不会辜负你；相信你的老师也会如我对我的学生一样，带好你们。

高考顺利，你考出了还算满意的成绩。虽然与期望的澳门大学错过，但大连海事仍然是个挺好的选择。

作为重点生，你提前开学参加军训。四十多天的训练，你黑了，也结实了。国庆节放假，去接你时，看到穿着一身雪白制服的你，帅气，威武，只是黑黑的脸膛让我一下子竟然有点不敢认了。那个当年的孩子真的长大了，魁梧挺拔的身形让我感到了压力，也感到了舒心。

大学的生活轻松自在，可你的生活充实富有。中队的工作让你忙碌，第二专业的学习，占去了你的周末。可是，当顺利拿到两个学士学位的时候，我们还是为你的付出感到值得。和你一起走在校园里，你为我们介绍周围的环境，介绍你的专业，能听得出你心里的自豪。碧波荡漾的心海湖，高高的舵形雕塑，“学汇百川，德济四海”的石刻，优美的环境和深厚的底蕴塑造了你们坚毅的品格。很想参加你们的毕业典礼，很想和你一起见证一个特殊而有意义的时刻，只是我们没有时间，只能留下一个小小的遗憾。

你顺利通过了入职考试，为自己迈出了走向社会的坚实一步，我们同样为你自豪。一年的岗前培训，让你从一个刚出校门的学生成了一个能守卫一方平安的公职人员，这里照样有你的付出。每天，我总会及时地关注你们新进人员培训的微博，从并不多的内容里捕捉你们的进程。有时候，看到你们学习和工作的照片，我就会保存下来，和你妈一起分享。原谅我的琐碎，我只是想知道，工作了的你，每天都在做些什么。我知道，你能够很好地处理自己的学习、工作和生活，可是我们还想陪着你走生活的每一步。就算是默默地关注，我们也会永远站在你的身后。

第一次独立当班，第一次独立处理事故，你紧张，却能条理有序地调度，再次证明了平日的努力，才是工作的基础。跟学校的共建活动，你积极参加，自然蹲下给小孩子讲解的动作，赢得了学校领导的赞许；参加演讲、诗歌朗诵，主持晚会，参加巡视，许多的第一次让你紧张，也锻炼了你，许多的成长仍然要付出更多的努力。而今，顺利融入了工作环境的你，正在积极地努力着、进步着。

时间如流水，流走了岁月，也带给我们许多的幸福。今天的你，长硬了翅膀，有了自己广阔的天空可以飞翔。无论你走到哪里，我们都会站在你的身后，默默地支持着你。你在成长，我们也在成长，你在实现着自己的梦想，我们也在设想着我们的期盼。

一切，都在努力向前！

与一盏茶相遇

午睡醒来，懒洋洋地靠在床头，瞅着窗台上的几盆“肉肉”出神。

冬日的阳光暖暖的，原本绿色的叶片，变成了紫红，圆溜溜，胖乎乎，萌态十足。小小的窗台，生机盎然。

妻推门进来，说，起来吧，过来喝茶。一缕淡淡的茶香飘进来，给这个原本就温暖平静的午后，增添了几许雅意。

枣红色的茶台，同样颜色的方凳，青花的盖碗，嘶嘶冒着热气的水壶，熟透的普洱，厚重而不张扬。

妻坐在茶台前，洗茶，温杯。杯是不久前刚买回来的，釉色凝重，一条银鱼卧底，似在游动。深红的茶汤，倒和了这冬日的韵致，古朴的调子，平添许多暖意。

我于茶，并没有太多的认识，虽然也喜欢那份清雅的意境，但总没有真正地细细品究。平时喝茶，也不过是附庸风雅，遮掩几许轻浅。

前些天，朋友从南京带了一套茶具给我，特意和我说，闲时喝喝茶，茶里味道，何尝不是人生味道。精巧的小小茶台，适合放在办公桌上，几个小碗，朴实雅致，虽未泡茶，已然有茶香氤氲。平日工作忙碌，用心喝茶的时候真的不多，大多是草草地泡一大杯，置于案头，埋头之余，顺手喝一口。有时竟然忘记，想起时，咕嘟咕嘟喝一满杯。这哪儿是喝茶，实是解渴，枉辜负了一脉幽香。

妻喜欢茶，比我深。家里大大小小、深深浅浅的茶具，都是她置办的，我很少过问。每次面对一套新的茶具，心里喜欢，却很少做什么评价，似乎也习惯了这样的氛围，懒懒的，不去想其中的意蕴。

夏天时，妻带我去她学茶艺的茶社，让我有许多的感触。不大的厅堂，靠墙一排红木橱柜，各色茶具，柔和的古筝曲子，弥漫的茶香，让人有种脱俗的感觉。

讲茶艺的是个南方女子，一袭古装，盈盈软语，更显温婉清柔。

围桌而坐，看茶艺师煮水，冲泡，分茶，再端杯闻香，轻品，淡淡的苦，然后是细细的甜，柔柔的香在唇边缭绕，恍然间似乎缥缈于云雾里，忘记了自己。

对于茶的认识，大多是书里看来的。茶者，南方之嘉木也，本是山里的仙草。茶人讲究器美、水清、室静、事雅，举手投足之间，尽含天地之深邃。更有人悟得茶中禅意，解得人生百结。小小一片叶子，经历了烈火烤炙，融进了世间百味，让人神往不已。

我没有那么高的修养，总是站在地上仰望，又屡屡不得要领。但我喜欢的是喝茶时那些温馨的氛围，还有那些最朴实的烟火气息。

回老家，二哥在院墙边支起几块砖，放上大铝壶，又抱了一捆豆秸，填在底下，点上火。火苗呼呼地冒着，把壶抱在怀里，豆秸噼噼啪啪地响，很有些热闹。二嫂洗了茶壶、茶碗，屋檐下放一张小方桌，几个小圆凳，然后招呼我们坐下。墙边的梧桐树长得高大，硕大的叶子遮出了一片阴凉。大门口，几只鸡探头探脑，一条黑色的狗，摇着尾巴走来走去。二哥说，没有什么好茶，将就喝吧。不过，水是老井里的水，甜。

好久没见，听二哥说起村里的事情，倍感亲切，一如杯子里的茶，淡淡的，却又回味悠长。

父亲也喜欢喝茶。每天下午，父亲看看报纸，喝喝茶，常常一喝就是半天。母亲忙完家务，也陪在旁边，边看电视，边和父亲说些闲话。母亲并不喜欢喝茶，因了父亲的缘故，也慢慢地习惯起来。每次回家，父亲都会说，喝杯水吧。然后，动手倒满一杯，放到我的面前，又转过头去，看他的报纸。母亲说，喝水吧，刚泡上的。然后问些家里的琐事。

喝一杯茶，和父亲、母亲说说这些天来的事情。父亲有时会放下手中的报纸，认真地听我们说，然后再给出他的意见。有时，父亲把看过的报纸递给我，指着上面的内容和我说那些与我的工作有关的事情。

墙上的全家福，是几年前照的，桌上的父亲和母亲的照片，也有好多年了。那时的他们还那么年轻，而今天，父亲的头发、胡须都已经白了。留不住的时间，流走的是那些简单而快乐的日子。

壶里的茶，冲过几遍，味道渐渐地淡了，可心里的暖意越来越浓。

一杯茶，有着最平凡的过往，也有着最深切的情感。一杯茶，不必非要喝出什么禅意，有情便真。其实，所谓的禅，最深的意总在最浅处。我们用心走过的每一个日子，都在禅的意境里。流光的冷暖，生命的芬芳，都可以在一杯相遇的茶里找到注脚。

“竹雨松风琴韵，茶烟梧月书声”，个中情境让人神往；“清茗一杯，淡中有味”，更让人回味悠远。“空持百千偈，不如吃茶去。”与一盏茶相遇，就是遇见了最真的情。

胡子

我随父亲，十五岁那年就开始长出了胡子。

父亲很胖，络腮胡，每天都会很用心地把脸刮得干干净净的。父亲刮脸，用的是那种刀片式的刮胡刀。每次刮脸时，会先在脸上抹上一些肥皂，满脸白白的肥皂泡，只留下嘴巴，看上去有些滑稽。

父亲说，胡子硬，不抹，会疼。

小时候，每次看到满脸肥皂沫，对着镜子用心刮脸的父亲，心里有好多的羡慕。偷偷摸摸自己的脸，不知道什么时候也能长出胡子来。

长大，总是在不经意间的。

那个早晨，洗完了脸，无意中看到了镜子里的自己，嘴唇上竟然毛茸茸的，黑乎乎的。仔细看，细细的胡须，一根一根分明，就连下巴上，也密匝匝的。心里有一些骄傲的情绪，男人嘛，怎么能没有胡子。

看过一些古书，里面的那些英雄，让人崇拜。特别是三国时期的关云长，“髯长一尺八寸”，汉帝称他为“美髯公”，曹操还送他锦囊护须，很是让人叹服。后来读《陌上桑》，读到罗敷夸夫婿的句子“为人洁白晰，鬑鬑颇有须”，底下的注释说“白面有须，是古代美男子的标志”。再看看自己，心里偷偷地乐。

正是青春年少，个子长，胡子长得更快。也想像父亲那样抹上肥皂，痛痛快快地剃个干净。可是，有人说，胡子越剃长得越快、长得越硬。于是，就有了用指甲掐着一根一根拔胡子的经历。每次，拽住一根，用力拔，疼得挤眉弄眼，表情极度夸张。后来，有人说，胡子可以用剪刀剪。于是，专门去商店买了一把小剪刀。每天，偷偷地把嘴唇上、下巴上的胡子剪得整整齐齐的。现在看以前的照片，最明显的就是嘴唇上的小胡子，衬着还算英俊的脸，别有风格。

我留着胡子，一直到工作，成家，有了孩子。孩子小时候，经常被我扎着脸蛋，痒得咯咯地笑。后来，单位换了领导，话里话外反对留胡子，我才有些不忍地剃了个干净。

家里胡子长得最长的是爷爷。爷爷的胡子有一拃多，都白了。爷爷吃饭时，嘴里嚼着东西，胡子一翘一翘的，挺好玩。

爷爷年龄大了，平时喜欢坐在大门口，有时搓麻绳，有时钉鞋掌。累了，就拿手捋捋胡子。

儿子小时候，经常趴在太爷爷的身边，帮他捋胡子。一老一小，其乐融融，让邻居们好生羡慕。

爷爷走的那年，我刚刚换了工作单位，离家远，没能见到最后一面。等我匆匆赶回家时，见到的是漆黑的棺木，还有灵桌上爷爷的画像。画上的爷爷，慈眉善目，微微笑着，长长的白胡子，似乎还能捋得到。

爷爷的去世，对我影响很大。我没有想到，整天在一起的亲人，忽然之间就再也不能相见。原以为，不管自己走多远、多久，每次回到家里，总能看到那些熟悉的脸，听到那些熟悉的问候。当这一天终于来临的时候，才知道那些看起来最简单的愿望，却是那么的奢侈。

父亲生病后，我的心里多了许多的恐惧，但从不敢轻易透露出来。每次背着父亲上楼、下楼，父亲紧紧地搂着我的脖子，硬硬的胡茬儿扎着我，扎得我好心酸。

我在外地工作，每周能回家一次。

父亲坐在窗前，静静地看着我，说："回来了？"

我说："回来了。"

父亲又低头看他的报纸。父亲的头发长了，有些凌乱，胡子也长了，满脸，看上去，满是沧桑的感觉。

我问："几天不刮胡子了？"

父亲说："好多天了。"

我说："刮刮胡子吧。"

父亲说："刮刮就刮刮。"

我拿来刮胡刀，父亲开始在自己的脸上慢慢地刮。

父亲的胡子很长，大多数都白了，电动的刮胡刀，根本无法刮掉。

我说："我用推子给你推推吧。"

父亲说："好。"

刮胡刀的小推子，嗡嗡地响，在父亲又硬又密的胡子面前，有些无能为力。我一点一点地推，父亲歪着头，努力地配合着。有时候不小心夹住了，父亲忍不住"哼"了一声，我的心里一抖，停了下来。

父亲说："没事，推就行。"

眼里有些热。以前的父亲，从来都是把脸刮得干干净净的，穿得干净整齐。父亲如此的温顺，也全然不是以前的样子。父亲对我们要求严格，平时很少和我们说一些亲近的话。在我们的眼里，父亲严厉，也不怎么敢主动和他亲近。可是，现在的父亲，温顺得让我们感到陌生，也心疼。

带推子的刮胡刀，是弟弟特意给父亲买的。父亲生病后，每天坐在窗前，看看报纸，看看电视，很少出门，竟然连胡子也很少刮了。

我说："每天要记得刮胡子，太长了，不好刮，也不好看。"

父亲说："好。"

又一周回家，看到父亲坐在窗前，对着窗台上的镜子，努力地刮着胡子。脸上的胡子，有一些没一些的，有的长，有的短。父亲的动作有些迟钝，好多地方刮不到。

母亲说：“知道你要回来，怕你又要说他不刮胡子，这不，自己刮了半天了。”

有泪水在眼里打转，强忍着不让它落下来。父亲快要全白的须发，扎眼，也扎心。

我接过父亲的刮胡刀，一下一下，轻轻地刮。硬硬的胡茬，有些扎手。

两年前，父亲离开了我们，走得很匆忙。让我感到心安的是父亲走的前一天，我还为他刮过胡子，还和他一起吃了饺子。

送父亲走的时候，母亲把父亲的东西都收拾了，还特意把刮胡刀也放了进去，我在一边看着，眼泪止不住地流。

时间如流水，逝者已矣，留给我们无边的思念。那些难忘的亲情，点缀着我们的生活。有时，翻开那些泛黄的照片，旧日的容颜总会把我们带回那些温暖的情境里。再一次轻轻地摸摸那些让我们感到亲切的胡须，仿佛连通到遥远的我们无法企及的地方。那里，有我们最亲最爱的人。

有时候，看看镜子里的自己，头上的白发悄然生了出来，知道自己早已不是当初的少年。再看看身边的儿子，壮壮的小伙儿，嘴唇上也早已经长出了毛茸茸的胡子。

看看爷爷，看看父亲，看看自己，看看儿子，一抹笑意，盈脸。

和岳父在一起的日子

第一次见到岳父，是我们结婚的前一天。

我因为去外地考试，婚礼的前一天才赶回来。

回来时，妻一个人在收拾着单位刚刚分给的宿舍。一间老旧的平房，门窗破旧，妻的脸上抹得一道一道的。

妻说："爸妈来了。"

妻的老家是辽宁，他们千里迢迢地赶来山东。

见到他们，是在晚饭的饭桌上，岳父、岳母，还有二妹。

虽然在照片上见过，但心里还是有些紧张。

第一次面对面地开口叫爸、妈，心怦怦地跳。幸亏有妻在旁边打着圆场，才不会有太多的尴尬。

岳父瘦瘦的，身板硬朗，没有问我太多的话，只是笑着打过招呼。多次听妻说起过，岳父在煤矿工作，负责矿上的维修，八级工，技术好，心里多出许多的敬重。今日见到，更多几分朴实、诚恳的感觉。

婚礼是在我的老家办的。婚礼那天，按照我们当地的风俗，娘家人不需要去。岳父送到楼前，静静地看着接亲的车远去。

无法体会岳父当时的心情，现在想起，当我高高兴兴地接走我的新娘时，那个清瘦的身影是多么孤独。

因为离得远，我第一次去岳父家，是孩子一岁多的时候。那时，交通没有现在方便，要坐接近二十个小时的火车。

到家时，天已经黑了。岳母说，你爸不放心，已经去车站看过好多次了。

岳父不知道，当时正好赶上大雨，我们到锦州换车，火车走了一多半，因为前面隧道进水，又返回了锦州。我们又在锦州换了汽车，是在汽车站下的车。

见到我们，岳父很高兴，忙着张罗我们吃饭。

岳父已经退休了，平时没有什么事，就去社区里的活动室玩玩麻将。每天吃过早饭，岳父会及时地赶去活动室，十一点准时回来。

岳母说："你爸打麻将较真，把输赢看得真，老跟人吵。"岳父脾气耿直，为人豁达，人缘还是很好的。

我笑了，想起我们一起玩的时候，岳父讲过的一个笑话。岳父说："邻居家老爷子过生日，三个女婿都来了。喝完酒，吃过饭，大家一起玩麻将，结果老爷子总是输。输急了，啪啪啪，给了每个女婿一巴掌，骂道，吃了我的，喝了我的，临走还要赢了我的！"

岳父说完自己笑了，我和两个妹夫你看看我，我看看你，呵呵地笑。

岳父一下子明白过来，哈哈地笑。

我们自然知道岳父不是有意地说我们，但以后背地里还是会拿这件事互相打趣。

岳父再来山东时，竟然背了满满一口袋大米。

妻来山东时间短，还吃不惯山东的面食。

岳父说："东北的大米好，盘锦的。"

我说："那么远，坐那么久的车，太累。"

岳父说："累什么，就那么一袋米。"

岳父文化程度不高，但做事情特别认真。听妻说，以前在单位，岳父做过的活，别人都挑不出毛病。这些我信，就是在家里，岳父不管做什么，都是有条有理。家里的储藏室，岳父把每一件东西都归拢到位，东西虽然多，但一点也不凌乱。那年回去，邻居大哥帮岳父用铁皮包门，铁皮上的每一个铆钉，岳父都打得整整齐齐。

岳父喜欢喝酒，每天三顿。早起一小杯，中午、晚上各两杯。

我们当地最好的酒，当时是景阳春。瓷做的酒瓶，很精致，上面是武松打虎的画，当地人很形象地叫"老虎头"。岳父很喜欢，听妻说，我带回去的"老虎头"，岳父平时都舍不得喝，只有家里来了客人时，才拿出来。

岳父来了，自然是喝他喜欢的"老虎头"。岳父爱酒，但并不贪杯，没有见他喝醉过。我每天上班，偶尔陪他喝两杯，岳父自是高兴。

有一天下班回来，发现家里多了大桶装的景芝白干。

妻说：“爸每天喝‘老虎头’，有些心疼，就自己去商店买了白干。”

我说：“爸，家里有酒，不用自己去买。”

岳父说：“那个酒度数低，我喝点高度的。”

我知道这里的情由，也不好说开。

前几年，去岳父家，正好赶上妻的生日。弟妹们为她过生日，一大家人聚在酒店里，我高兴，喝了好多酒。第二天，在家里吃饭，岳父给我倒酒，我说：“我胃有些不舒服，不喝了。”岳父说：“没事的，喝一杯。”妻过来，帮我说话，说我本来就不能喝酒。岳父一瞪眼：“那天不是喝了不少吗？”我见势不妙，怕惹他不高兴，赶紧给自己倒了一杯。岳父并不劝我多喝，有我陪着，他喝得高兴。

有年春节，岳父在我们这边。有天上班前，我对岳父说：“车库里有些纸盒子，收废品的来了，把它卖了吧，省得占地方。”

下班回来，岳父说：“废品都处理了。”

我说：“爸，您受累了。”

可是，看看车库，总觉得少了些什么。当我明白过来，才知道，我放在墙根的一大摞书，也被岳父当成废品卖了。那些书，可是我好不容易积攒的资料啊，里面还有我以前写文章获得的词典奖品。学校要放假，办公室维修，好多东西都抱了回来。

岳父不知道，以为我都不用了。

我心疼不已，但也不好说什么。

可能岳父看出了我的不高兴，原本要多住些日子的，刚过年，没出正月，就要回去。我心里也不是滋味，总觉得有些对不起他。

每次回去，岳父总愿意我们陪他回老家看看。岳父的老家在几百里外，平时很少回去。岳父年轻时，招工来到了现在的地方，从此就扎下了根。

老家在县城边，不大的村子，起了个很有地方特色的名字——王炮屯。一条铁路，隔开了外面的喧哗，小村安静，平和。

让我感到惊奇的是家里的大院子。从院门口，到房门口，五六十米的样子。从房屋后门，到后院门口，还有六七十米。前院里种着各种蔬菜，后院里种着各种果树。正是夏天，瓜果满架，甚是红火、热闹。

岳父带着我们前院后院地看，不时地说着以前的事情。虽然已经过去了多年，但那些旧日的情景，似乎就在眼前。岳父的眼睛里，闪着亮光。

老家里的叔叔、姑姑都来了，还有弟弟、妹妹、孩子们，满满的一大家人。

岳父带我们去村外的祖坟。每次回来，岳父总要去烧烧纸，围着坟地转转，有时候，也会和我说说爷爷奶奶的事情。离家多年，亲情、乡情反而越来越浓。

岳父脾气有些倔，稍不顺心，就发脾气。岳母却平和、慈祥。岳父母结婚五十周年纪念，我们都回去了。路上，我对妻说："回去后凡事都让着爸，他年纪大了，可不敢和他顶嘴。"妻答应着，可是，在家里待了几天，还是难免要起点冲突。妻的脾气随岳父，爷俩都容易较真。

有一次，妻自己回去，晚上回来晚了一点，自己没带钥匙，敲门，岳父开的门，自然少不了一顿数落。妻说："我也这么大了，爸还骂我。"有些委屈。

都说，人老了，反而会孩子气。

我们离得远，时间长了不回去，岳父就会念叨。每次听到我们要回去，更是不停地算着日子。老人的心，都如他一样吧。

孩子在上海工作，岳母和妻说："你爸说，大孙子在上海，要坐飞机去上海看看。"妻说："好啊，我们一起去。"可是，岳父年纪大了，身体不便，一直还没有成行。

已经八十多岁的岳父，不再像以前那样喝酒了，喜庆日子时，象征性地抿一口，开心地笑着。

听到岳父去世的消息时，我感到很吃惊。前几天，岳父有些不舒服，吃不下饭，大家都劝他去医院检查检查，岳父还不愿意去。我给他打电话，嘱咐他多吃饭，好好休息，还和他开玩笑说："要不吃饭时喝一杯？"岳父说："不喝了，早就不喝了，身体不行了。"听起来，岳父的情绪还好，说话的底气也足。没有想到，仅仅过了一天，岳父就离开了我们。

对于亲人的离去，我内心极度的脆弱。放下电话，我自己坐在沙发上，流泪流了好久。前年父亲去世后，我经常会想起与父亲相处的日常，那些温暖的日子，简单朴实，那些细节常常让我悄然泪流满面。现在，生命中的两个父亲都走了，心里的空落，真的无法用语言来表达。

我们买了能买到的最近的一班火车票，连夜往回赶。妻因为悲伤，一路上很少说话。到家时，楼下摆满了亲朋好友送来的花圈，一些帮忙的人站在楼道口。不是往日回来时的气氛，那种压抑让我难受，我的泪水忍不住又流了下来。

家里人很多，岳母看上去还好。见到我们来了，招呼我们休息，吃饭。八十多岁的人了，经历这样的离别，让我们很担心。女眷们忙着折葬礼用的金宝银宝，已经折好的，堆了满地。没有人大声说话，只有帮忙安排后事的人，出来进去，走路也是悄无声息。

岳父的葬礼请了专职的白事司仪，一切事情安排得井然有序，也免了我们在极度的悲伤中会有些照顾不周的事情出现。纸扎的车马、金宝银宝、随身的衣服，都在一把火中化成了青烟，希望那边的世界里，岳父能够安心快乐，一如在这边的日子。

殡仪馆的乐队，奏着哀凄的曲子。岳父穿着新买的长衣，静静地躺在花丛中，表情平静，似是安静地睡着了。可是，无论我们怎样呼唤，他都已经听不见了。天地永隔，再无相见之日，还有什么能比这样的别离更让人伤感。

已经经历过多次和亲人的别离，自认为坚强了许多。可是，当最后的一刻来临时，我依然无法控制自己的情绪，失声痛哭。送父亲走时，看到炉火冒出的一刹那，我一下子跪在地上，大哭不已。

生命原本没有我们想象的那般坚强，总会在某个特定的时候离开，任是什么力量，也无法挽留。有时候想，生命有来处，自然也会有归处，来是喜，归也不必悲，可是，谁又能真正地做到如此坦然。一世的情，几世的恩，岂是几句轻巧的话能够说得清，道得明。

再过几天，就是岳父的“五七”。据说，死去的人会在这一天回家，最后看看家人，然后去投胎，或是去阴司居住。当地的习俗，“五七”这一天，亲朋好友、左邻右舍都会来，会有一个很隆重的仪式。带庭院的“房子”，“房子”里的一应“生活用品”，还有“院子”里的“凉亭”，早就请人扎制好了，金宝银宝、各种纸钱也早已经备齐。岳父看到，或许会欣喜吧。

岳父，一路走好。

第二辑

乡间邻里

当年的人很多已经不在，当年的故事早已在逝去的日子里风化。只是，在有些个落日的傍晚，面对着曾经留下我们足迹的长长的胡同，那些过往还是会在记忆里跳跃。那些忘不了的人，还有那些尘封的事，似乎又在窄窄的胡同里一一呈现。

打尜

窗外的雪，纷纷扬扬的，屋顶上，已经白茫茫的了。

客厅里的几棵草花，还在开着，给枯燥的冬天带来了几许灿烂。一缕茶香，淡淡地缭绕着。

坐在窗前，看着乌蒙蒙的天空，想着刚刚看过的书里提到的一个简单而又古老的游戏，竟然有些走神。

打尜，一种已经淡出了我们生活的游戏，而今，却又被别人的文字生生地唤醒。也许，老家的人不认识“尜”这个字，直接读成“尖”的音了。

做尜的方法很简单，用一拃长、拇指粗的木棍，削尖两头，就做成了。材料到处都有，家里草垛旁堆放着的干树枝，就可以做出很好的尜。当然，最好的材料还是蜡条，坚硬，中间没有空芯，耐用。

打尜的玩法很简单。在墙根画一个方框，方框外面画一条线，将尜放在线上，用一根木棍（或木板）敲击尜的一头，使尜弹起，然后迅速将尜打向远处，另一个人去捡这个尜向框里扔。如果扔到方框里，打的人就输了，再换对方打。如果扔不进去，就继续打。技术好的人，能打好远，让扔的人总也扔不进去。

每天放了学，孩子们顾不上回家，把书包往墙边一扔，就开始玩了。寒冷的天气，也能玩得头上冒汗。天黑了，大人来喊回家吃饭，才会恋恋不舍地回去。临走时，当然不会忘了约好明天再来。

打尜技术最好的当属秋生。秋生刚上初一，手脚灵活，眼睛也好使，几乎没有打空的时候。别看他平时不爱学习，可一玩起来，就是一副生龙活虎的劲儿。村里的孩子都愿意和他一伙儿，有时候，甚至会以替他做作业来讨好他。

秋生有个哥哥叫春生，上初二。和秋生不一样，春生喜欢学习，成绩总是优秀，可玩的技术就大打折扣，不是打不着，就是打偏了，被人一下子就投“死”了。秋生从来不和他哥哥一伙儿，嫌他丢人。

春生上初三那年，父亲病了，住了几个月的医院，本来就不殷实的家，更加难以为继。父亲就说，家里供不起两个孩子上学，下来一个，帮着家里干活儿吧。可是，让谁下来呢？做父亲的也拿不定主意。

春生说，我下来吧，让弟弟去上学。秋生说，还是我下来吧，哥哥学习好。两人都争，父亲的眼眶有些湿润。孩子懂事，可做父亲的却没有能力，心里有愧啊。

没办法，父亲说：“你们俩来个比赛吧。打尜，谁赢了谁去上学。”

结果出人意料，技法娴熟的秋生失误连连，甚至出现了连打三次都不中的情况。春生赢了，一个人跑到草垛的后边哭。

春生上了高中，又考上了大学，他把自己新领到的校徽寄给了秋生。春生的书包里，总放着一只尜，看书的时候喜欢拿在手里。尜的身上，磨得油亮亮的。有人不认识，春生说，这是弟弟。听的人，不明就里，一头雾水。

打尜，并不只是小孩子的游戏，有些好玩的大人也喜欢。

邻居家有个哥哥，也喜欢打尜。成了家，玩心还是不改。冬天，地里没活儿了，就会和几个年轻人结伴玩。媳妇劝，口头答应着，一转身，又去玩了。媳妇生气了，说，我和你玩，你要是赢了我，今后爱怎么玩就怎么玩。要是输了，就得听我的。哥哥根本没把媳妇放在眼里，爽快地答应了。

媳妇说，咱们换个玩法。不比打，比扔。谁扔得准，谁赢。哥哥说，就按你说的。

媳妇在墙边画好了方框，走到几丈开外，拿起一个粗重点的尜，眼睛瞄了瞄，胳膊抡成一个圆弧，“嗖”地扔了出去。尜在空中翻滚了几下，准确地落到方框里。哥哥脸上的肉跳了跳，也拿起一个尜，瞄准了扔过去。可是，用劲儿有点大，尜碰到墙上，又蹦出了方框。

哥哥气得跺了一下脚，说，再来。媳妇说，你先来。

三轮下来，媳妇三比二，赢了。哥哥红着脸，不说话，有些丧气地跟着媳妇回了家。

以后的日子里，不见哥哥在街上打尜了，倒是经常看见他和媳妇推着小推车，到处赶集卖自己串的盖帘，还有自己绑的笤帚。忙到年底，收成不错，媳妇的脸上都是笑。

有一次，趁着媳妇高兴，哥哥问她怎么扔得那么准。媳妇笑着说，在娘家时，经常放羊，羊不听话，就拿石头打，时间长了，当然准。哥哥伸了伸舌头，不再言语。媳妇瞪了一眼哥哥：不服咋的，再比比？

想到这里，自己忍不住笑了。当年的自己也喜欢打尜，棉袄的口袋里经常装着大的小的尜，尜的尖头刺破了棉袄，棉花露在外面，白花花的。

这么多年了，街上没有孩子再玩这样的游戏，当年的哥嫂都已经年老，去了城里，帮儿子带孩子。春生留在了城里，秋生在家种着几个大棚，每年都会去城里给春生送新鲜的蔬菜。春生家里的墙上，一直挂着一只尜。茶余饭后，兄弟二人还会说起以前打尜的趣事。每次说起，心里涌起的都是一股暖意。

外面的雪还在下，那些旧日的时光和那些时光里温暖的画面，就在这样的雪天里，铺展在我的眼前。那些遥远的记忆，还有记忆里那些熟悉的人，那些简单的游戏，让我有了穿越回去的冲动。

平常的日子，平常的生活，竟让人如此留恋。

家口

家口，就是家里的人口。

村里人家，几乎家家养狗。养狗的人家，自然把狗也当作家口。

习俗都是上辈人传下来的。老人们总是说，狗通人性，好好看待狗，狗也是家里的一员。

狗在家里，出进自由。大多人家，都要在院子里专门修一个狗窝。青砖砌墙，红瓦盖顶。虽不高大奢华，足以挡风避雨。平常狗总是跟着人，走到哪里，跟到哪里。人吃饭时，也给它弄些吃的，吃完了，再跑到桌子边，捡掉在地上的饭粒吃。

在老家时，我们也养了一只狗。棕色的皮毛，油亮亮的。狗长得很高大，壮硕的身子，很威猛。

我每次去上学，它总是跟着，赶都赶不回去。做出要打它的样子，它吓得跑到一边，一回头，又跟上来了。放学回来，狗老远就跑过来，摇头摆尾的，还使劲儿往身上扑，一副久别重逢的样子。

我在里间写作业，狗就趴在外间等着。听到院子里有动静，会支棱着耳朵，抬着头，很警觉地往外看。有时候，会跑到院子里，发现没有什么事情，就又回来，懒洋洋地闭上眼睛，趴在那里。

每次出去，狗都跟着我，就是走很远的路，我也不会害怕。

奶奶经常说，狗对人好，人也要对狗好。

奶奶说，二柱的媳妇就是狗拉回来的。

腊月二十三，家家忙着过小年。

傍晚时分开始下的雪，纷纷扬扬的，像春天时随风飘的柳絮。

二柱趁着天还没有完全黑下来，又去挑了一担水。到门口时，看见自家的黄狗正在使劲儿地拖着什么，很吃力的样子。

等到了近处一看，分明是个人，一动不动的，身上、头上都是雪。二柱赶紧试了试鼻子，人还有气儿。

二柱把人抱到屋里，二柱的娘往锅底下加了几把柴，火呼呼地着，屋子里暖盈盈的。

人醒过来了，喝了碗热水，未曾开口，眼泪哗啦哗啦地往下流。

二柱的娘说，别哭了，有什么难处，说吧。

没想到，一开口，竟是个女人。

女人说，家里遭了灾，爹娘病死了，自己跟着村里人逃荒，半路走散了。自己来到这里，饿晕了。

二柱的娘赶紧盛了碗饭，女人狼吞虎咽地吃饱了，洗了把脸，是个年轻的姑娘，长得俊俏。

二柱娘看了心里欢喜，问她打算去哪里？

姑娘摇摇头，一个劲儿地掉眼泪。

老人说："要是不嫌弃，你就住下吧。有我们一口吃的，就不会饿着你。"

姑娘抱着老人的胳膊，扑在老人怀里，哭得呜呜的。

二柱悄悄躲到外面，起劲儿地劈着木头。

姑娘做了二柱的媳妇，以后成了三喜的奶奶。

二柱家的狗每天跟着姑娘，姑娘下地，它就在地里捉蚂蚱，累了，就趴在一边。姑娘去河边洗衣服，它就在河边跑来跑去，看着水里的小鱼，急得转过来转过去，终究不敢下水去捉。有村里的年轻人，故意对着姑娘说些挑逗的话，狗就对着他们一阵狂叫，瞪着眼睛，张着嘴，凶巴巴的。年轻人赶紧打着哈哈，撒腿溜了。

狗老死时，二柱和媳妇哭了好一阵子，红着眼，把它埋在了自家的地里。

几十年前的故事，奶奶还记得那么清楚。三喜的奶奶早就死了，三喜的儿子都上学了，三喜家的狗还是条黄狗，整天跟着三喜。

奶奶说，要把家里的狗当成自家的人来看，狗懂得报恩呢。

村里的五保户，住在场院牛棚边的一间破屋里。几年前，从村外捡回了一只长了疮的癞皮狗。老人精心照料，狗的疮好了，就不走了，成了老人的一个伴儿。

有天晚上，村里的赤脚医生刚睡下，听到大门哗啦哗啦地响，还有狗在汪汪地叫。起来一看，是老人的狗。狗咬着赤脚医生的裤腿就往外拖，嘴里呜呜地低叫着。赤脚医生赶忙跟着狗往场院里跑，一进屋，看到老人正大口大口地喘着粗气，快要不行了。

老人病好后，更是把狗当亲人一样看待，吃饭都和狗一个桌子。

村里人养狗，和城里人不一样。城里人爱狗，把狗叫“儿子”叫“孙子”，给狗穿漂亮的衣服，让狗住漂亮的小房子，整天抱在怀里，或是牵着四处遛弯儿。这种爱，是宠，也是把狗当成了玩物。村里人养狗，不宠，不拴，在心里是把它当成一家人的。

自由的狗，才有真正的狗的性格。

麦收

一大早，太阳就有些火辣辣的，热浪缓缓地涌来，一阵一阵地扑在人们的脸上。

狗躲在大门口的阴凉里，张着嘴，伸着舌头，大口大口地喘着。几只老母鸡，趴在墙边的草垛旁，懒洋洋的。有经验的农家人都知道，这是熟麦子的天气。过不了几天，绿色的麦穗就会变黄，繁忙的麦收就要到了。

俗话说，三秋没有一麦忙。麦子熟了，要尽快地收割，要不，这么毒的天，麦粒会落到地里。说不定哪天来一场雨，一年的收成就要泡汤。每年到麦收时分，家家户户都是早早地做好准备，单等最后一阵热风吹过，满地的金黄，像是发出了号令似的，抢收就开始了。

记得以前麦收时的情景，那是一年里最忙碌的时候。爷爷经常翻着黄历，看看哪天芒种，嘴里念叨着“芒种三日见麦茬”。家里的镰刀好几把，都挂在南屋的墙上。一年没用，上面满是灰尘。爷爷踩着凳子取下来，用抹布擦擦，青亮亮的刃口，油光光的把儿，透露着岁月的痕迹。爷爷用大拇指横着在刀刃上轻轻地摸摸，试试是不是锋利，再晃晃把，看看刀头是不是结实。钝了的刀头，要重新磨，磨快了才不会耽误工夫。磨刀石是长条形的，用了多年，中间已经凹下去了，磨过了多少镰刀，爷爷自己也记不清。

爷爷磨刀的姿势很美。磨刀石固定在板凳上，爷爷左腿弓，右腿蹬，身子前伏，两手握住镰刀，在磨刀石上洒点水，一前一后地磨。爷爷的身子很有节奏地起伏，眼睛紧盯着刀头，神情特别专注。爷爷说，磨刀要认真，心里有准头，刀才磨得快。

捆麦子的绳子，打麦子要用到的木杈子、木锨，还有簸箕、笤帚，一应物件，都找出来，由母亲细细地归拢在一起。大门口的空地，母亲早早地就打扫干净了，爷爷带着我们几个，拉着光溜溜的碌碡，一遍一遍地压，直到地面也光滑平整才好。这里，就是我家的打麦场。

开镰的日子到了。母亲一大早就起来擀饼，饼是双层的，中间抹上油，烙熟了，可以揭成两个。菜是土豆炖芸豆，铁锅里热腾腾的，香味扑鼻。早就烧好的开水，装满了几个暖水瓶，整齐地排在门口，一会儿，要带到地里去。苇笠挂在墙上的木橛子上，一块粗布的毛巾搭在一边。一切，都有一种很强的仪式感。

太阳火辣辣地挂在天上，毫无遮掩的麦地里，到处都是忙碌着的人们。大家弯着腰，低着头，右手拿镰刀，左手揽过一大把麦子，唰的一下，就整齐地割了下来，熟练的人两把就够捆成一捆的。选一把青一点的，麦穗头处拧一下，两边分开，捆麦子的“绳子”就有了。捆好的麦捆整齐地放在麦垄里，等着割完运回去。

割麦子，活儿很累，腰一直弯着，用不了多久就会腰酸背疼。为了抢时间，大家顾不上歇，只是在捆麦子的时候稍稍直直腰。粗布毛巾搭在肩膀上，直腰的间隙摸过来擦一把脸上的汗。爷爷割得很快，远远地赶在前面。身后的麦捆越来越多，留下的麦茬白花花的，闪着亮亮的光。

中午的饭照例是在地头上吃的。油饼、鸡蛋、土豆，还有菜园里新摘的黄瓜，倒也丰盛。谁家也是把能做出的好饭送过来，活儿累，吃点好的补充体力，再说了，大家都在一起，吃得不好，面子上也不好看。烧好的绿豆汤，泛着淡淡的绿，喝一碗，解渴，消暑。小时候，和大人一起在地头上吃饭，热热的太阳底下，总也吃得心满意足。

吃过午饭，男人们凑在一起，卷上一根旱烟，使劲儿地抽上一口，慢慢地吐出来，看着一股青烟在眼前慢慢地散开，脸上满是惬意。大家互相问着进度，算算割完的时间，说说天气。女人们收拾好碗筷，吆喝着乱跑的孩子，又把地头上丢掉的麦穗捡起来。

忙碌的时光，一段简短的悠闲。天是热的，人的心里也是热的。看看丰收的麦子，谁的心里不是有一朵花儿在开放。

这样的日子要持续三四天，那时候，没有机械，只能靠人力，家里劳力多的自然快一些，家里劳力少的，就会请邻村的亲戚来帮忙。抢收的“抢”，可不是说着玩的，果真慢了，说不定就会眼看着收成化为乌有。

麦子收回家，晒在麦场上。村里的打麦机，要挨号轮着用。几户人家合伙，一家一家来。有人看着机器，有人负责往机器口送麦捆，有人撑着麻袋接着麦粒。大家分工明确，动作协调，干得热火朝天。机器从白天一直响到晚上，人累了，休息一会儿，有人顶上，一家打完了，再换另一家。乡村的晚上，轰鸣的机器声，成了最好的催眠曲，还没有轮到的人家，就在这样的嘈杂声里，安静地睡去。

也有等不及的人家，套上毛驴，拉着碌碡，转着圈地压。一盏玻璃罩灯挂在一边的树杈上，淡淡的光，透露出一片安静。偶尔，驴子拖长了声音叫唤，胡同里久久的有回声传回来。

打好的麦粒要在太阳底下晒上几天，才能干好，干好了的麦子就可以装进家里的粮囤了。入囤前，爷爷会在有风的早晨或是傍晚，用木锨把麦粒高高地扬起，里面的麦糠被风吹得远远的，一粒粒饱满的麦粒落在地上，如一粒粒的珍珠。爷爷的木锨在空中划出一个漂亮的弧，麦粒就像散开的瀑布，淡淡的天光里，成就了一幅动态的图画。

麦秸堆成了一个又一个的垛，圆圆的，高高的。孩子们耐不住性子，早早地就爬上垛顶，在软软的麦草里嬉闹。玩够了，躺在上面，头对着头，说着小人书里看到的新故事。过一会儿，一个一个睡得呼呼的，要不是大人扯着嗓子使劲儿叫，还不定睡到什么时候呢。那些简单的日子，有着简单的快乐，那些简单的快乐，成了以后总也不会忘记的最温暖的回忆。尽管已经走了很远，可是那些熟悉的场景，总会在某个不经意的时候，悄然在眼前显现，有时候，甚至会湿润了眼眶。

又到麦收时节了，太阳如以往一样，火辣辣的，金黄的麦浪随着热浪起伏着。村口有大型的收割机进来了，家里的男人们围在一起，商量着今年收割的价格。社会在进步，时代在发展，麦收似乎没有了以前的紧张和忙碌，再也不用挥着镰刀在地里挥汗如雨，也不用晚上挑灯夜战，抢着打麦子了。生活，给忙碌的村里人，带来了一些悠闲，也给单调的劳累，添了许多从容。

日子走过了昨天，又在今天给我们一幅新的画面，亮丽的场景，描画着生活的多彩。麦收时节，一个让人感到充实而富有的节日。

数九

“一九二九不出手，三九四九冰上走，五九六九沿河看柳，七九河开，八九雁来，九九加一九，耕牛遍地走。”

又到了三九时节，旧日熟悉的谚语，再次在耳边回响。虽是寒冷天气，心里蓦然涌起了许多暖意。小时候，跟着大人一句一句地学，玩游戏时，有模有样，一句一句地唱，欢声笑语，和着树梢上呜呜的风声，点染着小村里独有的安宁、祥和。

现在的孩子，好像不怎么知道这些了。

旧时的黄历只有老家的年集上还能偶尔见到，老式的日历本，躲在了墙角，就连几年前流行的精美挂历，也已经不见了踪影。习惯了手机里的时间和日期，见惯了网络上大肆渲染的各种洋人的节日，那些父辈们耳熟能详的东西，似乎都已成了遥远的过去。

有时候，回到老家，从老人的口里，还能听到许多这样的故事，可是在城里，这些原本生活中的常识，早就湮没在新的潮流里。

从冬至时，数九就正式开始了。

数九又称冬九九，是一种古老的民间节气。数九寒天，就是从冬至算起，每九天算一“九”，一直数到“九九”八十一天，“九尽桃花开”，天气就暖和了。实际上，是“九九又一九，耕牛遍地走”——整整90天，数九计日。

中国传统文化中，九为极数，乃最大、最多、最长久的概念。九个九即八十一，更是“最大不过”之数。古人认为过了冬至日的九九八十一日，春天肯定已经到来。

数九习俗起源于何时，现在还没有确切的资料。不过，至少在南北朝时已经流行。南朝梁代宗懔《荆楚岁时记》中就写道：“俗用冬至日数及九九八十一日，为寒尽。”

为了度过寒冷而枯燥的冬天，古人生出了许多的念头，既是游戏，又不乏文雅之气。就是普通的人家，也纷纷效仿，书香气韵，成了冬天里一抹独有的时尚色彩。

有一种习俗叫“画九”，流传得比较广。古文里记载：“冬至日，画素梅一枝，为瓣八十有一。日染一瓣，瓣尽而九九出，则春深矣，曰九九消寒图。”这种方式，更为闺阁女子喜欢，既能消得素日寂寞，又合乎书画雅意。一枝淡梅，和着心事，每日在绢帛上绽放，也是在心里盛开。窗前凝眸，栏杆独倚，琴声一曲，在这数九寒天，平添许多清雅气息。

后来，又出现了“写九”的习俗。“写九”的文化味也是很浓的，往往用“亭前垂柳珍重待春风”或“春前庭柏风送香盈室”九字（繁体），先双钩成幅，从头九第一天开始填写（类似书法练习中的“描红”）。用粗毛笔着黑色，每字九笔，每笔一天，九字填完正好八十一天。有意思的是，每天填完一笔后，还要用细毛笔着白色在笔画上记录当日天气情况，所以，一行“写九”字幅，也是九九天里较详细的气象资料。

这样的场景，连想象里都有许多的诗情画意。窗外雪花飘飘，墨色的背景上，涂写着纯白的诗句，许地上万物一片纯粹。窗内凭几临书，点画中勾勒春意盎然。如此雅致，就是平常人家，也一样可以在茅屋中体味得到。

日子走过了许多个春夏秋冬，许多的习俗渐渐远离了我们的生活，可一些新的东西，又在暖暖的炕头上、炊烟里产生。

记得小时候，数九的日子，是最快乐的日子。打石板，弹玻璃球，跳房子，打尜，围着爆米花的火炉捉小鸡，早早地跑到村里空地上等着看露天电影……有时候，跟着爷爷认真地打着算盘，一遍“小九九”打下来，数对了，会得到爷爷的夸奖，数不对，再在爷爷的督促中重新打。“一一得一，一二得二，二二得四，……九九八十一。”虽不是“数九”歌，依然有别样的趣味。

爷爷坐在煤炉边，把炉火捅得旺旺的。呼呼的火苗声，抵消了外面呜呜的北风声。有时候，爷爷会在炉边烤个地瓜，或是烤个玉米，那种甜里带香的味道，惹得口水悄悄地流在嘴边。

阿黄摇着尾巴，围着我转来转去，我拍拍它的头，说，急什么，还没熟呢。阿黄听话地坐在地上，伸着舌头，瞪着眼瞅瞅我，再瞅瞅炉子那边。

奶奶把晒干的玉米堆了一炕，拿着爷爷准备的木锥，顺着玉米的纹理，一下一下穿着，黄黄的玉米粒，金闪闪的，在苇席上滚。

和奶奶一起搓玉米，总会缠着奶奶讲故事。奶奶不识字，可知道的故事很多。丑闺女被狠心的爹娘推下了深沟，奇迹般的生还后，过上了富足的日子，让爹娘多了许多的懊悔。勇敢的小伙儿，射大雕，探深洞，救下美丽的姑娘，成就一番美满姻缘。智慧的邻人，葫芦瓢扣着灯，一碗黑狗血，破了妖精的法术，还一家平安……

奶奶的故事，把我们带到另外一个天地，那些善恶美丑，悄然种在了心里。

奶奶会剪各种各样的窗花，双飞的燕子、威武的麒麟、仰着头的公鸡、弯着角的绵羊、盛开的牡丹、含苞的春桃……大红的窗花，贴在雪白的窗纸上，映得屋里都红彤彤的。奶奶说，等你长大了，娶了媳妇，给你剪一对戏水的鸳鸯。我笑，奶奶也笑，小小的心里又多了一份美丽的憧憬。

阿黄从外面进来，“汪汪”叫了两声。外面的风匆匆地掠过树梢，响亮地吹着单调的口哨。屋子里，暖意融融。

从什么时候开始，这些东西离我们远去了呢？城里的日子比村里匆忙了好多，手机、电脑占据了我们太多的时间，就连小孩子也一样迷恋在游戏的世界里，那些曾经的雅致，悄然淡出了我们的生活。有时候，难得午后片刻的闲暇，一杯清茶氤氲的氛围里，偶然触碰到旧日的情怀，竟然泪眼迷蒙。

我们自然不必再像古人一样临摹涂画，也不必再模仿古人的风雅，但那些生活中充满韵致的东西，和那些韵致里面浓郁的文化气息，却足以让我们日渐空虚的心受到熏染，免得让世俗的风吹走了仅存的一点古意。过去的故事虽然古老，那些骨子里浸润着的文化内涵，仍然可以让我们细细地思考，久久地回味。

土炉火烧

“火烧”，并不起眼的一种面食，北方很多地方都有，因用炉火烤制而成，故名“火烧”。

过去烤火烧大都是土做的炉子。

黄土和泥，夯实，中间留出炉道，下面插上手指粗的炉条，炉口边抹平，呈一平台，炉口上扣上一面又大又厚的铁鏊子，上下两层，打火烧的土炉就成型了。等到炉面渐渐干燥，再在炉膛里加小火慢慢烧，几天下来，夯土结实，泥土的香味出来，土炉就可以用了。

据说，土炉火旺，土传热温和，不燥，均匀，而且保温好，就算是火灭了，整个土炉也要好久才能凉下来。放在炉子各个位置上的火烧都能均匀受热，且不会因火过急而烤煳。

打火烧的面是当年的麦子面，筋道。面在大盆里和好，再放到案板上用杠子压。杠子的一头套在墙边一根立柱上，另一头伸过案板，人抓着，使劲儿压在面上，面越压越柔软，再加上面粉，再压，一直到把面里的水分差不多压出来，面变得又硬又均匀，就可以做火烧了。

压面是力气活，通常是年轻人干，年轻人学手艺，不出力是不行的。常常是外面北风呼呼，炉屋里焰火熊熊，额头上冒着热气，炉上火烧飘香，一派热腾腾的景象。

压好的面搓成胳膊粗的面柱，用一尺长的板刀“啪啪”几下，切成大小均匀的面剂子，落手快，节奏匀，毫不拖泥带水。师傅系着有些看不清颜色的围裙，把面剂子握在手里，两手配合，上下交替，揉、捏、团、拍……看得人眼花缭乱，最后做成粗瓷碗口大的圆圆的面饼，再用花模压，一个火烧坯就做好了。力气不能大，也不能小，大了，压扁了；小了，图案不清。师傅的手法很快，案板上的面很快就成了印有精美图案的火烧。

这时候，炉火烧得旺旺的，蓝色的火苗欢快地舔着铁鏊子底，鏊子已经烧热了。师傅用一块手掌宽的薄木片，把做好的火烧坯子挑到鏊子上，正面、反面烙，待到表面烙硬，再把它挑到鏊子底下炉口边的平台上，慢慢地烤。师傅一手拿着木板，一手扶着火烧，左旋右转，像在跳没有节拍的舞。

当焦黄的火烧出炉时，炉屋里就弥漫着特有的焦香的味道。

火烧外面焦脆里面柔软，脆的香，软的也香。吃时要趁热，拿在手里，烫得左手换到右手，再用嘴吹吹，咬一口，香里带甜，越嚼越香。

经常是中午时分，街上就会传来“换火烧——来”“拿麦子来——换火烧——”的声音，腔调拖得长长的，唱戏一样。用不了几声，就会把一群吱吱呀呀的小孩子喊拢了来，然后就有奶奶迈着小脚，端着一个大瓢，装着夏天里拾来的麦穗打出的麦子，一步一颤地开了门，喊一声："这边来！"

村里打火烧的人家不少，名气大的是村北张家和村南李家，据说，打火烧的手艺都是上辈人传下来的。用什么样的土做炉，炉支在什么位置，用什么样的面，压多少下，都是有讲究的。特别是烤，炉面的温度要靠手摸。温度低了，粘皮；温度高了，容易煳。只有烤的人自己感觉着，要做到恰到好处。每逢有人问这些，他们总会哈哈笑笑，岔开话题。

那时候的人纯朴，火烧的分量足，烙的成色好，味道多久都忘不了。后来李家老人故去，换成儿子，慢慢地做不下去了。倒是张家，一直红红火火的。

有人说，李家儿子用了陈年的麦子，分量也没有以前足。乡里人家穷，但嘴刁，新面陈面吃一口就能吃出来。吃上几回，虽然嘴里不说，但心里老大的不愿意，一旦有了疙瘩，就很难解开，慢慢地就不去李家而去张家了。也有人说，有年冬天下大雪，晚上时，有个破衣烂衫的白胡子老头去李家门上要饭吃，李家儿子没理。到了张家门上时，张家拿出刚出炉的火烧，端出热腾腾的水，把老人让到屋里，吃了饱饱的一顿。老人走时，让张家人把家里的大小面瓮都装满了雪，转眼间就变成了白面。张家人惊讶地再找老人时，老人早就不见了。据说，是神仙路过时，闻到了火烧香，想讨个火烧，可李家人嫌弃，错过了一段缘分。而张家的火烧因为用了神仙的面粉，味道更加醇香。

故事的真假不是主要的，故事里的思想却影响着几代人，做生意要诚实，做人要厚道，该帮人一把时就不要缩手。

经常听老人说张家的故事，说村里有些贫穷的人家，老人或孩子想吃火烧，没钱买，也没粮换，就先赊着，等来年收成了，再还，就是不还，也不会上门催。有人拿着不干净的麦子来换，也不说破，等人走了，倒到另一个笸箩里，攒多了，再淘洗干净，晒干，筛去秕子，再磨面。虽是小本买卖，因为口碑好，倒也一直经营了下来。

前些年，新农村改造，张家的老屋拆了，火烧铺挪到了镇上，用的还是“张记火烧”的老牌子。老主顾不嫌远，经常会找上门来，就连一些吃惯了白米饭的外来务工的人，也吃出了火烧的滋味，三天两头地往火烧铺里跑。有人就坐在炉边，吃着热乎乎的火烧，聊聊天，打发一下收工后的无聊时光。有熟悉的，还会和掌柜的来上一壶老白干，小小的火烧铺，随着面香和酒香，就会氤氲出许多女人、孩子的故事，和着偶尔的几声叹息，把一个原本平静的晚上，弄得乡愁满地。

和周围一些高档的酒楼比起来，火烧铺显得有些简陋，也没有晃眼的霓虹灯牌匾，可张家人做得乐此不疲。也许，这种坚守，浸润着太多的东西，就像那烤过的面香，虽然普通，但却是骨子里离不开的。

不起眼的土炉火烧，因为用心在做，一直做到了现在。

心纯，做出的东西味儿纯。

草垛

回老家，新修的街道，干净整齐，路边的柿子树果实累累，压弯了的树枝扫着地面，一边的空场上安装了健身器材，没有人，几只鸡在悠闲地散步。

似乎觉得少了些什么，熟悉的影子在脑海里翻起来又沉下去。

问二哥，原来的那些草垛呢？二哥说，现在不用它烧火了，谁家还有那玩意儿。

觉得自己问的好笑，有些掩饰地扭过头，看那几只悠闲的鸡。可是，心里分明还有些不能放下的东西。

一直对屋顶上的炊烟感怀颇深，每次看见或是想到，心里就会感到温暖和踏实。不管是在我的梦里还是我的文字里，那些或浓或淡、或直或弯的定时飘起在每一家的烟囱里的带着柴草味儿的烟雾，都是我对老家最直接的记忆。

我知道，每一缕炊烟下，都有母亲在辛勤地劳作。我似乎能看得见淡红的火光映着慈祥的脸，似乎能听见“呱嗒呱嗒”的风箱声，做着单调的伴奏。几个孩子坐在门槛上，或是扒着门框，眼巴巴地瞅着高粱秆串成的盖帘下冒出来的一阵紧起一阵的白气，忍不住了，还要问，娘，什么时候饭就好了？娘抬起头，眉眼里的温和从皱纹间跳跃出来。快了，再等一会儿。去，从草垛上再拿点柴火。

答应的声音是欢快的，盛柴火的东西可以是高粱秆编的簸箕，也可以是蜡条编的筐。柴火的种类就更多了，玉米秸、玉米皮、晒干的青草、豆秸、麦草、树叶……门口的空地上、墙边，谁家没有几个又粗又高的草垛呢。

每年，草垛从收麦子的时候就开始堆。麦子晒干了，收进了粮仓，剩下的麦草除了特意留下铺屋顶的，就一层一层地垛起来。几亩地的麦秸，能垛成很大的垛，粗粗壮壮地立在门前的麦场边，散发着好闻的香甜味道。

到了夏天，几场雨后，地里的草长疯了似的。放了暑假的孩子，会被大人赶着去地里拔草。玉米地、地瓜地、豆地……随便哪里。大人们也忙得不可开交，每天弯着腰在地里一遍一遍地锄。收回来的青草，嫩的喂猪，喂鹅，喂兔子，剩下的摊开在门口的空地上，晒干了，烧火。勤快的人家，一个夏天拔草，能晒出一个大大的草垛。有时候，家里人会指着谁家的草垛，教育孩子要会过日子，要勤快，庄稼人不能偷懒。

到了秋天，岭上的草枯了，每天都有人带着搂草的耙子、麻绳，把干枯了的草搂起，打捆，背回家，一层一层垛成一个大垛。有一种很大的耙子，一根一根的铁钩形成一个很大的扇面，要用背带拉着才能走，一次过去，一大片枯草就上了耙子，耙过去的地上，干干净净。

等到树叶落时，勤快的人家也会把树叶归拢起来，晒干，垛垛。梧桐叶、杨树叶、槐树叶……什么叶都可以。小时候，我们拿着穿上了线的长长的木针，把树叶一个一个地串起来，拖在身后，像一条胖胖的蛇。到了冬天，这些树叶是很好的引火材料。

秋后，地里变得空旷，视野一下子开阔了，而家家门前都变戏法似的堆起了一个个大大小小的草垛，庄户人看着，心里踏实。这个冬天，做饭，取暖，够了。

过去，老家有个习俗。谁家闺女嫁人，信不过媒人的嘴，就会悄悄地到男方那边看一看。到了，也不进家，就在周围转转。门口的几个大草垛，就是很好的证明，让人很直观地感受到过日子的真实。回到家，跟闺女说，是个踏实人家。于是，就等择定吉日了。那时候，人看重的是本分、诚实、能干，就算眼下光景一般，也相信勤快的人以后定会有好日子过。

我对于草垛的记忆，其实带有很多玩的成分。从童年到少年，并不长久的农村生活，似乎都和草垛有着或多或少的关联。

小时候，大人在忙着干活儿，我们偷偷地在草垛里打洞，学着电影《地道战》里挖地道的样子，然后再玩捉汉奸的游戏。有时候，爬到高高的草垛顶上，居高临下，手搭凉棚，四下观望，像个叱咤风云的将军似的。

玩累了，就在草堆上闭上眼睛，睡得连大人叫回家都听不见。有时候，一睁眼，满天的星星眨着眼睛，身上盖着厚厚的麦草，身子底下躺得热乎乎的。旁边人家的窗口亮起了淡淡的灯光，一股烟火的味道飘来，肚子里咕噜咕噜叫了几声，才揉着惺忪的眼睛回家。

有次回家晚，听到草垛的那边有人小声地说话，偷偷探过头去看，原来是二哥和二妮。忍不住咳嗽了一声，吓得他们一下子就跳了起来。二哥抓住我，先是吓唬，不让我告诉大人，然后塞给我一块糖，说，快回家吃饭吧，我都听见叫你了。二妮抿着嘴笑，不出声。二妮笑起来很好看，不像二哥那么厉害。后来，二妮成了二嫂，二嫂依然喜欢笑，三婶逢人就夸。

那时，我们都愿意跟着二哥玩，二哥玩的花样多。春天，跟二哥去地里埋夹子，能捉住贪吃的小鸟。夏天，跟二哥到水湾里捉蛤蟆。二哥领着我们避开大人，偷偷在草垛后挖个坑，点起火，烤麻雀、蛤蟆腿吃。那时候，很少吃到肉的我们，可算是解了馋。不过，要是被大人知道，一顿打是免不了的。

秋天，快要熟的柿子藏在暖暖的草里，过几天就会熟透，软软的。扒开一点皮，嘴对着使劲儿一嘬，甜甜的肉就到了嘴里，那种甜，是甜到心里的。有时候，我们甚至能在草垛边捡到不回家的鸡下的蛋，能吃上炒鸡蛋，那可是生了病才会有的待遇。

以后，读书、工作，喜欢用各种各样优美的语言描写曾经的那些带着苦涩味道的欢乐，我总是朦朦胧胧地看到那些从草垛里抱来的柴火，在锅灶下噼噼啪啪地烧，那些从各种各样的柴草中抽取出来的淡红的火苗欢快地舔着黑黑的锅底。那些从柴草里爬出又钻过长长弯弯的烟道、或急或缓的没有脚的炊烟，在蓝蓝的天光里，像是一首首自由自在的诗，无拘无束地行走。只可惜，那时的我们不懂得去读，更看不到母亲怎么辛苦地把朴素的诗句从杂乱的草里提炼出来。我们更多关注的是锅里的饭菜何时才能上桌。

母亲的锅里，锅面上是金黄的玉米面饼子，锅底下是长长的玉米秸。有时候，锅里是白面面条，锅底是打碎了的麦草……总会不自觉地想起“煮豆燃豆萁，豆在釜中泣”的句子。曾几何时，那种悲剧的美震撼着善感的心，而在这里，所有的轮回似乎都是最正常不过的事，生活的烟火原本就是互相的成全。

草木为柴，草种为粮，一棵草就是我们活着的依据。有时候想，我们自己何尝不是自然里的一棵草，发芽，开花，结果，最终老去，化作一抔泥土。我们也是大地的一把柴草，只是，不必垛成垛，那么张扬地挺立在那里。

现在，什么都在改变，心心念念的故乡已经少了过去的影子，多少次梦里归来，都是熟悉的面孔，熟悉的胡同。当真正地走在已然陌生的水泥街道上时，没有了草垛的影子，那些高大的房屋似是少了陪衬，没有了草垛拱卫着的村庄有些孤单。

心里涌起了一种别样的感觉，生活总在向前，我们无法把时光停留在遥远的过去，也不能守着过去的贫穷啧啧感叹。那些曾经矗立在房前的草垛走过了它的辉煌，留一段历史在心里咀嚼，那些不必再堆成垛的麦秸、豆秸、玉米秸、青草、树叶……被机器粉碎后直接回归了土地。只是，不知道没有经过火的洗礼的回归算不算真正的回归，抑或少了一番轰轰烈烈，也缺失了几许深沉、灿烂？

秋千

清明节回老家，又看到了久违的秋千。

邻居门前的空场上，借着一棵树，在另一边埋了柱子，架上横梁，拴上拇指粗的麻绳，套上两头有眼儿的坐板，就成了一个简易的秋千。几个孩子交换着，你推我几下，再换成我推他几下，玩得有些小心翼翼，但也玩得高兴。

忽然想起板桥的诗句：“纸花如雪满天飞，娇女秋千打四围。五色罗裙风摆动，好将蝴蝶斗春归。”只是眼前的场景有些单调，气氛也不够。

好多年没有在村里看到了，不像我们小时候，到了清明节，几乎家家门口都会有架或大或小的秋千。

那时候，家里孩子多，孩子们平时的玩项少，平日里跳绳，跳房子，弹玻璃球，过了年，就盼着打秋千。家里大人也总会满足孩子们的心愿，早早地就开始刨坑，埋柱子，再把去年的绳子找出来，晾晒晾晒。到了“一百五”这一天，还会有一个隆重的上梁仪式。

乡里习惯上从年前立冬那天开始算起，到清明前两天，正好一百五十天，这一天就是“上梁”的黄道吉日。过去盖房子，讲究选在这一天“上梁”，意味着平安吉祥。老辈人说，其实，这是在学喜鹊垒窝。喜鹊衔枝垒窝，最后一根枝，要到一百五这一天，横放到门口上方。据说，看喜鹊门口的方向，就知道今年刮什么风下什么雨。后来盖房子，不怎么讲究哪天上梁了，倒是吊秋千，还延续了“上梁”的这个日子。

“一百五”这一天，家里的男人要在太阳出来前，到自家的老坟前，给老坟添新土，然后回来，给秋千上梁。秋千的横梁挺直，且粗细适中，上面拴上红绸子，两个藤条做成的吊环套进去，然后用绳子把横梁固定在两根立柱的顶端。上梁很隆重，邻居家都会来帮忙，还会有老人在旁边指挥着，孩子们则怀着期待的神情，紧张地看着。上完了梁，把一挂鞭炮挂在梁上，点上，噼噼啪啪响过，就可以玩了。孩子们的欢呼声和雀跃的身影一同飞起。这一天，村里不时地传来鞭炮声，一架又一架秋千吊好了。

村里有刚刚办过喜事的人家，会在家门口吊一个很高大的秋千，顶上拴着红绸，挂着铃铛，秋千荡起来，红绸飘飘，铃铛叮当响，很是喜庆。村里的人玩够了自家的，就会聚集到这里，热热闹闹地玩起了比赛。

秋千的玩法好多种，可以坐在坐板上，有人从后面推，随着来回的惯性，会越来越高。有胆小的就会喊停下来，有胆大的，会悠到很高。最惊险的玩法是蹴秋千，人站在板上，自己一条腿蹬一下，再顺着劲儿，一起一蹲，两只手随着腿蹬使劲儿撑绳，秋千像飞了起来似的，高的时候，要和横梁齐平。胆大的人，总会得到许多的喝彩，停下来时，像个英雄，雄赳赳，气昂昂。

蹴秋千，还是女孩子好看。花衣服，红头绳，在空中飘来飘去，像是一只彩色的蝴蝶。再加上银铃一样的笑声，就成了村里最美的风景。有些稍大一点的姑娘，有些腼腆，开始时不好意思上，可一旦上了秋千，那架势，可是美妙多姿，直如下凡的仙女，翩然多姿，硬生生地拉直了许多小伙儿的眼光。

听二哥说，二嫂当年蹴秋千可是没有人能比得上的。二嫂那年刚下学，带着几个弟妹玩，二哥看得走了神，拄着锄头，也不知道去地里干活儿了。路过的三婶看出了苗头，两头一说，你情我愿，成就了一番姻缘。二哥说起这些时，仍是憨憨地笑。已经发福的二嫂，看着玩得高兴的孩子们，神情里，多出了许多的向往。

后来，上学、工作，很少再回到老家。不知从什么时候开始，老家里也很少有人家再吊秋千。旅游时，看到一些民俗村里有，甚至有一些可以坐许多人、用绞盘推着转动的大秋千。游人们玩得高兴，仿佛找回了过去的感觉。有些公园里也有秋千，坐板换成了座椅，更加精致，但更像是一种装饰。

看过许多影视剧，秋千几乎成了女子的专利。大户人家的花园里，总会有一架秋千，小巧别致，丝带，坐板，装点优雅。貌美女子，坐在秋千上，绿树红花相伴，娇俏可爱。“蹴罢秋千，起来慵整纤纤手。露浓花瘦，薄汗轻衣透。”也有忧伤的小姐会在秋千上无神无绪，懒洋洋发呆。活泼的小姐，在秋千上荡来荡去，娇声笑语，可能会无端惹恼墙外的少年。“墙里秋千墙外道。墙外行人，墙里佳人笑。笑渐不闻声渐悄。多情却被无情恼。”

还是村里的秋千更接地气，大人孩子都可以玩出许多花样，有时候不小心，兜里的红皮鸡蛋会滚出来，掉在地上，惹得大家哄笑。

孩子的笑声吸引了我的目光，原来是两个孩子拿着染红了皮的鸡蛋互相碰撞，比一比谁的更硬。又是一个熟悉的游戏，只是也快要消失在记忆里了。另一个孩子独自在悠荡着，乐得咯咯笑。

很温馨又觉得很久远，这些看似简单的游戏，却是我们当年并不丰富的日子里最难忘的记忆。许多年过去，记忆里没有了日子的苦，留下来的都是纯真的乐趣。真的希望，这些东西能够再次出现在我们的生活里，给数字化了的白天和黑夜，多一些朴素的快乐。

土炕

北方农村，家家都有几盘土炕。

三间正房，中间是灶房，两边是卧室。卧室里都会支炕，铺上苇席，再铺上被褥，晚上睡觉，白天收拾起来，再放上炕桌，家里来个串门的，脱鞋上炕，盘腿而坐，聊些家长里短，悠闲自在。

土炕实用，冬天暖，夏天凉。里屋的炕，通着外屋的锅灶，连着墙上的烟囱，做饭的火烧热了锅，剩下的都通过炕里的火道，把炕也烧热了。

支土炕的材料村里就有，不用花什么钱，也就是请个师傅，自己家里人搭个下手，一天下来，就好了。再晾上几天，等干透了，就可以睡觉。一间屋里支一盘炕，靠着南边的窗户，东西到边，宽敞，采光也好。过去家里孩子多，一大家人，一盘炕就能睡开。

土炕用土坯垒。制坯的土取自村外黏性大的地里，撒上夏天麦收时早就留好的麦秸，加水和得均匀。黏土加上麦秸，韧性十足。制坯的模子呈方形，泥在模子里用手抹平，提起模子，一块平整光滑的土坯就制成了。土坯经过几天的晾晒，干透，就可以支炕了。

支炕是桩技术活，只是活累，没有多少人愿意学。村里没有人会，就要到外村去请。师傅来了，要好烟、好茶招待，吃饭时要上好菜、好酒，师傅就会尽心尽力。有人家慢待了师傅，师傅嘴上不说，活上会粗糙不少。看起来简单的土炕，其实有很多讲究，火道怎么走，哪里直，哪里弯，都在师傅的心里。弄得好，火旺，炕热，出烟顺畅，做饭快。弄不好，要么火不旺，倒烟；要么火直着往里蹿，炕不热，锅里的饭也老半天做不好。等到回过味来，再重新修，那就要折腾好几天，心里的苦，只能自己咽在肚子里。不过，以后再也不敢怠慢手艺人了。

冬天，是庄稼人一年里最清闲的时候。外面白雪飘飘，里面暖屋热炕头。来串门儿的婶子、大娘聊得热乎，一坐下，半天都不挪窝，屁股底下热乎乎的。夏天留出的上好的烟叶，一直在炕头上熥着，焦黄焦黄的，揉碎了，装在笸箩里。孩子用过的作业本上撕下一张，再撕成一条条的，捏一捏，卷成喇叭样，用舌头舔舔，粘住。划一根火柴，点上，深深吸一口，吐出来，青蓝色的烟弥漫开来，一股烟草的香味一会儿就充满了屋。东家的长，西家的短，很快就会从这家的炕头传到那家的炕头。要不是急着回家做饭，还有鸡啊猪啊的要喂，才不舍得离开呢。

早晨起来，看着窗户上形态各异的窗花，伸个懒腰，再缩缩身子，暖暖的被窝，让人留恋。外屋里，咕哒咕哒的风箱声让人心里踏实。饭菜的香味，从门缝里钻进来，引得肚子一个劲儿地咕噜咕噜响。

老家的礼道多，就连坐炕也有很多讲究。老人、长辈，要让到炕头上；年轻人、晚辈，坐在炕沿上。农村里的孩子都会坐炕，特别是女孩子，还要学会盘腿坐炕，要是不会，出嫁时会闹笑话的。

村里人娶媳妇，有一个过程就是坐炕。大红的被子铺在炕上，新媳妇盘腿端坐在上面。家里的婶子、大娘或是嫂子一边往新娘子身上撒花生、红枣、栗子，说些早生贵子之类的吉利话，一边偷偷观察新娘子的坐相。要是功夫不到家，腿盘不起来，或是坐不了多久，是要被笑话的。村里人觉得，坐得住的女人才顾家，过日子踏实。

现在生活好了，村里也学城里的样子，打掉土炕换成了新潮的床。新媳妇进门，也只是在床上象征性地坐一会儿，不用再像以前那样有那么多的繁文缛节。要是在镇里的酒店举行婚礼，就连这些也省了。再说了，本来就在城里打工，习惯上早已是城里人，这些也没有几个人懂得。就算是家里的老人要求，也不过是走走过场，哪里还当真。

家里有老人的，都还会留着一间屋里的土炕。睡了大半辈子了，软绵绵的床不习惯，睡在上面，做梦都晃悠。睡一晚上起来，腰酸背疼，不如睡在炕上实落。有些被孩子接到城里的老人，住不了多久就闹着回家，原因还不好和孩子明说，弄得儿子不愿意，媳妇还觉得自己哪里没做好，满心里委屈。其实，老人是离不开那几间老屋，还有那盘土炕。还是炕头上睡得安稳，还是柴火做出来的饭香。鸡鸭在院子里觅食，猪饿了在拱着圈门，老头子蹲在屋檐下晒太阳，这些，才是家的样子。

一盘土炕连着许多记忆，记忆里的生活有苦有甜。日子在往前走，希望还能有一盘土炕，长久地留在我们的生活里。

老柿树

村南头的柿子树，到底多少年了，没有人说得清。树长得不高，比旁边的老屋高不出多少，但很粗，小孩子牵着手，要三个人才能搂过来。

柿子树是真老了。冬天时，有大块的树皮干裂，风一吹，掉了下来，差点儿砸着在树下刨食的那只芦花鸡。

有一根树枝头年落叶早，过了年，开了春，别的枝上的叶子都能遮阴凉了，它还没有发芽，看来应该是枯死了。

柿子树长在翟家的场院边，两棵。平常也没有人打理，偶尔有早起的人看见翟家的老太太出来倒尿罐，就倒在树底下。

离着树不远，就是翟家的柴火垛，玉米秸、麦秸，还有拾来的一些树枝堆在一起。这些年，烧柴火的人家很少了，但翟家老太太还是坚持烧，说是柴火做出来的饭香。每到做饭的时候，翟家房顶上的烟囱都会冒出或浓或淡的烟。没有风的时候，会有一根很长的烟柱钻到空中，让人生出许多联想。如果从他们屋后走过，还会听到咕哒咕哒的风箱声，就像听一曲节奏单调而又久远的乐曲，不免让人生出一些念旧的情绪。

每年春天，柿子树开花晚。淡黄的小花隐藏在茂密的绿叶间，星星点点，含蓄而又安然。不像是杏啊，桃啊，梨啊，那么灿烂，那么招摇。

过不了几天，花的底下就会长出绿绿的圆饼样子的小柿子，和树叶一个颜色，不仔细看，还看不出。有些长得密的，就落在地上，孩子们捡起来，用线串在一起，长长的，挂在脖子上，像是和尚的佛珠。有人双掌合十，闭上眼睛，口里念着“阿弥陀佛”，惹得大伙儿哈哈大笑。小姑娘则用红线串，缠在手腕上，一路上蹦蹦跳跳，扬着手，美得了不得。

到了秋天，树上的柿子慢慢地红了。有些早熟的，挂在高高的枝头，在太阳的光晕里，如一颗一颗的红玛瑙，晶亮耀眼。有时候风大，会有熟透了的掉下来，摔烂在地上，红红的肉，丰盈的汁，好可惜，倒是便宜了那几只经常在树下刨食的鸡。

早就有孩子不知道瞅了多少回了，一天里总会有借口从树边走上几遭，眼睛却是在树枝上瞄来瞄去。哪个柿子快熟了，心里有数着呢。可是，老太太总是坐在门口，不是干点这，就是干点那，似乎总有做不完的活。

有一天，几个孩子走过时，意外地发现门口一个人也没有，腿就再也挪不动了。大家你看看我，我看看你，努努嘴，又咧开笑了。

转眼的工夫，孩子们就像灵巧的猴子，骑在了树枝上。熟透了的柿子，透着诱人的红，捏一捏，软软的，心里有种颤颤的感觉。孩子们小心翼翼地，一只手托着，一只手轻轻地摘下来，用牙咬破一个小口，吸溜一下，甜甜的汁就到嘴里了。那种甜，绵绵的，凉凉的，从喉咙口一直到肚子里。

孩子们在树上吃得欢，墙角处有四只眼睛正在紧张地盯着。

老头说："这些孩子，怎么这么等不及。就这么一转眼的工夫，就上树了！"

老太太说："你小点声，别让他们听见。"

有邻居路过，老太太赶紧拉住了他。邻居很纳闷儿："那些孩子在偷柿子呢，我去把他们赶走。"

老太太说："别，别，树那么高，别为了几个柿子，弄出个好歹来。"

也许，发现了什么，孩子们很警觉地溜下树，跑了，吓得树下的鸡咯咯咯地叫。

老头说："明天我选几个好的，给咱孙子留着。"

老太太说："好，他就好吃这样的。那小嘴，滋溜一下，就吃进去了。"

老头的脸上，皱纹都笑得平了。老太太的脸上，也如一朵花开了似的。那情形，就好像孙子就在眼前，吃着柿子，吃得满脸。

翟家的儿子、儿媳在城里工作，节假日才能带孩子回来。老两口离不开老房子，嫌城里太拘束，就没跟去。

当年，翟家儿子调皮，经常把张家丫头的书包挂在树上，惹得丫头一次又一次告状。为这，翟家儿子没少挨打。可每年树上的柿子熟了，张家丫头的桌斗里经常有熟得软软的柿子。当然，翟家小子的书包里，也经常会出现热乎乎的火烧。有时候，趁老师看不见，偷偷拿出来咬上一口，用书挡着半张脸，鼓着嘴，悄悄地嚼。坐在旁边的张家丫头，偷偷地瞅一眼，捂着嘴，羞羞地笑。

以后的日子，翟家、张家结了亲，翟家的柿子，张家的火烧，就经常出现在同一张桌上了。

翟家爷爷整天乐呵呵的，见了人就笑，笑起来，脸上的皱纹堆到了一块儿，和老柿子树的树皮似的。

每年收了柿子，老人都会选好的，去了皮，用线拴着把，一串一串的，挂在屋檐下，直到挂满了整面墙。墙上就好似涌起了一排一排彩色的波浪，把个土屋点缀得锦绣一般。

过上一个月，这些柿子就会变成沾着一层白霜的柿饼了。老人把柿饼放在苇子编的笸箩里，东家分一点，西家分一点，剩下的就用绳子挂在房梁上，等着放假，小孙子回来。

每年这个时候，都是两位老人最快乐的时候。

树在一年年地长，柿子一次次地红，屋顶上的炊烟随着风箱的咕哒声，每天袅袅地升起。

红彤彤的柿子，不就是红火火的日子吗？

老井

做村长的二哥打电话说，村里通了自来水。

心里很高兴。虽然离开老家好多年了，可老家的事情还是很想知道。有时候，见到老家的人，忍不住地就要东打听，西打听。老家的每一点变化，我都经常关注着。前几年，村里修路，我们在外工作的，都捐了钱。路修好后，村里在村口立了碑，记录了修路的情况，还刻上了捐款人的名字。

二哥说，以后村里用水就方便了。是啊，老家缺水，全村人平时吃水，就只靠村东头那口井。天旱的时候，井里的水跟不上，就只能到外村去取水。就是因为这个，外村的姑娘不愿意嫁过来，村里的姑娘也不愿意嫁给本村的小伙子，都嫁到条件好的外村去了，村里就有了好多的光棍儿。

老家西边高，东边低。西边是埠岭，东边是平地。西边打不出井，东边有一口井，且是甜水井，全村的人吃水都靠着这口井。

井是老井，什么时候挖的，没人记得清。听爷爷说，他小时候就有了。井口用四块巨大的青石板砌成，呈方形。青石板上有一道一道的沟痕，光溜溜的，拇指粗，深的能放进指头去。这是被井绳磨出来的。

井并不是很深，站在井口向下望，能看见清清的水里自己的倒影。据说，十五的晚上，能看见天上的月亮落在水里，井里明亮亮的，像一个发光的大银盘落在水里。这时候，趴在井口往下看，能看得见月亮中的嫦娥翩翩起舞。这样的奇景很少有人见，毕竟大晚上的跑到井边去，总有些吓人。

每天清晨，家里的男人会早早地起来，用扁担挑着水桶，挑回一担清亮的水。家里的女人，早就涮好了锅，从草垛上抱回柴火，等着做饭。

每年到了年三十那天，是水井最忙的时候。老家人的习俗，都要在这一天把家里的水备足。大年初一不干活儿，否则，要一年辛苦到头。大家聚在一起，边等边聊，问问过年都准备了什么好吃的，约着初一一起去拜年。临走时，又喊一句，晚上过来喝酒啊。

到了初二，挑水的人在井边放了炮仗，就算是开井了。大家又会聚在一起，说些过年的吉利话。挑完了水，还要去老丈人家拜年。

村里人爱惜这口井，过几年就要清理一次。村里的老人坐镇指挥，年轻力壮的下去清理淤泥。每次清理，都会打捞上一些掉下去的水桶把儿，还有小孩子的玩具、女孩子的发卡等，都是不小心掉下去的。

离水井不远，是一个水湾。每逢下雨，村西头的水就会一路流下来，湾里就会满满的，然后再流到村外的河沟里。井里的水也会随着上升，水位高时，人用手提着水桶就能打上水来。有人说，是水湾里的水渗过来了，水不干净了。可是，水还是和以往一样甜，就是生喝，也没人会闹肚子。

夏天，孩子们会用一根细绳，拴着玻璃瓶，伸到井里打水喝。冰凉的水，喝到肚子里，全身都爽快。有时候咕咚咕咚喝下一瓶，肚子胀得鼓鼓的，一走路，咣当咣当响。

平时打水用井绳。井绳是用几股麻绳拧成的，拴上铁钩，钩着水桶，放到井底。不过，要打上水来，也不容易，还需要一定的技术。长长的井绳，软软的，用劲摆动，传到井底，劲儿已经泄了大半。水桶在水面上像个不倒翁似的，摆来摆去，就是不倒。熟练的人会先把水桶放到底，再略略提起水桶，然后左右均匀摆动，再猛然一放，水桶的一边猛地扎进水里，一下子就满了。然后，往手心里吐口唾沫，两手一搓，双臂一用力，两手交换着，一把一把，把水桶提上来。打上来的水，用扁担挑着，颤颤悠悠的，很有节奏。

勤快的庄稼人，挑水走路也是一路风，两只水桶上下摆动，扁担发出吱呦吱呦的响声，像是好听的曲调。二哥当年也是村里的帅小伙儿，又能干，不管做什么，都是一把好手。就是到了该娶亲的年龄了，也没有媒人上门，三婶开始着急了。

村东头闫家三妮子上完了高中，回来帮着家里干活儿。三妮子人长得漂亮，留着一根大辫子，长得到了大腿根。平时穿件细碎花褂子，干净利落。见了人，总是远远地打招呼，嘴甜甜的。村里不少的年轻人眼睛都直了，有人托媒人去说，闫家说，不在本村找，要找个条件好的村子。

每天早晨，天刚蒙蒙亮，二哥就会早早起来打水。一天早晨，二哥在井边碰上来打水的三妮子。三妮子站在井边，手里拿着井绳，左一下，右一下，就是摆不倒。二哥站在一边等着，看着三妮子摆动的胳膊，还有随着扭动的屁股，不禁有些脸红。三妮子说，看什么看，还不来帮帮我。二哥赶紧上前，接过井绳，三下五除二，干净利落地打上两桶水来，又帮三妮子挑上肩膀，看着她歪歪扭扭地走了。二哥的心怦怦地跳，有那么一会儿，眼前有些迷糊，好像三妮子还站在井台边。

以后的早晨，二哥经常碰到三妮子来打水。一天，二哥帮她把水打上来，三妮子说："帮我挑回去吧。"二哥没说什么，挑起来就走。三妮子跟在后面，步子轻快。街上静悄悄的，一只狗站在胡同口，扭着头，默默地看着。

有一天，村里人来打水，看见井台上有两副扁担，不见人影。喊了几声，见二哥和三妮子从水湾边的小树林里走出来，脸红红的。

一顿饭的工夫，村里就传遍了。三妮子被她爹关在家里，狠狠地骂了一顿。二哥一个人到村西地里干了一天活儿，中午饭都没有回家吃。

过了几天，二哥和三妮子都不见了。闫家跑来要人，三婶坐在家里哭，三叔躲在墙角，使劲儿地抽着旱烟，一声不吭。

几年过去了，当二哥和三妮子领着一双儿女回来时，三叔坐在门口，抽着烟，一句话没说，脸上的皱纹分明平坦了不少。三妮子他爹袖着手走过来，粗声粗气地说："咋办吧？"三叔说："还能咋办，喝酒呗。"

两家人合办了几桌酒，两家的老人、亲戚都到了。酒席就摆在了井边的空地上，一棵粗大的柿子树，遮出了大片的阴凉，新打上来的井水，清凉凉的，啤酒拔在里面，爽口，去火。

每天早晨，二哥早早地挑着水，送到三妮子家里。三妮子她娘装作没看见，一扭头躲开，回到里屋，给小外甥穿衣服去了。二哥笑笑，起劲儿地把一桶水倒到水缸里。

前几年，村西头的人家，大多到村东头盖了新房子，老房子没人住，村西头渐渐地冷落了。有人试着在家里打水井，出水了，喝了一口，咸。村里人还是要从那口老井里挑水吃。前几年天旱，水井快要干了，大家只能去外村取水。

缺水，确实是村里人的一块心病。

二哥做了村长，第一件事就是要解决水的问题。二哥和村里的老人商量了好多次，又跑到镇里说了好多次，终于得到了镇里和村里人的支持。

自来水通过来的那一天，大家像过年一样高兴。有人在自来水龙头边放起了鞭炮，有人在家里摆上了酒席。二哥自己来到老井边，点上了一炷香，深深地磕了三个头。

隔着电话，能听得出二哥声音里的喜悦。忍不住问二哥，那口井呢，还留着吗？二哥说，当然留着。

我笑了，听得出，电话里的二哥也笑了。

老井以后或许会寂寞了，但老井在村里人的心里是不会被淡忘的。日子一天比一天好，老井就那么静静地看着，如一位老人，满眼都是慈爱。

烤地瓜

小区对面沿街新开了一家店，竟然是烤地瓜的。新装修的店面，干净整洁，几幅字画挂在墙上，很有些雅意。

店主是个中年妇女，穿着雪白的大褂，戴着口罩，说话很好听，能从她的眉眼里看出她的笑意。

我也是出于好奇，才走了进来。

靠墙几张桌子，铺着干净的桌布，是那种印花的薄薄的塑料布。另一边是柜台，摆着各种各样的成品。没有想到，本来简单的烤地瓜，在这里似乎变了身份，高贵了起来。片状的，条状的，串成串的，还有各种各样的包装——纸袋、纸桶，倒也琳琅满目。自然，也少不了传统的整只地瓜。一个大大的玻璃柜，盛满了烤好的地瓜，透着诱人的色泽。

见惯了街头巷尾路边卖烤地瓜的，大多是一些中年妇女，小本买卖，大男人有些不屑，有的妇女带着孩子，两不误。

烤地瓜的炉子大都一样，用平板车推着。一个粗大的铁皮桶，里面用泥巴糊起来，底下烧火，从中间往上，留出一个一个的圆形洞口，放上用铁条弯成的烤架，地瓜放在上面，再推到洞里。通红的炉火，烧透了厚厚的泥巴，再把温度均匀地加到炉里的地瓜上，用不了多久，就会有地瓜的甜香丝丝缕缕地冒出来。出炉时，原本硬邦邦的地瓜，变得软软和和的，让人忍不住地张嘴就吃。

烤地瓜要趁热吃，如同潍坊的肉火烧一样，吃的就是这个热乎劲儿。刚出炉的地瓜，烫。从左手倒到右手，再从右手倒到左手，嘴里呼呼地吹着气，烫急了，手指头摸摸耳垂，再倒手。剥开烤焦了的皮，最外面的一层黄中带红，最是香甜。里面的瓤是黄的，也有红的，软糯可口，细腻甜美。

特别是寒冷的冬天，一个热乎乎的烤地瓜，拿在手里暖手，吃下去暖心。一块烫手的地瓜，带给我们的是温暖，是幸福。满街飘香的地瓜味道，是冬日的一道别样的风景。

喜欢吃烤地瓜，喜欢吃地瓜时那种浓浓的感觉。

我对地瓜的印象，是源于小时候有些饥饿的记忆，还有每年秋天那长长的农忙时节。

老家丘陵地多，都是旱地，浇不上水，正好适合抗旱能力强的地瓜生长。

每年过了春分，村里人就会牵着牛，拉着犁，翻耕闲了一个冬天的土地。嘹亮的鞭哨声，带着新翻的泥土的味道，回荡在空旷的田野里。老牛依然迈着慢腾腾的步子，不紧不慢地走。

耕过的地，再用铁耙耙过，就会平整如镜，弯弯的耙痕，似是水面上的波纹，缓缓散开。人踩在耙上，如同踩着滑板，在水面上滑过，起起伏伏，宛如跳动的音符。耙好的地，再起垅，然后才可以栽地瓜。每一道工序都那么自然，又那么严谨，多少年的习俗，就这么默默地遵循着，没有人要改变什么，也无须改变什么。

地瓜秧早就畦好了，一把一把拔下来，整齐地放进筐里，再洒点水，以免蔫了。畦地瓜秧需要一定的温度，那时候没有什么取暖设施，许多人家就在自家的炕头上，用砖头垒一个长方形的池子，里面填上沙土，把做种的地瓜排成排，埋起来，过几天洒次水，保证温度和湿度，用不了多久，地瓜苗就会破土而出。

庄户人家做什么都那么上心，伴着一棵苗长大的不仅是汗水，还有心血。老辈人常说，侍弄庄稼，就像是侍弄孩子，一点也不能马虎。育苗，栽种，施肥，浇水，除草，哪一样都要做到位。土地最讲信誉，“人勤地不懒”“人误地一时，地误人一年”……

秋天，收了玉米，收地瓜。从土里刨出来的地瓜，大多不运回家，直接就在地里切成片，然后再一页一页地摆开，以便快速地晒干。如果是晴好的天气，两三天的时间就可收回去。要是碰上阴天下雨，就麻烦了。沾了雨水的地瓜干，容易发霉，烂掉，我们就一页一页地切口，挂到拴在树上的细绳上。要是碰上连阴天，这样也挽救不了，只能眼睁睁地看着霉掉，没有办法。庄户人的日子，不好过。

每年秋天，也是孩子们最高兴的时候。虽然家里的活多，累，但是，每天都可以吃得饱饱的。家里的地瓜多，尽着吃，一个秋天过去，好多人都会长胖几斤。就连家里的猪，也吃地瓜吃得一个劲地长，奶奶看了总是乐呵呵的。不过，地瓜吃得太多，容易胀肚子，可总比饿肚子好。

那时候，地瓜都是煮了吃，没有时间烤。只是母亲每次烙饼或是摊煎饼时，会在鏊子底下的草灰里埋上几个，慢慢地烤。有时候，在地里干活儿时，挖个坑，底下铺上干透了的玉米秸，再把地瓜放在上面，再盖上一层玉米秸，点上火，火烧完了，用土埋上，过一会儿挖出来，就是熟透了的地瓜。坐在地上，吃着地瓜，干活儿的劳累消散了不少。

以后的日子，老家种地瓜的人家渐渐少了。地瓜虽然产量高，但是总不能像玉米、小麦那样成为平日里的主粮。再加上好多年轻人进城打工，村里的一些土地流转出去，种上了一些经济价值高的作物。原本种植最普遍的地瓜，渐渐地少有人种了。想必其他地方也是这样，要不，当年拿来喂猪的东西，现在怎么成了稀罕物，堂而皇之地摆在了优雅的店面里，而且变换出了不同的身份。没想到，当年那些填满了人的肚子也填满了猪的肚子的地瓜竟然成了富含多种营养成分的“土人参”，成了为人推崇的保健品。有时候想，当年那些靠吃地瓜充饥的日子，岂不是幸福得如同神仙一样？

现在想起以前的那些事，并不觉得有多苦，反而因为时间过去了好久，会有一些怀念的成分在里面，也就多出了一些美好。

网上经常能见到一些介绍地瓜好处的文章，说它生用能“止渴，醒酒，益肺，宁心”，熟用能“益气，充饥，佐谷食”。有人搜寻烤地瓜的出处，竟然也有一段渊源。据说，山东烤地瓜源于济南，济南烤地瓜则源于平阴。清乾隆年间，乾隆皇帝和大臣纪昀微服巡访，夜宿平阴县城。晚上众人随乾隆到平阴城西关帝庙游玩时，偶遇烤地瓜的，吃了后连称美味，并命人多买烤地瓜然后送到行馆备食。平常得不能再平常的地瓜竟然和帝王有了关联，自然身份也就不俗。不知道那位才高八斗的纪大学士，有没有为烤地瓜留下什么佳句。

传说总是传说，里面包含着人们许多美好的愿望。我们倒也愿意那些养育过我们的普通的东西，都有好的寄寓。

每次看见街上卖烤地瓜的，总是忍不住要买上几个。烤地瓜的香，总让我想起那些过去了的日子和那些带着苦涩味道的记忆。

不管怎样，依然如以前一样喜欢吃地瓜，只是不像别人那样当成保健的东西。软绵绵、热腾腾的瓜瓤，甜甜的味道，连着的是割不断的乡情。

知了声声

对知了最初的认识，是在饭桌上。

小时候，每年到了夏天，树上的知了一个劲儿地叫。仰着头看半天，也没有看见知了在哪里，只有茂密的树叶在风里摆来摆去。

吃饭时，屋子里有一股奇特的香味。急急忙忙找，饭桌上的盘子里，十几只炒好的知了那么惹眼地摆在那里。

知了是大哥粘的，母亲加了点油，炒得焦脆。吃在嘴里，香喷喷，都不舍得一口咽下去。那时候，生活条件差，好多天才能吃上一次肉，能吃到这样的知了肉，有着许多的满足。

好在树上有许多知了，拖着长长的声腔，不停地在叫着，叫得我们嘴里的口水不停地打转。

粘知了的用具并不复杂。选一根长长的树枝，粗细适中。粗了太重，拿不动；细了太抖，不好掌握方向。最好的是长长的竹竿，又直又结实，又轻便。

最显技术的活是和面筋。好的麦子面，和成面团，不要太软，太软了，洗不成块。再把碗里加满水，把面团放在手里洗。一边洗，一边用手指头使劲儿揉，把面团里的淀粉洗出来，剩下的就是面筋。洗好的面筋能拽得老长都不断，沾点水，用一个大的蓖麻叶包好，用的时候，取一小块，缠在竿子的头上，就可以粘知了了。

粘知了要到太阳升起，知了的翅膀干了才好。

夏日的太阳直直地射下来，有些扎人。抬头看上去，眼前像是出现了许多个彩色的光环，不停地旋转着。知了也仿佛热极了似的，一个劲儿地叫。

使劲儿仰起头，在树叶间搜索着知了的踪迹。看见了！大哥把竿子高高地举起，悄悄地靠近趴在树枝上叫得正欢的知了，眼看就要粘上了，可是风一刮，竿子一歪，知了"吱"的一声，飞走了。

再找。手搭在额前，遮挡着刺眼的太阳，一根枝一根枝地找去，很快就又发现了新的目标。这次，大哥更加小心了。他先是弯着腰靠近树，再把竿子举起，从知了的后面慢慢向上伸过去，快靠近时，使劲儿往上一伸，呵呵，面筋准确地粘住了知了的翅膀。知了一边扑棱着，一边吱吱叫着，但被粘得牢牢的，再也飞不走了。我赶紧跑过去，拿住挣扎的知了，从面筋上解下来，用早就准备好的针线穿起来，用不了多久，就会穿一大串的。

要会观察，才能找得到，手要稳，心要稳，还要不怕晒，不怕累，这样才能粘得到知了。这是大哥总结出的经验，其实，做什么事不都是要这样吗。

那时候，我们更喜欢的是抓蜕皮之前的知了，我们叫“截留龟”。傍晚时分，正是“截留龟”从土里钻出来的时候。弯着腰，在树底下细细地找，看到一个不大的小洞，轻轻一抠，洞口越来越大，那就是“截留龟”的洞了。可以用铲子挖开，没有铲子，就找一根长长的草，从中间折一下，然后伸进洞里，试探着去勾“截留龟”的爪子，勾住后，轻轻往上拉，就把它拉上来了。

天黑了，看不清了，就用手电筒照树上，有些从洞里爬出来的“截留龟”正顺着树干往上爬，很容易就能抓到。有时候，在村边的菜园里的篱笆边，静静地听，听到哪里有“唰啦唰啦”的动静，用手摸过去，就能摸到一只。

夏天的晚上，大人们在门口的空地上乘凉，聊着说不完的家常，孩子们就一起到树底下，篱笆边，抓“截留龟”去了。

青蛙在水湾里“呱呱”地叫，小虫的“唧唧”声，细细碎碎的。偶尔，不知谁家的狗“汪汪”了两声，又安静下来。天上的星星，眨呀眨的，像顽皮的孩子的眼睛。一切，安静又安然。

以后上了学，读到法国昆虫学家法布尔写的《蝉》，知道知了的学名叫蝉，才真正了解了一些蝉的习性，很是为它的生存不易和生命的短暂唏嘘。

后来，又读到了唐代诗人虞世南写的《蝉》：“垂緌饮清露，流响出疏桐。居高声自远，非是藉秋风。”更增加了对蝉的认识。蝉声传得远远的，一般人往往以为是借助于秋风的传送，诗人却别有慧心，强调这是由于“居高”而自能致远。这种独特的感受蕴含一个哲理：立身品格高洁的人，并不需要某种外在的凭借，自能声名远播。这里所突出强调的是人格的美，人格的力量，表达出对人的内在品格的热情赞美和高度自信，表现出一种雍容不迫的风度气韵。诗人笔下的人格化的“蝉”，可能带有自况的意味吧。

也有把翡翠或是玉石雕琢成蝉的样子的，其余音绕梁的叫声象征着一鸣惊人，薄薄的双翅羽化间总给人无限的希望和感动。

即使这样，依然有人捕知了，有人吃。

在我们这边，知了和“截留龟”是饭店里的保留项目，很受大家的喜欢。其实，万物的存在，都有自然的轮回，就像莲，是纯洁、清高的象征，依然有人要采；梅花，是高洁的代名词，仍会有人折去，当作风雅主人房间里的衬托。生命的因缘和结果，谁又能说得清呢。

粘知了，抓“截留龟”，是童年时的欢乐，就是现在，每到夏天的晚上，依然还有大人领着孩子，打着电筒，在树下用心地寻找呢。因为它，夏日的酷热里，多了一次又一次捡拾起来的遥远的欢乐。

不管走到哪里，树上的知了声，总让人感到亲切。异乡的树下，抬头的寻找里，是一抹不易觉察的乡愁。

鹅事

从路边走过，有小孩子在唱："鹅，鹅，鹅，曲项向天歌。白毛浮绿水，红掌拨清波。"清脆的童音甜甜的，伴着欢快的笑声。

城里自然不会有鹅，就是农村，现在也很少见了。孩子的歌谣，少了许多现实的色彩，书本上的情形，也难以在生活中找到落脚点。

这样想着，心里竟然有了一丝怅然。

想起小时候，村里人家，几乎家家养鸡、养鹅，村里孩子的童年就是和鹅一起度过的。

每年过了清明，街上就开始响起赊小鹅的叫声："赊——小鹅来——"，"赊"字拖得长长的，拐两个弯，悠扬而动听。

赊小鹅的人挑着圆圆的笸箩，一层一层的，每一层里有几十只小鹅，老远就能听到"唧唧——唧唧——"的叫声。

大人、孩子围过来，看着这些可爱的小东西。黄黄的绒毛，仰着头，挤在一起，有些惊慌地躲来躲去。

挑选好的，放在一个空的笸箩里，撒上几粒米，小鹅就争先恐后地用扁平的嘴有些笨拙地吃起来。

挑好了，记上账。那时买鹅不必给现钱，先赊着，等到秋天，收完秋，再来要账。村里人纯朴，没有人会赖账的。

我家的鹅，有十几只，装在一个笼子里。担心它们冻着，里面铺上了一些旧棉絮，晚上，我就搬到房屋的外间，总是看上几遍才会安心地去睡觉。母亲有时候会打趣说，你干脆搂着它们睡吧。

有了这群小鹅，心里多了许多牵挂。每天放学后，第一件事就是看看笼子里的鹅。然后，就挎着筐子去地里拔菜。

小鹅最爱吃苦菜。苦菜有营养，人也吃，吃了能败火。苦菜大多长在埠顶上，杂草中，石头缝里，到处都有长得嫩嫩的苦菜。青色的叶子，白白的根，有些已经开出了黄色的小花，不时还能看到小小的蜜蜂嗡嗡地飞。运气好的话，还能在草层里找到“胖孩草”。宽宽的叶子，有些卷曲，鼓出的花苞像小孩的拳头。这种草，不像苦菜那般苦，吃起来，甜甜的，有一股清香。这可是春天最美味的野菜，谁能找到，是要炫耀一阵子的。

拔回来的苦菜，用剪刀细心地铰碎，拌在泡好的小米中，用小盆子装上，放到笼子里。鹅们就会欢快地叫着，抢着吃。有力气小的，被踩在脚底下，呀呀地叫。把几只能抢的分到一边，让弱点的靠前，好让它们都能吃饱。这样的事，要做好多次，才能做到。

等到鹅长得大一点，就可以赶着出去了。鹅在路边吃草，我在地里拔草。等到筐子满了，小鹅也吃饱了，脖子鼓鼓的，歪在一边，懒懒地趴在地上。有的把嘴巴藏在翅膀底下打盹儿，有的用长长的嘴巴梳理着雪白的羽毛。

鹅喜欢水，老远就能闻到水的味道。离水湾还有很远，就一个一个地张着翅膀，快速地跑了起来。跑到水边，抻长脖子，贴着水面，喝一口水，再抬起头来，咽下去，再喝。然后就扑棱棱下了水，扎一个猛子，扑闪扑闪翅膀，弄得水花四溅。如果有另一群鹅也在，群里的公鹅，就会高亢地叫着驱赶。要是对方不服，两只鹅就会咬在一起，扇动翅膀，拍打对方，直到把另一方打败。胜利者高高地仰着头叫着，摆出一副威猛的姿态。那架势，就如同打了胜仗的将军。

鹅长得很快，到了秋天，就能下蛋。又大又白的鹅蛋，拿在手里热乎乎的，让人爱不释手。鹅蛋舍不得吃，拿到集市上卖掉，换了钱，可以买本子和笔，还可以买漂亮的铅笔盒。

到了第二年的春天，有人来村里收蛋，收回去孵化小鹅。收了蛋，蛋壳上写上名字，记在账上，等到孵化出小鹅再给钱。不能孵化的，再按上面的名字退回来，谁也不会说什么。

也有的人家自己孵化小鹅。孵小鹅的是老母鸡。老母鸡趴在暖暖的草堆里，身子底下有鸡蛋，也有鹅蛋。二十多天后，小鸡出壳，小鹅也出壳了，跟在鸡妈妈身边，寸步不离。鸡妈妈倒也负责，领着这些另样的孩子四处觅食。

村里的童年，简单而快乐，远不是现在的孩子能体味到的。那些画片上的鸡、鹅，远没有生活里的生动，那些一起长大的日子，充实而富有。

长大后，从书里读到许多和鹅相关的故事，最有名的当属王羲之爱鹅。据说，会稽有一个孤老太太养了一只好鹅，王羲之派人去买，老太太不卖。王羲之就邀了朋友前去观赏。老太太听说王羲之要来，就杀了鹅准备款待他，王羲之一到，见鹅已经死了，叹息了好长时间。

还有一个传说，山阴县玉皇观有个老道士，希望得到一本王羲之亲手写的《黄庭经》。他得知王羲之爱鹅，就精心调养一批良种白鹅，每日里在王羲之与友人郊游的地方放养。王羲之终于“偶然”碰见了这群白鹅，十分惊喜，便想要买下白鹅。道士说：“你只要给我写一篇《黄庭经》，我就将这些鹅全部送给你。”王羲之高兴地写完，带着鹅回去了，非常高兴。李白在《送贺宾客归越》中所写“山阴道士如相见，应写黄庭换白鹅”，便是引用这个典故。

古人的故事，多了些雅意，但仍然有浓浓的烟火气息，更何况王羲之还从鹅的体态、行走、游泳等姿势中，悟出书法运笔的奥妙，也是一段佳话。后人将“羲之爱鹅”与“陶渊明爱菊、周茂叔爱莲、林和靖爱鹤”并称为“四爱”，当作文人雅士情趣生活的体现，就更多一层象征意味。

那些淳朴的日子，早已成了久远的过去，村里人忙着去城里打工，再加上这些年雨水少，村里的水湾、河道都已经干涸，没有人家再养鹅，就连鸡也养得很少了。当小孩子唱着“鹅、鹅、鹅”的时候，不知道他们是否见过真的鹅的样子。

许多的过往，虽然带着贫穷的印记，但那些曾经的美好，又岂是财富能换到的。当许多人站在农村的田野里感慨的时候，是否真能体味到那些真纯的快乐。

一桩鹅事，几多素朴。那些曾经的美好，将会永远留在我们的记忆里。

光阴里的故事

见到他，是在三叔的葬礼上。

接到三叔去世的消息，我便匆匆赶回了老家。

堂弟在城里安了家，三叔便进城找了一份门卫的工作，和三婶一起住在门口的警卫室。三婶还揽了一份清理街道的差事，活儿不是很累，也能增加一份收入。

三叔病重，便回了老家。这也是老辈人传下来的习俗，能老死在自家的炕头上，也算是善终。

天阴得厉害，风里已经带着雨的味道。

窄窄的胡同口摆着一张木头桌子，桌子旁边放着一个大大的纸箱，纸箱里放满了来送殡的人带来的“福礼”——一摞一摞的烧纸。桌子后坐着两个人，摊开的账本上写着一串串随礼的人的名字。

我是自家人，不用拿什么礼金，只把带来的烧纸放到纸箱里。桌子旁边的人喊了一声：“×××，纸一刀！”另一个记在本子上。

心里有些好奇，我没敢认记录的人，他倒清楚地喊着我的名字，心里不免有些忐忑。

从外出上学，就很少回来，最多也就是逢年过节，回来给祖上上坟。坟地在村外的埠顶上，偶尔能碰上村里的人，打个招呼，聊几句闲话，就匆匆离开。不觉间，几十年过去，村里的老人大多不在了，同龄人各自忙着生计，很少联系，竟渐渐陌生了起来。

可眼前的中年男人，瘦削的脸，有些黝黑，虽是淡淡地看了看我，就又低下头去，可我却觉得应该很熟悉，一个名字在心里跳了跳，终究没能喊出口。

三叔的灵堂设在堂屋，我匆忙进到院里，也算掩饰了一段尴尬。

黑漆漆的棺材有些刺眼，堂弟、堂妹守在灵前哀哀地哭。

不久前，还向三叔问起老家的一些旧事，而今，一层薄薄的木板，隔开了阴阳。想起父亲也是去年这个时候离开我们的，心里一阵悲痛涌上来，泪水流了满脸。跪在地上磕了头，心里有种空空的感觉。

生命脆弱如此，并没有因为勤劳与善良就延长，否则，像三叔与父亲这样勤勤恳恳、忠厚善良之人，应该长命百岁才是，而那些奸邪刁钻之人，就该早早归去。如此算下来，几轮淘汰，这世上岂不就清明了。只是，上天并不全随人愿，也就留下这些无法排解的心结。

三婶的头发全白了，本来就瘦小的身子，憔悴得不成样子。见到我们，拉着手，不停地说："你三叔走得很安详，没有受什么罪。"

人走了，无法挽留，走前没有受罪，就是最大的安慰了。

不停地有亲戚进来，我便走了出去。院子里弥漫着烧纸的味道，正对门口的影壁墙上，贴着一张大大的白纸，黑色的"奠"字冷冷的。大门上一边贴着一张烧纸，一挂纸幡插在墙上，随风摆来摆去，许多的悲凉味道在胡同里蔓延。

我悄悄地问二哥，那个记福礼的是不是谁。二哥说是。又说，小时候，你们不是经常在一起吗?

是啊，小时候经常在一起。可现在再见，已经是几十年以后了。

小时候的那些事情，藏在记忆的深处，片片断断地又在眼前跳动着。

我们是邻居，隔了一户人家，又隔了一条街。他大我一岁，是我最好的玩伴儿。

村里的孩子，玩耍的项目不多，男孩子经常玩的无非就是弹玻璃球、打石板，或者在大门口的土堆上"占山为王"。我们两个不管玩什么，总会在一起，口袋里装着的玻璃球叮叮当当地响，裤子的膝盖处磨破了，打着补丁，冬天穿的棉鞋也磨得露出了棉花。

上学那年，看见别人去学校报名，我们两个也跟着去。快走到学校了，忽然意识到自己还光着身子，赶紧跑回家，穿上衣服，才又去了学校。曾经多次和朋友们说起小时候的糗事，可没有想到，那个和我一起“孬”过的同伴儿，竟然慢慢就淡出了我的生活。

今日相见，仿佛一下子跳过了许多的日月，又仿佛眼前有浓雾相隔，虚无缥缈。毕竟，许多年不见，我竟然没有他的消息。

看他不忙，我走过去，假装自然地打着招呼。他站起来，朝我笑，说，你一来，我就认出你了。

心里的愧疚又增加了一分，却又极力地掩饰着。我在旁边的一个凳子上坐下，聊几句闲话，得知他们几个都是过来帮忙的。旁边的那些人，一会儿要帮着抬棺材，坟地那边也早有人去打理了。

他说这些，或许是宽慰我的心，我的心里也有一股暖意在上升。村里的古风尚在，一家有事，几乎全村的人都来帮忙，里里外外，忙而有序。几个年龄大的出出进进，吩咐这吩咐那，一些传下来的习俗，都有条不紊地进行着。

不时有来随礼的人，他认真地在本子上记着。他的字很有力，颇有些筋骨。听说，他做过几年的代课老师，不知后来怎么没有做下去，但这样的场合，终究不便细问。

因为要招呼远来的亲戚，还有一些事情要忙，我又回到了院子里。他在忙着，没有起身。心里有些失落，这样的相见，竟然如此匆匆，就连一些最基本的情况都没有了解。

葬礼很简单，路口摔过“老盆”，一行人哭哭啼啼地来到坟地，简单的坟坑已经修好，几个修坟的人，拄着铁锨默默地站在那里看着。堂弟、堂妹下到坟坑里，拿笤帚象征性地扫了几下，就算是“暖坟”了。过去的仪式更隆重一些，做儿女的要在坟里躺躺，亲身试试平不平，要用自己的体温来暖。现在自然不必这样，但过场还是要有的。

当一个新坟出现在眼前时，悲伤似乎也一起埋在了土里，心里不再那么沉重。不管是谁，最后总要回到泥土中，生命的轮回，无须昭示什么。

午饭在本家大哥家，村里来帮忙的，就在几个邻居家搭桌。桌上的气氛很热烈，大家说说笑笑，不像是刚送走了一个人，倒像是平常的聚会。

堂弟过来，说了一些感谢的话，脸上也带着笑，全然不是刚刚悲伤的样子。这点不像我，父亲去世后，每一个和父亲有关的日子，我总会泪流满面，一直不肯相信父亲就那样离开了我们。

心里有些无绪，匆忙吃了一点，悄悄离了饭桌，走到外面。一架凌霄爬满了墙，喇叭样的花鲜艳得有些耀眼。一架葫芦长得茂盛，大大小小的，很热闹。草垛边，一头牛安静地咀嚼着，我走过时，都没有抬头看我。以前老家这边很少养牛，现在好几家门口都有，应该是搞的副业吧。

我们家的老房子就在三叔家旁边，隔街对面。青石基座，青砖的屋山，白粉墙面，虽然老旧，但看上去依然高大。老房子还在，但已经换了人家，只能远远地看看，那些光阴里的故事，似乎就在老墙的影子里，再往前一步，就会鲜活地蹦跃在眼前。斑驳的老墙，证据一般地站在那里，影里影外的日子，就那么坦率地关联着。

邻近的几家，大门都关着，看起来已经好久没有人住了，有家的墙倒了，院子里的草，长得杂乱。街角的那盘石碾，碾滚子滚到了地上，碾盘上落了一层厚厚的土，碾道里，长了许多的杂草。

没想到，他从墙角拐过来，正好迎面看见我。

他说，大家还在喝酒，自己不想喝，就出来了。

来家坐坐吧。他邀我。

他的家，在村边，离老房子不远。粗的铁条上端弯了个钩，就是大门的钥匙，藏在墙边的砖头下，木头的门闩，一拨就开了。还是原来的样子，不必担心丢失什么，不像城里，每天把防盗门关得严严实实，心里还不踏实。四间瓦房，挺大的一个院子，很宽敞。屋檐下摆着几盆花，都是一些普通的草花，开得正旺。墙根下，几只鸡躲在阴凉里，听到有人来，警觉地扭过头看着。

他说，你嫂子去城里了，帮儿子带孩子，我自己一个人在家。

原来这样，怪不得家里有些冷清。

说起以前光屁股上学的事，他讪讪地笑，说是记不得了。又说起一起写作业的事，他笑了。那时，没有电灯，我们两个凑在一起，把饭桌当成课桌，趴在炕上写。一盏煤油灯放在中间，有时候不小心，会烧焦额前的头发，屋子里便会有一股焦煳的味道。老师布置的作业多，等到写完，夜已经深了。他送我到门口，怕我害怕，看着我走过拐角，才把门关上，我能清晰地听到大门的吱扭声和门闩的咣当声。

知道他在后边看着我，静静的街上，我也不会怕。抬头看看天，奶奶讲过的天河，还有河边的牛郎、织女，都在头顶，有时能看得见一闪而过的流星，让我惊诧不已。

以后，我随父亲去外地上学，我们两个就分开了。那时候不懂得送什么纪念品，也没有什么可以送，甚至连一般的告别都没有。想起来，有些怅然。

他说，你走了以后，也曾经看见过几次。

是吗，这我不知道。每次回老家过年，都是来去匆匆。

他说，自己以后读完高中，就退了学。过了几年，就结婚了。村里人成家早，能早点成家，也算了了父母一件心事。那些年，也没什么可做的，就在家里打理几亩地，也能维持基本的生活。后来，村里学校里缺人，他去做了几年的代课老师。代课老师收入少，又没有转正的希望，就辞了。

我有些替他可惜，因为我知道后来国家有政策，一些代课老师转了正。他说，其实也没有什么，那时，自己要养家，回来做点小买卖，比在学校里挣得多。

我没有再说下去。日子在眼前过，生活的担子在肩上，谁又能看得那么长远。

他以后也像村里的年轻人一样出去做过工，终究没有什么固定的工作，干了几年，就回来了。

他说，村里好多人都出去做工，像我们这个年龄出去的大多没有再回来，有些回来了，又去给孩子们带孩子了。现在的年轻人不想留在村里，大多去城里找工作，然后在城里买房，就是租房，也不愿意回来。村里好多老房子都没有人住，都是空的。有些人家的地，要么包了出去，要么就空着。像他这样还守在家里的，很少。

过几年，我也要走。他说，去儿子的城市，孩子的妈早就去了，帮着带小孩儿，自己在家，他们都不放心。其实，我不想去，还是在老家过得自在。

他笑了笑，看了看窗外。一只鸡跳到了窗台上，扭着头往屋子里瞅。

这些，我看到了，也能想到。刚刚来帮忙的，大多是老人和几个中年人，没有几个年轻的。年轻人去城里寻找自己的梦想，村里就只剩下这些人。

这些年，做过好多事。他给我倒了杯水，淡淡的茶香，在屋子里弥漫着。去工厂做过工，也在建筑工地做过，都做得时间不长，收入不好，有时还会拖欠工钱。农忙时还要回来，家里的几亩地不忍心荒着。现在做些收废旧塑料的活儿，利润不大，但自由一些，顾家还可以。

他说得很平静，如玻璃窗上淡淡的天光。我听得也很平静，一个远离了我的生活的故事，一下子很难在我的心里掀起波澜。

这些年，虽然常常想起以前的情形，心里还对曾经的老家眷恋不舍，但我知道，我怀念的生活和他们的生活并不一样，那些蒙上了理想色彩的日子，并不是他们的日常，他们的辛苦，或许，在我的想象中被朦胧着诗化了。就像许多想回归田园的人一样，那种短暂的喜欢是无法真正地体验日子里的百味的。要不，那些走出去的人们，如何还会留恋那个不是自己的家的地方。漂泊，毕竟不是生活的梦想。

有一会儿，我们都没有说话。房后传来了老牛沉闷的叫声：哞——

最晚过了年吧，我就走。这些日子，把家里归拢归拢。我问，这个家怎么办？他说，锁门就是了，反正家里也没有什么值钱的东西。再说，咱们这里，挺安全的。这我信，村里有些人家，就是这样锁了门。过年时回来，过了年，就又走了。家，倒成了偶尔才会光顾的旅店。

看得到他的眼里暗淡下来的目光。他说，大家都这样。

天下起了雨，密密麻麻的。这些天有台风经过，我们在台风的外围，也能受到一些影响。

他打了伞送我出来。胡同的地上水汪汪的，阔大的梧桐叶张开着，水珠吧嗒吧嗒往下滴。

走到墙角，拐过去就是三叔家。我知道，他还在大门口看着我，就像小时候的晚上。

回城里的路上，我默默地看着窗外那些大大小小的村庄，不知道里面有多少空了的房子，有多少独自守着房子的老人。虽说农村有城里人的爹娘，可许多时候，爹娘的位置被排在了梦想之后。有多少梦想是老迈的爹娘在背后支撑着，可是梦想里的内容却没有爹娘二字。

许多时候，我们会在文字里思念故乡，可故乡只是笔下的几行文字而已，就算是精美的诗句，也是没有血肉，读起来，多了许多的矫情。

我知道，他和我的生活走在了两条平行线上，他对生活的满足和对老家的留恋是从心里发出的。而我，半生忙碌，看似安定的生活，难掩许多局促。可这些，却让他羡慕，心里忽然生出许多惶恐。

日子还如往常，我们都在努力往前走着。有理由相信，我们的明天会比今天好。那些光阴里的故事，就让流水带走吧，如若有缘，就让落花渲染一片灿烂，让落叶书写几行深沉。或许，就发酵成一瓮老酒，日久弥香。

柳色

村头有棵柳树，每天静静地站着，看着日出月落。

柳树很老了，有上百年的光景。

柳树旁边的房子，还是以前的土坯房，苫着麦秸屋顶，东西屋角各有一个青砖垒的烟囱。

老房子没人住，烟囱里早就没有了烟火。院墙靠街处塌了一段，经常有鸡跳进去，在院子的草丛里啄来啄去。

柳树靠着村边的水湾，长得格外茂盛。有年夏天下雨打雷，劈裂了一根树干，斜斜地靠近水面。

村里人大都搬到村东盖了新房子，老街这边就冷清了许多。这几年天旱，水湾早就干了，不像往日有鹅鸭嬉戏那般热闹。

站在柳树下，摸着皴裂的树皮，看细长的柳枝在风里有些落寞地飘来荡去，旧日的情形像一幅幅泛黄的老照片，一帧一帧在眼前翻过。

小时候，这里虽然不是村子的中心，因为靠水，树下又有一块平坦的地方，倒成了大家闲聚的好去处。

夏天的午后，村里的孩子比赛似的来到水湾边，脱光了衣服，扑通扑通钻到水里，惊得鹅鸭扑棱着翅膀，嘎嘎叫着四散而去。也有调皮的孩子，一个猛子扎到水里，钻到鹅鸭下面，抓住腿，抱住身子，再一下扔到空中，鹅鸭使劲儿扇着翅膀，飞不了几下就又掉进水里，惊叫着逃走了。这边，孩子们大笑着又去追。也有胆大的，爬到柳树的高枝上往下跳，那样子，像是了不起的英雄似的。

傍晚时分，吃过饭的人拿着小板凳，或是抱着麦秸编的草铺，摇着蒲扇，渐渐地聚到柳树边的平地上。早有人把地面扫得干干净净，洒了水，清清爽爽的。鹅鸭都已经回家了，只有树上的知了还在没完没了地叫。

小孩子在树底下细心地抠“截留龟”，老人们絮叨着家长里短，也有勤快的媳妇，借着一点微光，熟练地纳着鞋底。

老柳树边的人家大多姓闫，闫家门里出了个大干部，是乡里的派出所所长，闫家人说话都带着三分硬气。

这些年，村里的年轻人大多外出打工了。他们走的时候，满脸的喜悦，根本看不出有什么悲伤的情绪。就是走过大柳树下，也没有停下脚步，只是随手挡开垂在路边的柳枝，留下了一个雀跃的背影。倒是有老人领着不大的娃娃，站在树下，对着远去的人看上半天。

村里的日子缓慢地过着，老人的故事讲了一遍又一遍，可一个问题老人自己也说不清答案。孩子经常会问，爸爸妈妈什么时候回来。老人开始时说，过年就会回来。从下了第一场雪开始，孩子就每天站在村口的柳树下，使劲儿地看着路的远处。可是，雪下了一场又一场，许多人从路上走来又走远了，就是没有自己盼望的身影。直到胡同里飘满了煮肉的香味，还有新蒸的馒头的香味时，还是没有。和爷爷奶奶一起，把家里的大门、小门都贴上了红红的对联，拿着鞭炮再一次站在树下，来来去去的人中，都是陌生的脸。邻居家的小丫头像个男孩子似的，爬到了树杈上看，也没有看到。爷爷来叫她回家，才抹着眼泪回去。

后来，奶奶说，柳树绿了，他们就回来了。于是，每天念着爸爸教过的儿歌："五九六九，沿河看柳……"，跑到树下看看柳树的芽钻出来了没有。直到"八九河开，九九雁来"，柳梢都吹过了，柳树的树荫都很密了，还是没有人回来。

再问时，奶奶的脸也不像当初那么温和了。奶奶会说，他们爱回来不回来，有奶奶呢，不想他们。

孩子知道奶奶疼他，奶奶总是把好吃的留给他，好玩的也留给他。可他心里还是想，有时候觉得他们的影子有些模糊了。于是，赶忙踩着板凳，看看挂在墙上的照片。照片里的爸爸妈妈笑得真好看，可是自己怎么就噘着个嘴呢。如果再照，自己也一定要好好地笑，他想。

孩子的念想随着柳枝一天天长，村里的日子就染上许多的色彩，每一天都是柳叶的颜色。

日子似河里的水，哗哗地流向远处。

走过了许多地方，每当看到柳树，总会想起老家的那棵，想起每年春天爬到树上折柳枝，编成环套在头上，或是把长长的柳枝插在门框上。老人则拿着柳枝抽打抽打身上，说是可以带来一年的好运气，身上不生虱子不招臭虫。

读了许多的古诗，诗里有很多的离愁和别绪。长亭边，河堤上，渡口旁，愁绪挂满了树枝。回老家时，刻意从老树上折下一根柳条，心里竟然没有生出多少古意，只有青青的柳色，闪闪地晃着眼睛。旧时的愁，生起在远行的人心里，一根柳枝，把一缕愁绪拽得山高水长。现在的愁，在村里，似冬天的柳枝，使劲儿地鼓着芽苞，只是经了风雪，被树皮紧紧地包住。

柳树年年绿，柳色年年新，染了柳色的日子，依然缓慢而安然。

老家的传说

一杯茶，一支烟，三叔坐在那里有些沉思。淡淡的茶香氤氲开来，那缕香烟在三叔脸前慢慢散开，勾勒着一个不太清晰的轮廓。

三叔说，咱们村很早就有了，据说以前叫洪家庄子，为什么后来叫红庄子，也没有人说得清。至于村里的红土，邻近的几个村都有，不会只有咱们村叫这个名。

咱们村西边是埠，东边是平地，西高东低，房屋倚地势而建，街道东西通畅，下雨时，水从西边流下，流入东边的水湾里，湾满了再流入村外的水沟里，不管下多大的雨，村里都不会被淹。前些年，东边的潍河发大水，周边的村子都被淹了，只有咱们村没事，好多亲戚都来投靠，村里许多光棍儿都说上了媳妇。西埠的北边有一个水湾叫瓢湾，形状就像个破开的葫芦瓢似的，大头朝上倾斜着，大头和埠顶一样高，小头和路面一样平，据说，什么时候这个水湾里的水满了，我们这里就会被水淹了。不过，从来没有听说过水湾有满的时候。其实，那水湾一头高一头低，根本存不住水，只有水漫过了埠顶，它才可能满。

埠的西边有一片地，叫“佛堂地”，据说那里有当年杞国杞王的佛堂。杞王的都城在杞城，离我们村十几里路。杞国是小国，经常受到周边大国的欺负，历史上还流传着一些和杞国有关的故事，大家所说的杞人忧天的故事，就发生在杞国。这个成语虽说往往用来形容庸人自扰的无谓担忧，但也有人认为，这和杞国多经磨难而造成的国人忧患意识有关。

埠的南边有一个水湾叫藏马涧，传说当年有人赶着九十九匹马到杞国去，走到这里，马喝水，再走的时候，赶马人数了数，发现成了一百匹。仔细辨认，原来是有一匹神马进来了。后来，神马献给了杞王，赶马人得到了一大笔封赏，那个藏过神马的水湾就叫神马涧了。如今，神马涧还在，只是早就没有水了，当年的神马回来怕是也不再停留了吧。

我说，三叔，我看过咱们的家谱，往上推几代，祖上还有官职叫云骑尉，那是个什么官职呢？三叔说，以前听老人们说过，当年闹毛子，村里人都跑了，只有咱们家祖上没有走，守着家里的房产还有村里的祠堂。那时，毛子见人就杀，见东西就抢，祖上也被杀了。后来，毛子失败后，朝廷为了表彰，就赐了一个封号，其实就是一个荣誉而已，也没有实际的权利。原来是这样啊，我本来还以为，我们祖上做过大官呢，我还奇怪，我们是从什么时候家道衰落的，怎么后来就都是响当当的贫农了呢。三叔笑了，我也笑了。不过，当年贫农这身份真的是响当当的。

三叔说，我们这个地方是个穷地方，缺水，庄稼浇不上，产量低。不过，当年也是个战略要地。埠顶最高的那个圆圆的顶，我们叫团埠子，据说是当年韩信领兵打仗时堆出的高地，用来瞭望敌情。

历史上有段记载，说当年韩信领兵攻打齐国，齐王逃到高密后，派人向楚国求救。当韩信打破临淄时，项羽派一个叫龙且的将军亲自带着二十万兵马来救援。有人向龙且献计说，汉军一直打胜仗，而齐、楚的士兵军心涣散，不如以守为攻，使汉军得不到粮食，就会不战自败。龙且瞧不起韩信，又想着立功，就没有采取这一计策，带兵与韩信的军队隔着潍河东西摆开阵势。韩信连夜派人做了一万多条袋子，盛满沙土，把潍河的上游堵上，然后带领一半军队蹚水攻打龙且。龙且出兵迎击，韩信假装败退，龙且以为韩信害怕，就带人过河追击。这时韩信命人扒开堵住潍河的沙袋，河水一下子就流下来，龙且的军队大半没有渡过去。韩信带人回头追杀，杀死了龙且。东岸齐、楚的军队见西岸的军队被杀，四处逃跑。韩信在这里打了一个大胜仗。

三叔喝了口茶，悠悠地吐了口烟，似是从遥远的回忆中走了回来。前些年村里人在埠顶上打旱井存地瓜，还挖到了一座古墓，里面有一把宝剑，应该是早些年的遗物。

当年的硝烟早已被历史的风尘淹没，金戈铁马的厮杀也淡漠在岁月中没有了踪迹，只有那个圆圆的埠顶还在，看着时光流过了千年。

三叔说，这些都是一些传说，也没有人做过考证，不过，当年韩信确实在潍河边打过仗，邻村一个人写大将军韩信，还特别写到那次战役。过去的杞国就在现在的杞城，那里有一座很大的坟叫九女冢。据说就是杞王的女儿帮自己的夫家打杞城，杞王一怒之下，把自己的九个女儿都叫回来，一起给活埋了。那个大坟我见过，去杞城走亲戚时，有人说起过。

春天的风轻轻地吹在脸上，带着一些淡淡的花香，我的思绪似是被拉到了遥远的过去，当初那些久远的传说，就像是一幅画卷在眼前慢慢展开。古老的土地，古老的小村庄，还有生生不息的一代代族人，都在历史的烟尘中清晰了起来。

时间一年年地过去，这些传说已经没有几个人知道了，当年依地势而建的老屋现在也很少有人居住，大多数的人家都到条件更好的村子东头盖了新房，一些老房子开始倒塌，原来的街道也因为少有人走，长了一些杂草，显得凌乱不堪。

三叔说到这些的时候有些沉默，我也没有说话，抬起头，看着小院上方的方方正正的天。

“咯咯，咯咯哒……”一只母鸡下蛋了，高声叫着，一只狗摇着尾巴跑了过去。屋子里传来三婶做饭的风箱声，一缕带有柴草气息的烟从屋顶飘了起来。

日子，如此才好。

熬粥

粥，是要熬的。熬粥，熬的是时间，也是一份心。

乡里人熬粥，不像城里人那么讲究。城里人听着专家的讲座，看着网上介绍的方法，原料精挑细选，数量用量杯量过，时间上严格控制，科学是科学了，但总没有乡里人熬的粥香甜。有些人进城久了，乡音改了，衣服改了，但对乡里的粥的一份怀念却改不了。有人专门再跑回乡里，就是想喝到一碗地道的乡里的粥。

乡里人熬粥，用料很随意。每个季节，新粮下来，都可以拿来熬粥。夏天收了新麦，清水淘净，再到街上的石碾上碾，碾去皮，麦芯就是极好的熬粥材料。秋天收了谷子，也到石碾上碾，用簸箕簸去谷糠，金黄的米粒闪着耀眼的光。小米营养丰富，乡里人最爱喝小米熬的粥。玉米、高粱、绿豆、豌豆、豇豆……乡里的土地，富裕得很，乡里人熬粥，有的是选择。春天，槐花开了，榆钱大了，粥里放几把鲜槐花，或是放一把榆钱，又是另一番味道。

熬粥用的是大铁锅，熬一次，够一家人喝的。烧火用玉米秸或是豆秸，要不就用麦秸。米淘净下锅，大火烧开，再改为小火，慢慢地熬。柴草的火煖，不会煳锅，又能慢慢地熬出米的香味，烧过的柴草带有原本的味道，也慢慢地浸到粥里去了。

熬粥，讲究的是火候，需要十二分的耐心。火急了，米的香味出不来，米也不黏稠，喝起来没滋没味。有些人家从半下午开始熬，直熬到黑天，老太太不用下地干活儿，有的是时间。家里人干活儿回来，粥香刺激着胃口，喝口粥，咬一口疙瘩咸菜，浑身的舒坦。

喝粥用大瓷碗，一家人围着饭桌，端起碗，吸溜一口，转一转碗，吸溜一口，喝得热火朝天。天暖和的时候，有人家把饭桌挪到过道里，或是门口的树荫下，凉风吹走了暑气，也把粥香带到了街上。有人走过，问一声，吃饭呢！家里人忙说，吃着呢，来喝碗粥吧！来人说，喝过了，喝过了。人走了，家里人继续吃饭，喝粥。几只鸡鬼头鬼脑地站在一边，不敢靠前，等着人吃完，捡掉在地上的饭粒吃。倒是狗，摇着尾巴，从人的腿底下钻过去，再从桌子底下钻出来，地上的饭粒基本就打扫干净了。有时，人会喊，去，一边去！狗就听话地一边去了，眼睛骨碌碌地看看鸡，又看看桌子这边。

乡里人喝粥，讲究把碗里的米粒都吃干净，要是有剩下的，老人会骂败家子。小孩子筷子用不好，干脆把脸埋在碗里，使劲儿伸出舌头，转着圈地舔，弄得脸上都是米粒，还仰着头笑。

村里熬粥熬得好的，是村头老李家。老李家一大家子人，都靠老李太太撑着。老李太太生了六个孩子，老李走得早，受了多少苦，没有人知道。老李走时，老李太太还年轻。村里人担心她受不了这个苦，会扔下孩子走了。可她一直没有走，每天下地干活儿，回来收拾家，做饭，照顾一群孩子。

有人说，老李走后的几年里，老李太太每天晚上把一小瓢黄豆倒在炕底下，然后再端着灯，一粒一粒捡起来。有人问为什么？那还不明白，睡不着，熬时间呗。捡完了，天也快亮了，该做饭了，还有那么多张口等着呢。

闹饥荒的那几年，村里人断了顿，李家的境况更遭，几个孩子饿得直哭。老李太太每天都要早早地去地里拔野菜，荠菜、七七菜、苦菜，能吃的都拔到筐里。榆钱，榆树叶都是好东西，只是太少了。仅有的一点玉米面，加上菜叶，熬上一锅，勉强能让孩子们吃上饭。秋天时，到收过的地里刨地瓜。地里早就翻了好几遍，最后只能捡到一些零碎的,那也是宝贝疙瘩。再加上地瓜叶，也能熬一锅粥。

日子硬是熬了过来，孩子们长大了，老李太太的头发也白了，腰也弯了。好在孩子们孝顺，成家后，媳妇们也孝顺，老李太太过得也算舒心。

每天，老李太太变着法子熬粥，大米粥、小米粥、麦芯粥、绿豆粥，有时米里加上南瓜或是地瓜，有时几种米杂在一起，再加上自家晒的红枣，把一碗粥熬出了许多的花样。老李太太老了，吃不了多少，可是，孩子们的孩子长大了，每天张着小嘴等着呢。就是工作了的，每次回来，都嚷嚷着要喝家里的粥。老李太太一边熬，一边嘟囔，粥有什么好喝的，城里那么多好吃的，还没吃够！可是，说归说，说完了，还是弯着腰，淘米，烧火，拉风箱，米香就开始弥漫在屋子里、小院里。

乡里人的粥天天熬，年年熬。乡里人的粥粗，却有火候，不像城里人那么心急，也没有那么多算计。乡里人的粥味醇，多久都不会忘记。

胡同

老家的大门开在胡同里。

胡同有两米宽，二百米长，一条东西大街将胡同分为两截。胡同里有五户人家，我们家在中间，正好是大街和胡同形成的交叉口，出入比较方便。

胡同两边是土墙，不高，踩着墙根的石头，可以很轻易地翻过去。墙头上长着草，稀稀拉拉的。村里人讲究，墙头上的草不能拔，拔了不吉利。胡同的地面是土的，被雨水冲得坑坑洼洼，中间淌成了一条小水沟。

胡同南头，有一棵老槐树，上百年了，要几个人才能抱过来。老槐树中间枯了，有一个大大的树洞，黑乎乎的，看上去有些吓人。每年春天，老槐树开满了白花，真像个头发花白的老人。

树下是李家。李家二爷爷可是村里的名人。

二爷爷一只眼睛瞎了，一直也没有家口，自己过日子。二爷爷不识字，可会讲很多故事，什么武松打虎、四郎探母、岳飞大战金兀术，他都讲得活灵活现。讲着讲着，忍不住还唱上两口，那也是字正腔圆，底气十足。

过年村里排戏，二爷爷是主力。有时候敲锣，有时候打鼓，有时候扮小丑，忙得不亦乐乎。二爷爷扮的小丑，戴着高高的帽子，画着个大鼻子，嘴巴抹得通红，手里拿着根长长的烟袋，一边走，一边扭，动作夸张得让人笑弯了腰，笑疼了肚子。

二爷爷的绝活是算数，一般的加减乘除，村里的会计用算盘都没有他快。早些年，生产队里分粮食，按人口，一家一户分。会计报出谁家几口人，每口人多少斤，二爷爷马上就报出了总数。然后装筐，过秤。开始时，有人不信，觉得一个不识字的人，怎么会算得那么准，就偷偷地拿算盘跟着算。跟了半天，一点错误也没有，才口服心服。

每次分东西，总能听得见二爷爷带着戏文腔调的报数声。

二爷爷的日子一直过得很清苦，后来没有了生产队，也不用再去队里算数了。村里也不再排戏，二爷爷一下子孤独了好多。每天种地，没事时就坐在门口老槐树下，哼几句戏文，看着墙根下的鸡打架。

中间大街上，有一盘石碾，石碾边长着一棵大腿粗的槐树。每天来碾粮食的人家不少，有时候要排队。大家你帮我，我帮你，边干活儿，边聊家常。有些没有什么活儿的人，也会凑过来说说话，这里，成了村里的中心。东家的长，西家的短，都会在这里嚼得七零八碎。

胡同北边一户人家，房前有一个挺大的菜园子。菜园子打理得很上心，瓜啊果的长得好。平时浇水要到村北头的井里挑，浇一次，要挑几十担水。

菜园子的墙有一个豁口，给孩子们提供了方便，每当看到没人，孩子们就会偷偷地爬进去，要么摘根黄瓜，要么摘个西红柿，每次都有收获。顶着花的黄瓜，又脆又香，青里透红的西红柿，酸酸甜甜。有人劝过，说把墙的豁口堵上，他们也没有堵。说，孩子摘个吃了，没什么，只要不祸害就行。

而今，村里人到村外盖了新房，老房子大多没有人住了，胡同里冷冷清清。

老房子还在，胡同还在，村南头的老槐树也还在。槐树下那个孤独的老人早就走了，连同他的故事，还有他算数的秘诀一同走了。老人走的时候九十五岁。

街上的石碾还在，早已经没有人再用，架着石碾的木头烂了，石磙子滚在了一边，碾道里堆满了刮来的草。

菜园子早就废弃了，天旱，村头的井里早就没有了水。老人老了，年轻人打工进城了，园子里长满了草。

当年的人很多已经不在，当年的故事早已在逝去的日子里风化。只是，在有些个落日的傍晚，面对着曾经留下我们足迹的长长的胡同，那些过往还是会在记忆里跳跃。那些忘不了的人，还有那些尘封的事，似乎又在窄窄的胡同里一一呈现。

那些忘不了的过去，有着我们的根。

赶大集

腊月二十三，过小年，也是乡里赶大集的日子。

从进了腊月门，大集一天比一天红火，人也显得一天比一天忙碌。

快过年了，有那么多要买的东西、要做的事，不忙，怎么能行呢。

乡里五天一集，老家的大集逢三逢八。腊月二十三，是年前最重要的一个集。该置办的年货，大多都赶在这一天。肉啊，鱼啊，买早了，不好保存；买晚了，来不及收拾。赶着今天置办下，好一样一样地做好，等着过年。

老习俗了，乡里人算计得精准。特别是那些年没有现在物资这么富足，也没有储存东西的冰箱，不算计好，过年岂不紧巴？

大集上，早早的就挤满了人。卖东西的，在路两边就地摆开了摊子。有些来不及吃早饭的，趁着空闲，抓紧吃几口自己带的干粮。吃一口，哈出一口热气，发梢上、眉毛上挂了一层白霜，看上去像是白了似的。

这边的大白菜整整齐齐地垛着，储存了一冬，外边的青叶掉了，只剩下白白胖胖的白菜心，莹润如玉。白菜可是冬天里的主菜，平常白菜炖粉条，白菜炖豆腐，吃着玉米面的窝头，或是自家摊的煎饼，香喷喷的。过节时，要包白菜馅的饺子，蒸白菜馅的包子，谁家过年不买上几棵大白菜。

那边又粗又长的青萝卜，顶着绿绿的叶子，在这寒冷的天气里，给人耀眼的感觉。卖萝卜的用刀切开了几个，绿皮白心，汁水丰富，直吊人的胃口。再来上几嗓子："又脆又甜的萝卜，先尝后买啊！"立马就有人围过来，掰一段，咬一口，真的脆甜爽口。"烟台苹果莱阳梨，比不上潍坊的萝卜皮"，这可是流传已久的。再说了，萝卜还有药用价值，"冬吃萝卜夏吃姜，不用医生开药方"，老人们经常念叨。萝卜炖兔肉，是一道难得的美食，过年时，走亲戚，有幸能吃到，回来要显摆好几天。就是单把萝卜切成条，生吃，也是一道可口的开胃菜。

卖箅子、盖帘、炊帚、笤帚的摆满了地。箅子、盖帘都是选的当年上好的高粱秆，用麻线细细地串起来。箅子用来馏干粮，盖帘用来盛饺子，自有一股清香味。炊帚用小的高粱穗绑，笤帚用大的高粱穗绑，一股一股的麻线把笤帚把儿绑得像胖小子的胳膊。过年扫屋，就要用新的笤帚，扫去一年的灰尘，也扫去一年的晦气，来年就是芝麻开花——节节高。

卖年画的那边更热闹。墙上钉了钉子，拉上线，年画挂在线上，省得被风吹破了。这里是哪吒闹海，那里是大闹天宫，还有智取威虎山、红灯记，都是当时最热门的剧目中的图片。

特别值得一提的是木版年画，这可是最具有地方特色的民间瑰宝。年画内容丰富多彩，神像、童子、山水花鸟、戏剧人物、神话传说等，大都是喜庆吉祥的主题。腊月二十三，家家都要请一张灶王爷的画像，挂在灶间。晚上时，摆上糖瓜、柿饼、点心，再烧上一炉清香，恭送灶王爷上天。辞灶是件很庄严的事，要由家里当家的来进行。当家的一边磕头，一边祝祷，祈求灶王爷多说好话，保佑来年全家安康。这一天，家家送灶，家家祝祷，也真够灶王爷忙的。好在大家祈求的内容一致，灶王爷也省心了不少。

和卖年画的紧挨着的是卖对联的。大红的纸，大大的字，浓浓的墨香。“忠厚传家远，诗书继世长”“天增岁月人增寿，春满乾坤福满门”，都是吉祥的祝福语。大大的福字在风里飘动，满眼都是流动的“福”。

新碗要买上几个，新筷子要买上一把，意味着来年添丁加口。新衣服要买，新鞋要买，男孩儿买顶新帽子，女孩儿买几根新头绳，过年了，从头到脚都要是新的。初一拜年，穿得一身新，小小子帅气，小丫头俊俏，惹得老人家一个劲儿地夸。

鞭炮买上几挂，二踢脚买上几个，大雷子要一盘，除夕那天给祖先上坟要热热闹闹的。晚上发纸马，要比比谁家的鞭炮更响，响的时间更长，那可意味着谁家来年更红火。小孩子等不及，赶完集回到家，就会迫不及待地拿着鞭炮到街上，你放一个，我放一个，比一比谁的动静大。有调皮的，把鞭炮插到雪里，砰的一声，炸出一个大窟窿。也有熊孩子把点着的鞭炮往草垛边的鸡堆里扔，吓得鸡们扑棱棱叫着飞到草垛顶或是墙头上去了。孩子们跑着，笑着，满街都是烟火味儿，和着不知谁家的肉香，让人不停地咽口水。

逛到中午，在人群里挤来挤去，又乏又累，闻到路边的肉香，就迈不动腿了。

香味是从路边的一口大锅里飘来的。锅里煮着羊头，咕嘟咕嘟翻着水花。几张小桌边摆着小板凳，已经有人开始喝着热气腾腾的羊汤了。两毛钱一大碗，葱花、香菜加上，还可以来一勺老陈醋，加点辣椒末，又是另一种风味。据说，卖羊肉老汤的一个羊头要煮很久，老汤锅不能干了，时间越长，味道越好。卖老汤的总是会一边忙活，一边喊着招揽人。有时候，一急，话说连了，就成了“老汤，老汤，正宗的老汤。这还是我爷爷的头呢”。呵呵，本来想夸张一点，说是他爷爷那时就煮上的羊头，结果说成了是他爷爷的头，惹得大家直笑。但终究经不住肉香的引诱，大家纷纷坐下来，要一碗汤，吸溜吸溜喝得响亮。也有人把家里带来的煎饼泡在碗里，吃得额头上冒出了汗珠。

大集要过晌午，才会陆续地散了。买东西的大筐小包都满了，说笑着结伴回家。卖东西的，面前也清静了，剩下点也赶紧收拾起来。有人躲在一边，悄悄地数着今天的收入，脸上的笑意掩都掩不住。歇了一天的牛马，吃饱了草料，往回走不用再拉那么重的东西，显得步伐格外的轻快。

赶大集，既是置办年货，也是玩，人们忙了一年，终于可以好好地散散心了。

红红火火的大集，不就是红红火火的日子吗？

石榴

院子里有几棵石榴树，并不独特的外表，却经常牵惹着我的目光。每天从树下走过，都会忍不住多看几眼，那些茂密的枝叶，红红的花，硕大的果，都会在许多个不经意间触动一些温暖的感动。

每年春天，几阵暖暖的风吹过，几场细细的雨下过，它旁边的那些花啊草啊，就会争先恐后地抽芽，开花。可它，依然还是冬天的样子，光秃秃的枝丫，没有半点苏醒的样子，在那些花红草绿的氛围里，显得有些冷峻而孤独。有时从它的身边路过，还会忍不住埋怨几句，都什么时候了，还不发芽！

不知从哪天开始，那些看似干枯的树枝钻出了小小的芽，芽的颜色和树皮的颜色相近，以至于过了好久，才注意到。

以后的情形就不同了，当泛着微红的叶片伸展开来，那种蓬勃的架势就一点也不输周围的花啊草啊的了。当大红的花开在绿叶中的时候，就如一群红衣的女子，在绿草丛中起舞，一片绚烂锦绣，夺人眼目。“五月榴花照眼明”，那一个个灯笼样的花，挂了满树的红红火火。

似乎明白了什么，当初的隐忍不发，是在积聚力量吧，而后的整个夏天、秋天，它就是最夺目的景致。

老家人的眼里，石榴本就是吉祥之树，象征了红红火火，多子多福。过年时的年画上，总会有一个一个胖小子，抱着大个的鲤鱼，身边堆满了佛手、石榴等，“年年有余，多子多福”的祈盼，会带来一年的好愿景。

邻居家屋子前有一棵很大的石榴树，每年都会结很多石榴，邻居家的奶奶经常坐在门口的槐树下，看着自家的鸡在草垛间刨来刨去，四处找食。石榴熟了，矮矮的墙哪儿挡得住一天比一天高的诱惑。每次放学回家，总会远远地看着压弯了树枝的那些红红的、大大的、圆圆的石榴，再看看那个好像长在了门口的看着鸡刨食的奶奶，暗暗地咽口唾沫，回家做作业了。只是，那些灯笼一样的影子，总在眼前晃动。

其实，用不了多久，当红红的石榴笑开了嘴，露出了排得整整齐齐的、玛瑙一样的石榴籽的时候，奶奶就会踮着小脚，用葫芦做的瓢装着又红又大的石榴送过来。奶奶说，孩子们都盼了三秋了，快吃个尝尝。真甜，奶奶家的石榴是甜的。

老家的院子里，也有一棵石榴树，父亲栽在了水井边。剪枝，浇水，父亲打理得很仔细。每年的中秋，石榴熟了，母亲总是等着我们回家再摘，谁回来晚了，也总会有几个大大的石榴挂在绿叶间。后来搬了家，那棵石榴树就随着老屋一起转给了别人，每年母亲总是会念叨几次，说石榴该熟了。于是，不定哪一天，母亲上街时，就会买回几个又红又大的石榴，等我们回去。

有一年秋天，和朋友一起去爬山，在半山腰的一个小小的村子里，一棵挂了果子的石榴树深深地吸引了我。石头砌的房子，不高，小小的窗户，石头砌的墙，墙上爬满了“爬山虎”，门口有棵老榆树，树皮皴裂，几块石板搭成的凳子，随意地摆在门口的空地上。矮墙上，伸出的枝头，石榴已经红了，几个开裂了的石榴，在渐凉的风里似乎期盼着什么。这应该是特意留在枝头的吧，可是还有谁没有赶回家来？眼睛有些湿，扭开头，任那抹突如其来的长长的思绪盘绕了好久好久。“山崦谁家绿树中，短墙半露石榴红。萧然门巷无人到，三两孙随白发翁。”几句熟悉的诗，应了眼前的情景，心里一下子满满的。

又是夏天了，院子里那几棵石榴树长得枝繁叶茂，虽还不到阴历的五月，树枝间已经有了早开的花。清晨淡淡的熹光里，或是傍晚薄薄的暮霭中，那点点的红，闪着耀人的光华。

咸菜疙瘩

吃饭时，觉得味寡，去厨房里翻出了一包咸菜。细细长长的榨菜丝，沾着几点细碎的辣椒，红红绿绿的，有些惹眼。只是味道有些淡，和手里的煎饼搭不上味儿。

煎饼是从老家带回来的，手工摊的，铁鏊子烙的，烧的柴草，那种特有的香味，远不是街上小贩机器烙的能比的。

吃煎饼，就咸菜，慢慢嚼，越嚼越香，香里带甜，再来上一碗黄澄澄的小米粥，那就是神仙都想吃的美味。小时候，在老家，这样的饭菜是家常饭，而现在，想吃一口，却总难吃出原来的味道。

那时候，咸菜是辣疙瘩咸菜，自家的咸菜缸里腌出来的。辣疙瘩是自家菜地里种的，每到秋天，下霜前收回家，去缨，洗净，晾干，放进一个大沙缸里，加上大盐，清水，上面用石板压实。沙缸放在墙角，风吹过，日晒过，盐慢慢浸，青白的皮变成棕色，辣味没了，咸香的味道浓了。

乡里人家的饭食简单，每顿饭都少不了咸菜，切成块，切成条，完全随自己心愿。如果切成细丝，加点小葱、香菜，洒上酱油、醋，调着吃，就是很讲究的人家才有的。如果再滴上几滴小磨香油，那就是逢年过节或是待客时的待遇。平时活多，哪有那么多闲工夫，地里劳累回来，刚摊好的煎饼或是刚出锅的窝头，拿一块咸菜条，脆生生地嚼，一碗粥，吸溜吸溜地喝，又充饥，又解乏。

农忙时节，家里也会改善改善饭菜，自家菜园里的青菜变着花样地炒，但咸菜仍然顿顿上桌。这时候的咸菜，切成细长的条，葱花炼锅后，加上炼油剩下的肉渣翻炒，再加几粒花椒、几瓣八角调味，出锅时，放几根香菜，比其他的青菜更吊人的胃口。干活儿消耗的体力多，家里人都舍得把饭菜做得精细些。

夏天，村里烤烟的时候，村头的烤烟房炉火烧得旺旺的，肥肥大大的烟叶，绑在细长的竿上，一层层挂进去，几天后，就会烤得金黄金黄的。每次出烟的时候，都会有几个沙罐提溜出来，老远就能闻到香喷喷的。这是村里人提前准备好，随着青烟叶一起放进去的。罐子里是切好的咸菜条，加了豆油、葱花、姜片，也有人家放进去几个鱼头，香气就更浓了。炉里的火经过土坯垒成的迷宫一样的火道，慢慢烤干了烟叶，也炖熟了咸菜，连鱼骨头都炖得酥酥的。在高温的参与下，咸菜条吸收了鱼头的鲜气和香气，又加上调味料的融合，成就了乡里一道朴素而又悠长的味道。

村里人家大都不富裕，一年里吃鱼的机会不多，能吃到这样的鱼头炖咸菜，已经是很奢侈的了。有个笑话一直流传着，说的是邻居家家里穷，吃不起鱼，就用木头刻了一条咸鱼挂在饭桌上面的屋梁上。每次吃饭的时候，吃一口饭，抬头看一眼咸鱼，再吃一口，再看一眼。孩子吃了一口饭，多看了一眼，老子啪地一巴掌，骂道，谁让你多看了，齁着怎么办！听起来让人发笑，笑着笑着，眼里发热。

在我们家，最能吃咸菜的是七爷爷。七爷爷是爷爷的弟弟，叔伯兄弟里排第七。过去家里穷，七爷爷没有家口，一直和我们住在一起。每次吃饭时，七爷爷蹲在饭桌前，一手托着碗，一手拿块咸菜，咯吱咯吱地吃。一顿饭下来，七爷爷能吃掉一大块咸菜疙瘩。我看着眼馋，也学七爷爷那样咯吱咯吱吃咸菜，结果咸得一个劲儿地咳嗽。

听爷爷说，七爷爷年轻时，曾经给邻村里的一个地主家做长工，一年下来，吃完了一大缸咸菜。七爷爷人憨厚，干活儿舍得力气，倒也没有惹得主家说什么。

七爷爷一直到老，吃饭都离不了咸菜。每次从地里回来，总会拔一些苦菜，洗净了，扔进咸菜缸。我们家的咸菜缸里除了辣疙瘩，也有萝卜，还有随着季节的一些时令野菜，不断变化着的花样，每天都在调剂着我们的口味。

记得上中学时，学校离家十几里，住校，每周回家一次。带回来的饭有煎饼，有加了粗粮面的饼，用竹篮盛着，挂在宿舍的墙上。每天上课前，把自己的干粮用小笼布包着，送到学校的伙房里，伙房里帮着热透，放了学，再去领回来。伙房里不给学生炒菜，学生吃的都是自己从家里带回来的咸菜。母亲把咸菜切成条，加油炒了，用个四方的铝盒装着，再装在一个塑料绳编的网兜里。到了学校，连同装饭的篮子一起挂在墙上。吃饭时，我们聚在宿舍门口的空地上，几块砖头或是平整的石板，就成了简易的饭桌。大家都没有菜，都是各种各样的咸菜。偶尔有人带来炒熟的花生米，大家分分，吃得满嘴里香。条件虽然苦了点，但大家在一起，吃得热闹。

以后进城读书，条件好了，每顿饭都能吃到菜，也就不再带咸菜，但每次回家，不管饭桌上有多少菜，咸菜总是少不了的。就是现在，仍然喜欢老家的疙瘩咸菜。母亲在阳台上放了一个不大的沙缸，每年秋天，都会去市场买几个辣疙瘩腌上，等到第二年春天，腌透了的咸菜疙瘩，就会变着花样地出现在我们的饭桌上。一根咸菜条吃在嘴里，慢慢地嚼，嚼出的味道丰富。冬天有烤地瓜的，连同咸菜疙瘩一起烤，满街上都是咸菜疙瘩的香。

春节时，在外地工作的朋友回来，大家一起吃饭，酒酣耳热时，有人招呼服务员上一盘疙瘩咸菜。离开家乡多年，走过了许多地方，吃过了许多味道，心心念念的竟然是一包咸菜。朋友说，还记得吗，上学那会儿，晚上饿了，没有东西吃，就吃咸菜，喝凉水，怕拉肚子，就再吃瓣蒜。那时的苦，现在说起来轻巧，可那些奋斗过的日子，我们谁又能忘得了呢。朋友走时，特意装了两个咸菜疙瘩给他，只是不知道会不会惹他一路乡愁。

有些东西，早就成了我们生命的一部分，就算不经常翻起，也总会有它的位置。就是普通如一个咸菜疙瘩，也会时不时地唤醒那些记忆里的思绪，让我们感到馨香，感到温暖。

新麦

老家有句俗话“芒种三日见麦茬”，意思是说，过了芒种，就要开始收麦子了。

“夜来南风起，小麦覆陇黄。”

实际上，早在芒种前，几场南风吹来，太阳一天比一天火辣，眼看着绿油油的麦地不几天就变得金黄。村里家家都在做着收麦子的准备，磨镰刀，压场院，忙得热闹。妇女们抽空还要刷洗串盘、笼布，新麦下来，就要蒸新面馒头，包饺子，好多的事情等着，一点也不敢闲着。

最早尝到新麦味道的，是村里的孩子们。

下午放学回来，照例要去地里拔草。家里的兔子啊，猪啊，鹅啊，听到大门响，就会躁动，一把青草，对他们的诱惑，大着呢。

孩子的手，总不会那么老实。每次从麦地边走过，趁人不注意，偷偷地掐几个还没干透的麦穗，两只手合在一起轻轻地搓，再倒着手把搓下的麦皮吹走。饱满的麦粒在手心里跳动着，阳光下，晶莹剔透。填到嘴里，轻轻咬，甜甜的香。有时候，几个人一起，掐一把麦穗，拾一把干草，在河边平地上点一把火，把麦穗放在火上烤。细细的麦芒见了火，一缕青烟后，倏忽间就不见了踪影。等到麦穗烤得变黄，趁热搓，等不及搓干净麦皮，就会急急忙忙地往嘴里送。烤熟了的麦粒，带着烟火味，格外的香。大家边吃边说边笑，嘴角、脸上，抹得一道道的灰。

最过瘾的吃法是收麦子时，家里大人会挑出那些还青着的麦穗，带回家，放到锅里的箅子上蒸熟，在簸箕里搓，然后簸去麦皮，把光溜溜的麦粒盛到碗里，一把一把抓着吃。蒸熟了的麦粒，筋道，有嚼头，有白面馒头的味道。

开镰割麦的那一天，家里的男人、女人都会起个大早，已经放了麦假的孩子也会让大人从被窝里拽起来。女人做了一桌子饭菜，倒上一杯酒，又转身端着一盆猪食倒到圈门口的槽子里，边招呼着在大门口收拾镰刀、绳子、小推车的男人：饭好了，快去吃吧。

割麦子，是男人的活儿，累。弯腰，低头，一手扶，一手割。有经验的人一把下来一大片，几下就能捆一个大大的麦捆。直直腰，接着割。天上，艳阳高照；地下，热浪扑脸。汗水流到脖子里，流到眼里，拿搭在肩上的手巾随便一擦。不时，麦芒划到脸上、胳膊上，刺挠，难受。

午饭照例要送到地头上，竹篮子上盖着碎花布，送饭的女人路上碰到，一路说笑着，步子特别的轻快。趁男人吃饭的工夫，女人抓紧拾拾地里掉下的麦穗。男人吃饭的动作很夸张，大白碗，水喝得吸溜吸溜的。黑黑的脸，汗一个劲儿地流。孩子躲在树荫里，看着蚂蚁拖着麦粒，吃力地往洞里拖。黑狗或许发现了老鼠，在麦地里追。

“三秋没有一麦忙，三麦没有一秋长。”是说麦收时间虽短，但麦收忙碌强度大。要赶着天气好，趁早割完，运回来，脱粒，晒干，入囤，这才能把心放到肚子里。

都知道，夏天孩子脸，说变就变，一场风，一场雨，一年的收成就泡汤了。有时候，麦子抢收回来，恰恰碰上连阴天，没有脱粒的，在麦穗里发了芽；脱了粒的，没有晒干，发了霉，好不让人心疼。

新麦收回家，女人用大陶盆把麦子淘洗了，放到盖帘上晒干，男人用小推车推到村头的磨坊里。磨坊里的机器轰鸣着，白天黑夜地响，老远就能感受到脚底下的地都在抖。

头遍面要单留着，祭天地，祭祖先用。二遍、三遍面，包饺子，擀面条，麸子喂猪，喂鸡鸭，什么也剩不下。一年的收成，都能尝到新。

祭天地，祭祖先，要用白面饽饽。面引子早就收藏在面瓮里，就是家里没有，也可以到邻居家要点。今年收成好，老天也顾怜，麦子顺利地收到了粮囤里，女人说话的声音似乎也比平时大，隔着墙，街上就能听到。

蒸饽饽是件极讲究的事，也有着满满的仪式感。女人洗手净面自不必说，单看那些刷洗一新的盖帘、笼布、面盆、箅子，还有盖饽饽的全新的棉被就可见一斑。家里的女人都要上手，人手不足的，隔墙招呼邻里来帮忙。

面引子加水调成糊状，再加适量面粉，放在陶盆里，盖上盖帘，放在堂屋的桌上发酵。发酵好的面上下全是蜂窝，用手扒开后呈拉丝状，时间长短全靠经验，发酵好了会有一股酸香味。会过日子的女人从发酵后的面上拽下一小块，和做包子大小的剂子似的，留着做老面，以后发面就有老面用了。

新磨的头遍面，白，筋道，再加上"揉"的工夫，就更能显示出优越性。那些做惯了庄稼活的粗糙的手，揉起面来，灵巧十足，左右手上下左右交替，十个指头交叉配合，一块面团，就像是她们手里的玩偶，随心所欲地变长变短变扁变圆。老辈的习俗，揉面揉得越久，越筋道越香，要揉到面不沾手，光光滑滑的。据说，那些心肠好、能干活儿的女人揉出来的面，软，热乎乎的。而那些心肠不好、偷懒的女人，揉出来的面硬，凉。有些有心眼的女人，会偷偷地摸那些还没有人家的大姑娘揉出来的面剂子，以后好给自家的亲戚物色个心好又能干的媳妇。

做好的饽饽一个个整齐地排在盖帘上，像是列队的士兵，也很有些气势。盖上雪白的笼布，端到炕头上，再盖上一床薄棉被。躲在棉被下的饽饽，用不了多久，就会发得圆鼓鼓的。

蒸饽饽用大铁锅，盖新盖帘，上面压块新砖，烧柴火，拉风箱。大街上能看到家家户户的烟囱里，一根一根柱子样的青烟冒出来，能听得到呱嗒呱嗒有节奏的风箱声。

新面的饽饽，闻起来香香的，甜甜的，手感饱满结实，最像山东人的气派，敞亮、泰然自若、做事扎实。

第一锅，敬天，敬地，敬祖。这些事情，都是家里的男人做。长桌摆在院子当中，饽饽五个一摞，下面三个，上面两个，摆两摞。三碗菜，三个酒杯，三双筷子，三支清香。男人跪地磕头的姿态，厚重，神圣，祈祷上天保佑风调雨顺，大地年年丰收。祭祖，要到祖坟里，一应贡品自是不能少，新面的饽饽自然还是主角。几张烧纸，一杯水酒，跳动的火苗，袅袅的青烟，带去人间的信息。有时候，我想，若人间的烟火果真能让阴阳连接，岂不少了许多的别离遗憾。这新麦的味道，带去的是后辈们最虔诚的祝福，也是最美好的生活报告。

敬过了天，祭过了祖，女人还有一件很重要的事，那就是回娘家。新面饽饽，新面面条，新面包子，女人的篮子里满满的。回到娘家，不但能在姊妹间显摆手艺，更是在爹娘面前显示自家日子的殷实。当然，带去的东西，爹娘只会象征性地留一点，再给回一点，一家人，亲亲热热地在一起，本来就是最高兴的事情。

对于新麦的印象，大多都是以前的记忆，那些沉淀在旧日的年轮里的故事，似乎还带着新面的甜香。那些人，那些情，那些忙碌而又温馨的情景，成了许多年后，站在异乡的街头驱赶不去的乡愁。

又是麦收时节，路边的平地上摊晒着一片又一片的麦子。只是，当年割麦、打麦的场面已经不再有了，新式的收割机奔波在地里，麦粒收回，麦草打碎撒在地里，化作了肥料，种地人不必再像过去那么劳累，这是社会的进步。

许多旧有的习俗还是保存了下来，新麦下来，村里还要蒸新面饽饽，还要祭天，祭地，祭祖。就算是流连在城里的乡下人，虽然不能再回到乡里感受忙碌的麦收气氛，每到收麦时节，心里依然氤氲着家乡的气息。

老面酱

煎饼卷大葱，是很多山东人喜欢的日常吃食。大葱蘸上自家的老面酱，那就更是最纯粹的味道。

现在，就连一些高级的饭店里，煎饼卷葱也成了一道招牌菜。不过，葱是细小的香葱，酱是工厂里生产的豆瓣酱或是甜面酱，口感也好，外地人来山东想尝尝本地特产的，也能吃出特色来，吃得满足，但总不是地道的本土味道。

许多地方的美食，都有自己独到的一点，就像桂林的米粉，要紧的是卤水；山西的面条，出色的是浇头；东北的火锅，让人停不下筷子的，是酸菜。这道菜最出味的是大酱，也就是乡里人嘴里说的老面酱。

面酱，加一个“老”字，似乎包含了许多岁月的风尘，有着悠远的意蕴。其实，要问从什么时候开始的，也没有人能说得清，反正老一辈人就这么传下来，然后又这么传下去，老一辈人爱吃，年轻人也爱吃。就算是走过了远方，吃过了形形色色的美食，最终心心念念的，还是老家那份最简单的煎饼卷大葱，还有磨台上那个粗粗的盛着老面酱的沙罐子。

乡里人做酱，有些不成文的讲究。出了正月，过了二月二，太阳暖暖的，春的气息一天比一天浓，做酱的人家就开始忙碌了。

黄豆、玉米、高粱、麦子要去年刚收的，一个个要饱满，然后用清水淘洗干净，再晾干，用家里做饭用的大铁锅炒熟。锅底下是麦秸火，软，不容易炒煳了。等到炒得黄澄澄、焦脆喷香，再盛出来放到笸箩里晾凉。

炒好的粮食要到石碾上碾。村里的石碾大多在村子中心，天不亮就有勤快的人家碾粮食，石碾碾出来的面粉是粮食的真味道。玉米面可以做锅贴，地瓜面可以做窝头，高粱米去了皮，可以熬糁子粥。每逢有人家做酱，整条街上都是香味。贪玩的孩子跑过来，你抓一把豆粒，我抓一把玉米粒，吃得咯嘣咯嘣响。大人会喊，别偷吃，快过来推碾！听话的孩子推着碾转圈儿，调皮的孩子边吃边跑。大人嘴里骂着，脸上却笑开了花。

碾过几遍，用细细的箩筛出细面，大点的再倒回碾上碾，如此反复几回，直到不留一点渣滓。

有人家讲究，农历十八或是二十八做酱，图个吉利。碾好的细面加适量凉开水调，然后攥成球，放在篮子里摆好，上面盖上笼布，放在屋子一角，让它慢慢发酵。

时间总是最好的媒介，笼布下的面球悄然发生着变化，过个三五天，就开始有细细的白毛长出来。一直到第七天，白毛长满了，面球成了毛球，就可以装罐。七天嫩酱，八天酱就老了。这里的“老”指的是发酵过大，影响了酱的口感。

罐子是粗大的沙罐，口小肚子大，透气性好。装好后，用秫秸串成的盖垫盖上，放在院子里的磨盘上晒，乡里人叫晒酱，也是面酱最后的关口。每天要打开罐子，用酱耙子使劲儿搅。这时候就会看到有一个一个的气泡冒出来，散发着一股酸酸的味道。过个三五天，罐子里呈现金黄色，浓浓的酱香让人直流口水。这时候的面酱，融进了阳光的味道，朴素，醇厚。

大酱要蘸葱，葱卷在煎饼里，吃得齿颊留香。葱是开春新发出的芽葱，鲜嫩，没有那么辛辣，有点甜。煎饼是新摊的，筋道。老人说，大葱蘸酱，越吃越壮。或许，山东人耿直仗义，腰板粗壮，也和这有关联吧。

家里的酱罐子就放在那里，轻易不再挪动。记得小时候放学回来，肚子饿得咕咕叫。手都来不及洗，就拿张煎饼，用酱耙子抹上酱，一边吃，一边跑到街上玩去。

晒的日子长了，酱会变得黑红，这时候酱味最浓，炒菜可以做佐料。小孩子愿意用手团成蛋，拿在手里咬。大人愿意团成团，切片，再在鏊子上烙，香脆，是很好的下酒料。

乡里人爱吃老面酱，进了城的乡里人仍然爱吃，城里的大小饭店都是一道保留菜。就是现在，外出打工的人，临走时也会记得带上一罐老家的老面酱，在遥远的他乡，能有老家的味道相伴，也是想家的时候最简单的慰藉。幸福，有时候就是这么简单。

老家流传着一个和老面酱有关的故事。说的是有一年春天，村里来了一个要饭的，衣服破旧，浑身带着一股酸臭味儿。一家一家敲门，都没有人愿意理。最后来到村头一户人家，饿得倒在门口。这家人赶忙把老人扶起来，端来了一碗热水，让老人喝下，又给了老人一张煎饼，抹上酱，老人吃得狼吞虎咽。那时候谁家的家境也不好，煎饼多是粗粮摊的，酱也是陈年的，但老人说，这是他吃过的最美味的东西。

天下起了雨，老人说，你们心善，我要报答，赶紧拿坛子过来。

家里人带着疑惑，拿过来几个空坛子、空罐子，放在屋檐下。屋檐上的水哗哗地落到罐子里，噼噼啪啪地响，原来流下来的水都变成了铜钱。

一转眼的工夫，老人不见了。家里人知道碰上神仙了，赶紧跪下对着天磕了几个头。从此，一家人过上了好日子。

传说的真假且不去管它，但二哥和二嫂的缘分却真真的和老面酱有关。

二嫂是东北人，来山东工作。有人介绍，认识了二哥。二哥带二嫂去一家不起眼的小饭馆吃饭，要了几样菜，其中就有煎饼卷大葱。老板说，大酱是自家做的，老味道。原本吃惯了米饭吃不惯山东面食的二嫂，闻到老面酱的香味，学着二哥的样子，大葱抹上酱，卷到煎饼里，试着咬了一口，结果越嚼越香，一口气吃了三个，吃得酣畅淋漓，也顾不上刚见面的拘谨。

二嫂后来说，原本对二哥没有什么感觉，觉得吃完饭，和和气气地打个招呼，以后就不会再见了。没想到，吃了煎饼卷大葱，还想吃，就没好意思说。以后二哥约，又高高兴兴地出来，时间久了，觉得二哥人好，又有才华，就走到了一起。

二哥说，原来我还不如一罐子酱啊！二嫂看着二哥笑，笑得二哥抓着头皮也嘿嘿地笑。

现在人讲究养生，煎饼卷大葱又成了新宠。实际上，煎饼卷大葱从现代营养学的观点来看也是一种健康食品。大葱是蔬菜，酱是杂粮做的，煎饼也是五谷为原料，不用添加剂，蛋白质、维生素、矿物质一样都不少。生活就是这样让人琢磨不透，转了几个圈，似乎又回到了原点。那些纯粹的东西，总是最让人向往的。

南方朋友来，看我们一人一卷吃得热火朝天，忍不住要尝试一下，没想到吃了一口，就辣得眼睛流泪，惹得我们笑个不停。一方水土养一方人，一道口味融合着一缕乡情，那些心里消不去的，就成了习俗，成了文化。

不起眼的老面酱，也是乡里文化的一部分。

杏

一场雨后，清晨的风还带有几许凉意。

路边几棵杏树，花事已过，刚刚发出的叶子更加翠绿，淡淡的阳光滑过，弄出了许多晶莹。几粒指尖大小的杏子，闪烁其中，有些诱人。

“花褪残红青杏小。燕子飞时，绿水人家绕。”东坡的诗句此时正好应景，正是春意盎然之时，树林中翩翩飞舞的燕子，是一抹最灵动的风景。

过不了多少天，杏子长到指头肚大的时候，就可以摘来吃了。青杏酸，想起来就会流口水，嘴里酸酸的。可是，孩子调皮，就算是酸得龇牙咧嘴，还是会不顾大人的吆喝，偷偷地摘来吃。

记得小时候，邻居家的门前有一棵老杏树，粗粗的树干，树皮皴裂，横长的树枝撑起很大一片阴凉。每年春天，杏花开了，粉色的底子，如锦如霞。花落时，纷纷扬扬的，像是一场花雨。树底下厚厚的一层花瓣，恰似铺了一张花毯。几只母鸡，悠闲地踱来踱去，刨着吃食。

小孩子闲不住，趁着中午没人，偷偷地来到树下，捡起石头，瞄瞄准，打树上的青杏。石头从枝叶间飞过，打下了几片树叶，吓得那几只老母鸡咯咯叫着跑了。再捡，再扔，总有打得准的，几粒青杏噼里啪啦地掉下来。

杏子青油油的，碧玉般。咬一口，皱皱眉，再咬一口，你看看我，我看看你，哈哈地笑。青杏的核没有硬，拿在手里轻轻地揉，揉软了，啪的一声挤破，汁水能喷出老远。大家你喷我，我喷你，玩得不亦乐乎。有时候，邻居家大娘听到动静出来，拾起门口的笤帚疙瘩，嘴里骂着，作出要打的样子，孩子们早就一溜烟地跑了。

村子北边，有一个果园，桃啊，杏啊，梨啊，苹果啊，都有。杏树开花早，结果儿自然也早。

过些日子，村里就会来放电影的，就在学校的校园里。一放学，大家就在院子里拿瓦片画上一个圆圈，再放上几块砖头、石头占着位子。天黑时，家里大人吃完饭，拿着板凳，慢慢悠悠地过来，坐在早就占好的位子上。那时人朴实，没有人抢别人占好的地方。

电影还没有开始，小孩子不会安静地等着。要么在人群外边你追我赶地跑，要么偷偷地拔开果园里的篱笆墙，对着外面的光线，看看哪棵树上的果子大，然后摘满自己的口袋，再偷偷地溜回自己的位子去。那时候的电影经常放一些战争片，地雷、大炮、机关枪，打得热闹。一边看电影，一边啃青杏，心里无比的快乐。大人看见了会骂一句："又去祸害人了！"

过了芒种，太阳一天比一天毒，火辣辣地挂在头上。

大人说，好天，正是熟麦子的天气。

俗话说，“芒种三日见麦茬”。果真没有几天，村里的麦子眼看着就金黄一片，村里的人家就开始收拾麦场，割麦子，打麦子了。

但是，孩子们最关心的是树上的杏子。老家还有句俗话叫“麦黄杏”，就是说，麦子熟了的时候，杏子也就黄了，熟了。每次走过那棵老杏树，绿叶间，那一个一个黄里带红的杏子，把我们的眼睛拉得都直了。

大娘家的麦场就在杏树边，大娘每天都在场院里忙，不是打麦，就是晒麦，就是中午，也会坐在树荫里，拿根长棍子赶着偷吃麦粒的鸡。

树上的杏子馋得人流口水，可是也只能远远地看看。

其实，大娘并不是吝啬的人，每当杏子熟透了，总会这家那家地送。这家一瓢，那家一笸箩，大家都能尝到鲜。

以后的日子，大多时间在外，我很少再回老家。村里的年轻人也大多进城打工，村里渐渐冷落起来。

后来大娘随孩子进了城，那棵老杏树也死了，想想真有些不舍。

读过许多书，看过许多故事，自以为见过了一些世面，懂得了许多道理，可是，每当从杏树下走过，还是怀念老家的那棵老杏树，怀念老家那时虽然贫穷但又纯朴、自然的生活场景。

有时候想，哪天我从树下走过，可否遇见一个叫杏儿的姑娘，穿着碎花的衣衫，站在树下，低头沉吟。

那些书里的景致，可否真的走进我们的生活？

冬藏

乡里人都知道，春生夏长秋收冬藏，每个环节都马虎不得。春播一粒籽，秋收万颗粮，辛辛苦苦收回来的粮食、瓜果，总要妥妥地收藏好。

立了秋，天似乎一下子高了许多，蓝了许多，薄絮一样的云散散地飘，早晚的风变得凉爽。老人们会嘱咐年轻人，该收拾粮囤、打扫地瓜井，还要插空挖菜窖了。

家里的粮囤有的在厢房里，也有的在过道里。粗粗大大的囤其实是用苇眉子编成的一个个大圆桶，然后几个套起来，套到多高，要看里面装多少粮食。也有用蜡条编的，结实，但有些笨重，好在放好了，就不再搬动，只是每年存粮前倒出来晒晒。每年的晾晒、清扫，男人女人一起，孩子也拿着笤帚帮忙，很有一些仪式感。

收秋时间很长，玉米、大豆、地瓜陆续收回家，夏天流了多少汗，秋天就收多少粮，土地从来不欺勤快人。

收回来的玉米堆在大门外的打麦场上，老人孩子吃过晚饭，趁着月光赶紧剥皮。剥下来的玉米皮，青的白的，堆得小山似的。剥完了的玉米留下最后一绺白皮，两个两个地拴在一起，挂在屋檐下的木橛子上，或是一层一层地缠在门口的立柱上，等着太阳晒、风吹干。地里高高的玉米秸都砍倒了，村里又长出了更粗大的玉米树，太阳下，金光闪闪的。

立了冬，雪也来得早，村里的夜晚格外的长。吃过晚饭，小孩子被大人拦在家里，做完了作业，就和大人一起剥玉米粒。屋檐下、柱子上的玉米早就干透了，用簸箕装到炕上。大人先用锥子顺着玉米粒的方向穿上几道，小孩子再把剩下的剥下来，金黄的玉米粒像一个个金豆子，在炕席上滚。

外屋的锅灶里烧了火，炕头热乎乎的，孩子缠着大人讲故事，不时有笑声透过窗户传出来。

屋外的风吹着树枝呜呜地响，月亮藏到了云层里，村里的夜晚安安静静的。

剥好的玉米粒，收到早就准备好的粮囤里。眼看着粮囤一天比一天高，谁的心里都是高兴的。摊煎饼，做窝头，贴饼子，玉米都是主粮，再加上圈里的猪，还有鸡啊，狗啊的，都要吃。囤里的粮食要吃到来年新粮下来，还要留下春天的种，谁家都会上心保存。

收地瓜时，已经是深秋，经了霜的地瓜叶，由绿变紫变黑，蔫蔫的。地瓜蔓、地瓜叶都要收回去，晒干了，垛成垛，收完秋，用木椐子砸碎，用水泡了，加在猪食里，是极好的饲料。现在人把地瓜蔓当成养生的好东西，说地瓜叶的营养丰富，甚至要高过菠菜、芹菜等，还能延缓衰老，把它称为“长寿蔬菜”及“抗癌蔬菜”，以前只要有粮食，谁家吃那东西？

收回的地瓜要存在旱井里。旱井挖在自家门口的空场边，通常要挖到五六米深。井底横着向不同的方向挖几个大洞，就像挖地道似的，地瓜就保存在洞里。收拾粮囤的时候，也要收拾旱井。井底要打扫干净，有时候还要用生石灰除湿，消毒；井口要重新砌过，就连井壁上的踩脚坑也要重新修整修整。

等到地瓜运回来，晾晒几天，就可以下井了。有人用绳子拴着筐子往下送，有人在底下接着，倒到洞里。有讲究的人家，把地瓜摆得整整齐齐，平常人家，倒成一堆也就是了。

地瓜放好了，井口用木板盖上，上面培上土，再压上几个玉米秸捆，保暖，地瓜可以暖暖和和地过冬。井里的地瓜，一部分留待春天做种，大多数留着冬天吃，还要喂猪、喂狗。冬天的地瓜，出了汗，煮熟了，又软又甜。

收白菜时，就快要到小雪了，地里的萝卜拔了，胡萝卜也拔了，辣疙瘩也拔了。这些不经冻，早早地收回来，放进了菜窖里。

菜窖也挖在门口的空场边，方便。菜窖长方形，挖下去一人多深，上面放上粗的木棍做梁，再盖上谷草编的苫子，上面培上厚厚的土，再盖上一些干草，边上留下能让一个人进出的口，四周留出几个小小的出气孔，出口也用草苫子盖严实。

白菜经了霜，没有了青菜气，剁馅儿包饺子、包包子、烙馅饼，都是家里人爱吃的。白菜放在地窖里，根朝下排放整齐，能很好地保鲜，一个冬天都能吃到新鲜的大白菜。

平常日子里，往往是锅里炖着白菜粉条，锅上贴着玉米面饼子，那香味隔老远就能闻得到。

粮食、蔬菜要藏，人也要藏。老辈人传下的习俗，没有人追究为什么。到了冬天，人们大都窝在家里，没有什么事，轻易不出门。

收完了秋，地里没有了活儿，粮食入了囤，庄稼人的心里踏实。坐在热乎乎的炕头上，抽上几袋旱烟，邻里间聊聊家常，吃饭时烫上一壶烧酒，萝卜干来上一碟，就能喝得滋润。老人说，这叫猫冬，猫好了冬，一年都康健。

偶尔出去，也是穿上大棉袄、大棉裤，戴上焐耳朵的棉帽子，再穿上棉乌拉，双手抄在袖口里，使劲儿缩着脖子，低着头，快去快回。小孩子待不住，总想往外跑，大人总是想出种种办法拦住。出不去的孩子闲得慌，一会儿去院子里赶赶鸡，一会儿撵撵狗，弄得鸡飞狗跳，惹得大人骂。有时候，趁大人没看见，偷偷溜出去，打石板，跳房子，弹玻璃球，玩得不亦乐乎。

有时候，村里来了爆米花的，或是打铁的，大家听到动静，也会从家里出来，要么端着一瓢玉米粒，爆上一簸箕玉米花，拿回家去给孩子吃；要么扛着几把镢头或是铁锹，交给打铁的，打得锋利，来年开了春，好下地干活儿。庄稼人，什么事都想在头里。小孩子围着爆米花的，看熊熊的炉火，还有那神奇的铁炉子，等到开炉的一刹那，赶紧捂住耳朵，跑出去老远，等到砰的一声响过，再赶紧跑回来，捡着蹦在地上的玉米花，吃得咯嘣咯嘣香。

过了冬至，交了九，天气一天比一天冷，就连小孩子也很少出去了，街上有些空荡荡的。每天早晨，拉开窗帘，窗户上结了一层厚厚的冰花，呈现着花鸟山川不同的样子。孩子们趴在窗户上，使劲儿哈着气，看着外面屋檐上长长的冰溜子，盼着天快快暖和起来。奶奶会端出她的笸箩，里面盛着剪刀，还有各色的彩纸。奶奶的手巧，会剪出各种各样的窗花，仰着脖子打鸣的公鸡、戏水的小鸭、双飞的燕子，还有大红的牡丹、绿色的竹子……窗花贴在窗户上，屋子里添了不少的喜庆。

过了三九、四九，最冷的日子过去了。“五九六九，沿河看柳”“春打六九头”，春天的气息刚刚冒头，蛰了一冬的人，早早地就闲不住了，开始收拾农具，准备春种。

一年之计在于春，过了冬天，该忙活了。

第三辑

季节流转

有时候，梦里总会有一树的槐花开着，而自己就站在树下抬头张望。醒来时的晨光里，徒留下许多的惆怅。那一树槐花，在岁月的深处，慢慢长成了浓浓的愁。

春天的色彩

“天街小雨润如酥，草色遥看近却无。”一场雨，丝丝缕缕，从傍晚一直下到第二天清晨。

屋檐上的水，滴滴答答的。一层薄薄的雾气，在村子的上空弥漫着，如透明的纱幔，微微抖动。

站在村口往远处看，土岭上已经有了淡淡的绿色。仔细看时，又好像藏了起来。不经意间，眼前明明就有一抹浅浅的绿意。

去年夏天雨水多，村头的水湾里满了水。不知谁家的鸭子，“嘎嘎”叫着，在水里扎着猛子，又半立在水中，使劲儿扇着翅膀，溅起的水珠，映着阳光，出现了一道小小的虹。

岸边的老柳树，多年前就有些歪倒，细长的枝条，垂到水面上，恰似一条条钓线，耐心地等着鱼儿上钩。早有一个一个的芽苞鼓出来，嫩黄的底子，像孩童蜷着的小手。杜甫说：“侵陵雪色还萱草，漏泄春光有柳条。”还真是的，尽管柳色如烟，但还是那么直白地在渐暖的风里招摇成早春一首鹅黄的诗。

到清明前后，折一枝柳条，轻轻扭，皮就会和骨脱离。用牙咬住一头，一抽，白白的柳枝出来，剩下绿色的皮管。用小刀裁齐两头，就可以做成柳哨。粗的声音粗犷，细的声音细长，长的低音沉重，短的高音嘹亮。几个人一起吹，就是一场小型的音乐会。柳哨的声音虽然单调，却把人的心里吹得绿意盎然。

八十多岁的二爷，喜欢午后坐在墙根下晒太阳。二爷的脸，像老柳树的皮，岁月的痕迹已经无法磨平。看着孩子们玩得热闹，二爷也拿着柳哨吹，没有了牙的嘴，漏风，吹出的声音沙哑，一声接不上一声，惹得孩子们大笑不已。二爷也笑，皱纹把眼睛都遮住了。

三叔把几根柳枝插在二爷家的门口，大声地和二爷打着招呼。二爷要过几根柳枝，使劲儿抽打着身上，又在三叔身上抽了几下。三叔像个孩子似的，乖乖地转过身子，让二爷抽打。

老习俗了。春天，柳枝插在门口，可以驱除邪物；抽打身上，可以去除晦气，保佑一年好运气。

很温馨的画面，一时想不出合适的名字。画面的色彩是暖的，任是什么样的画笔也难以勾勒。

村里人家，喜欢在庭前屋后种树。梨花开得早些，如雪一般。又有绿叶映衬，生动活泼。桃花开时，如霞如缎。这里一片，那里一片，院子里，矮墙边，一片灿烂。村里人纯朴，花也开得实在，不像公园里的花那么妖娆。一场雨后，红的、白的花瓣纷纷扬扬，落了满地，就连旁边的草垛，都像是穿上了彩衣。鸡们在树下追逐，弄得花瓣起起落落，五彩缤纷。

三婶喜欢把落下的花瓣收起来，在井台上晒干，等着秋天收了谷子，和晒好的谷糠一起，填到枕头里。软软的枕头，有谷香，也有花香。三婶说，花香可以安神。我想，枕着这样枕头的人，梦的颜色，也该和花的颜色一样吧。

和花一样颜色的，还有地里的土。老家的土，是红色的。红土贫瘠，却适宜栽种地瓜。花开时节，村里人已经在地里忙碌开了。土岭上地块小，不适合机器，还是传统的牛拉犁。微微的细雨中，一人，一牛，一犁，就像从汉代走来，又似是一幅远古的木版画。黑白的画面，写实的画风，让人心里有莫名的感动。

七爷爷在世的时候，伺候土地比别人都认真得多。每年春天，耕过，再用耙平整。耙地时，七爷爷两脚踩在耙的横杆上，一手拽着牛缰绳，一手扬着鞭子，嘴里“唔、唔”地吆喝着。七爷爷的鞭子摔得“啪啪”响，却一下也打不到牛身上。庄稼人把牛看作家口，爱惜着呢。

七爷爷喜欢哼戏，干活儿的时候哼，休息的时候也哼。七爷爷的戏，没有词，曲调也没有太多的变化。七爷爷说，哼哼戏，心里高兴，日子踏实。

红土地上，不久就会栽上地瓜，绿色的苗，在红色的背景上，别有一番深沉的基调。

城里的春天，像是刻意堆砌起来似的，总是不那么真实。村里的春天，才是真正的春天的样子。

蓝天，白云，碧水，红土，灰白色的炊烟，嫩绿色的土岭，锦绣般的庭院，更有灿烂的笑容，灰色的背影。日子如水一样平静，如画一般斑斓。春天的色彩原来不只这些花草树木，还在村里人的纯朴里。

春天的色彩，表露在自然，内藏在心里。就像村前的那湾清水，把所有的颜色蕴蓄在其中；就像乡里的人，朴实、纯良，点染着每一个平淡的日子。

春天如同生活，本真就是最美的色彩。

春天的声音

坐在坡上，看屋顶、树梢在霞光里慢慢地变红，看炊烟缕缕缓缓地弥漫开来，眼前好像出现了母亲被火光映红的脸，早起的鸡飞上了草垛顶拉长了声调："喔——"此时，心里涌起的是满满的温暖和感动。

时令已是三月，风还有些凉，但风里那缕夹杂着新鲜泥土气息的温暖还是没有逃过敏感的心。我闭上眼睛，细细体味着熟悉的滋味，身体也似慢慢地舒展开来，如一缕清风，在炊烟中飘过。

草软软的，扒开上面的枯叶，惊喜地发现竟有了满地的鹅黄，虽是垂着头，却已是挤挤地喧闹起来了。抚摸着这些初生的生命，满心的爱惜。我挪了挪身子，坐在了旁边的石头上，我不愿让自己在无意中揉碎这些初生的梦想。我想，听到了春天这些幼嫩的生命发出的声音又懂得去在意它，这也是一种平凡的善意吧。

坡下的水边长着几棵柳树，树不大，枝条上已经鼓出了嫩嫩的芽，柔柔的枝条在微风中轻轻摇曳着，那些跳动着的芽苞似一串串精美的音符，就那么鲜活地跳来跳去。

又是柳绿时节，心底许许多多久违的记忆也随着柳枝一起摇曳了起来。小时候，柳梢泛绿时，最喜欢的就是爬上柳树折下枝条，拧出柳哨，骑在树枝上起劲地吹，那些夹杂着嫩柳清香的声音便会在一个早晨飞遍街街巷巷。大人们则喜欢用柳条抽打衣服、被褥、门窗，再把柳枝插在门框上，说是这样可以赶走臭虫、晦气，那样，一年里都会清清爽爽的。而小孩子则喜欢用柳枝编成草帽，再拿根柳棍作枪，挺起骄傲的胸膛，一副雄赳赳的气势。那时节，花还没有开，早发的柳树给人们带来了春天的消息，家家门前都是摇曳着的浅绿的欢笑和幸福。

又记起带孩子春游的情景。一路顺河走来，孩子对着开冰的河水和微风中舞动的嫩柳欢喜不已。听我说起童年的往事，更是羡慕。从小长在喧闹的城市，那些浸染着泥土气息的乡俗早已淡出了人们的生活，孩子的生活里没有了这些。于是，我像少年时一样，折柳作哨，长长吹来，直把孩子的目光吹出了好远好远。孩子试着吹了一遍又一遍，手扶着细长的柳丝，似是陷入了深思。我知道，孩子的童年里没有柳哨，而今，他的心走回了童年，而这一路走回却是伴着这初春绿色的哨声的。因于一种机缘，走回到过去，重新填补生活的缺漏，也是一种幸福吧。

坡底下来了一群羊，“咩——”的叫声拉回了我的思绪。羊很多，几只初生的羊羔欢快地跑来跑去，不时地钻进母亲的身下，使劲儿地吮着奶。看羊的老人六十多岁了，深深的皱纹显露着岁月的痕迹，脸上平静而淡然。他说，羊是自家的，天暖了，赶出来晒晒太阳，吃些新鲜的草，享受一下春天的气息。羊在圈里憋了一个冬天，撒着欢地叫，刚刚露头的青草成了它们的点心。清亮的鞭声、悠长的呼唤声、羊叫声一时在这空旷的野地里热闹了起来。

还记得少年时那些顽皮的日子。春天里，喜欢牵着老牛来到坡上，任老牛慢慢地啃着青草，自己则专心地捡着各种各样的石头，不时还会在石缝里发现胖嘟嘟的“胖孩草”，拔出来，填进嘴里，那种清甜的滋味是要回味很久的。夕阳西下时，喜欢坐在老牛的背上，数着归巢的鸟儿，慢悠悠地回村来。此时，村里已经响起了做饭的风箱声。

许多时候，总是在刻意地追求着什么，追求的途中总是少不了失落和烦恼。曾经无数次追寻过春天的声音，但是那声音似是总在和我擦肩而过，而今，坐在这初春的田野里，我懂了，一切美的东西原来都在自己的心里。当我们用一种自然、平静的心去感受时，那些活泼泼的声音原来就在柳梢头、草尖上、炊烟里……这才发现，幸福原来就在自己身边。

春天的味道

从立春那天开始，春天的味道就在人们的舌尖上了。

立春这一日，乡里讲究要拿个萝卜来吃，叫作咬春。因为萝卜味辣，取古人“咬得草根断，则百事可做”之意。

萝卜是头年秋后存在地窖里的，用土埋着，不糠，甜、脆。

古老的习俗，延续到今天，多了许多的仪式感、象征感，也多了许多的文化内涵。

更为流行的还是吃春饼。乡里的春饼简单，麦子面和好，擀成盘口大，在铁鏊子上烙。有的人家，把两张薄饼摞在一起，中间抹上豆油，烙熟后可以揭开成两张，吃起来，香。

春饼是用来卷菜吃的。现在条件好，什么样的蔬菜都有，头茬的韭菜、顶花的黄瓜、嫩嫩的香菜……卷在饼里，清香脆嫩，齿颊间都是春天的味道。

最好的青菜，当属春地里的荠菜。

虽是春寒料峭，厚厚的棉衣还没有脱下，风里刚刚有了温暖的气息，但那些紧贴着泥土的细细的叶子已悄然醒来，不动声色地露出淡淡的绿意。

蛰伏了一个冬天，白白胖胖的根扎得深深的，要用铲子才能挖得出来。这时候的荠菜是最好的，叶子肥厚，根茎粗大但很细嫩，汁水丰富，带有冬天的雪的味道。洗净后的荠菜，带着点点的水珠，依然是素朴的样子。什么也不用放，卷在薄薄的春饼里，咬一口，满嘴都是清甜。新鲜的荠菜，可以蘸酱生吃，也可以剁成馅儿包饺子，都是极为鲜美的。乡里有种说法，叫“宁吃荠菜鲜，不吃白菜馅”，荠菜应该是最早吃到的“野味”了。

和荠菜差不多时候长出来的还有苦菜，苦菜大多长在朝阳的坡地上。苦菜味苦，却有败火的功效。小时候不爱吃，嫌苦，现在也成了每年都不能缺少的一味。也许，经过了太多的世事，更多地尝到了生活的味道，那些来自泥土里的气息更多地契合了一种心境吧。

过不了多久，春天的味道就会更浓，“咬春”才刚刚是个开始。

槐花开的时候，那种甜甜的香就会随着微微的风飘满大街小巷。“五月槐花十里香，花香引蜂采蜜忙。白花透黄绿叶衬，漫步惬意好乘凉。”诗人的笔触总是那么生动，心总是那么细腻。

老家的门口就有几棵大槐树。每年春天，满树的花，如同落了满树的雪。雪没有香味，而槐花却香得让人沉醉。

清晨起来，坐在门口，倚在门框上，微微闭着眼睛，轻轻地吸，温润的空气在花香里浸过，顷刻间流遍了全身。

摘下来的槐花，可以直接填到嘴里，软软的花瓣轻拂着嘴唇，柔柔的，痒痒的。嚼一下，花萼里的蜜汁能甜到心里。等不及的我们总是直接撸一把填在嘴里，边吃边笑。

如果经了母亲的手，就是另样的味道了。母亲在槐花里加点面粉，在竹箅子上摊成厚厚的一层，放在锅里蒸熟。槐花的香融进面里，甜甜的，糯糯的，那是春天里最美的味道。

槐花开时，榆钱也长大了。金黄的榆钱，圆圆的，真像挂在树枝上的铜钱。榆钱没有槐花的香，吃到嘴里却是一样的清甜。榆钱也可以像槐花一样蒸吃，黏黏的，甜甜的。

有人感慨“风外榆钱无意绪，空自舞”，买不得青春停住，可榆钱却能让乡里人度过最困难的一段时光。

经常听村里一些老人说起当年缺粮的日子。春天正是青黄不接的时候，地里的野菜，树上的花，甚至树叶、树皮，都成了填饱肚子的东西。没有粮食，吃野菜吃得脸都绿了。哪儿像现在，野菜倒成了稀罕物，上了大席。

仍然记得小时候的情景，同样的东西，那时候更多的是为了填饱肚子，或是简单的饭食后的一点补充。现在再吃，有些养生的意思，也是对过去的日子的怀念。我们无法再回到过去，但可以经由这样那样的机缘重温当年的味道。于心，也是一种安慰。

老家门前有一块空场，母亲会在天暖时挖几个坑，种上葫芦或是豆角。每天，我都会去看看有没有发芽，发芽了，又看看它每天能长大多少，然后就盼着它开花、结果，小小的心里，都是对成长的渴盼。

以后的日子里，有了自己的家，小小的庭院里种上了许多东西。窗前的月季，早早地就钻出了新芽；墙边的金银花，已经开始孕育着花苞；门口的葡萄，也伸展开了长长的臂膀。每年的春天，那些蓬蓬勃勃的希望就伴随着每一个平常的日子了。

成长的味道，如花香一般诱人。

喜欢春天里的每一个日子，那些经历了冬天历练的生命更加的丰盈，那些刚刚发芽的种子充满了生机，暖暖的风里都是成长的气息。

喜欢春天，喜欢春天的味道，春天的味道在唇齿间，更在心底的期盼里。

杏花开时

每年春天，总会期盼着杏花开放。

杏花开的时节，我都会回到村里，在老屋门外的那棵老杏树下站好久。摸摸老树皴裂的皮，似乎有种灵气与心相通，冥冥中，有些古老久远的气息灌入身体。捡拾几瓣落花，淡淡的香，若有若无，缥缥缈缈，让人生出许多的联想。

老屋的檐角塌了，瓦缝里的草高高的，冬天枯了，还站在那里，有股坚强的样子。大门的门板破了，鸡、狗自在地出出进进。锁早就生了锈，连钥匙都插不进去了。

老房子破落的样子深邃凝重，又有些让人伤感。时间在这里仿佛放缓了，用心听，或许能得到某些昭示。

停在门口的车，有些格格不入，似是故意地要剥离开过去和现在。大门上新贴的对联，还让人感到一些生活的气息。

只有那棵老杏树，还是那么静静地站着，安然地看着太阳从东边升起，又从西边落下，看了一年又一年。

树下的草垛，好久没有人收拾，有些凌乱。有只母鸡竟然在草垛里做了窝，下了蛋，又仰着头“咯咯哒”“咯咯哒”地叫着。

老杏树开花早，清明时，花事已然灿烂。盛开时的杏花，艳态娇姿，翩然情浓。繁花丽色，胭脂万点，占尽春风。

清晨赏花，别有一番动人处。早起的风还有些淡淡的凉意，太阳的光在树梢上散射开来，氤氲着七彩。白色的花瓣，红红的花蕊，如仙子的彩衣，素淡典雅。昨夜一点凝露，在蕊间闪动，恰似美人眼角那点泪珠，灵动处惹人心疼。

小时候读到“一枝红杏出墙来”，很是诧异，明明是白色的花，怎么就成了“红杏”呢？专门在一个春天，盯着杏花看，才明白了其中的道理。原来杏花含苞待放时，朵朵艳红，等到盛开，花瓣的颜色就变浅了，慢慢地变成雪白一片。“道白非真白，言红不若红，请君红白外，别眼看天工。”这是宋代诗人杨万里的咏杏五绝，他对杏花的观察倒是十分细致。

有许多次，坐在老屋的门槛上，在清晨的曦光里，陶醉在一幅恬静的画卷里。

“一陂春水绕花身，花影妖娆各占春。纵被春风吹作雪，绝胜南陌碾成尘。”王安石的杏花在水岸边，清水绕杏树，岸上花朵，水中花影，各显芳姿。“借问酒家何处有，牧童遥指杏花村。”杜牧的杏花在牧童手指处。丝丝细雨，打湿了花瓣，杏花带雨，分外妖娆，花浓处，更有诱人的美酒等候。“杏花疏影里，吹笛到天明。”陈与义的杏花疏影，景色清幽；倚笛而歌，清韵悠远。只是“杏花影里人吹笛，竟到天明奈若何？”个中滋味，又有几人能解。

我没有诗人的那些惆怅，只是喜欢静静地坐在这里，感受着旧时那些已经落满了尘埃的日子。虽然走了很远，最终还是会回来，这里，有我们的根呢。斑驳的土墙，干裂的树皮，都是过去那些日子的见证。每年新开的杏花，也会在斑斓的梦里，重新映出我们昔日的年华。

每年盼着杏花开，因为花开后不久，就会有青青的果子挂在枝头。等长到拇指大，就可以偷偷摘下，吃得满嘴里酸水连连。耐心等到芒种时节，暖暖的风，吹黄了小麦，也吹红了杏子。绿叶间，熟透了的杏子黄里透红，把我们的目光拉得直直的，满满的都是诱惑。

老杏树是二大娘家的。二大娘经常坐在树荫里，纳鞋底，缝衣服，择菜。有时候就那么呆呆地坐在那里，看鸡打架。我们馋馋地盯着树上的杏子走过，她也不理。

村里人都知道，二大娘有个女儿，就叫杏儿。那些年生活不好，送人了，以后断了音信。二大娘傻傻的样子，有时候有些吓人，我们总会远远地躲着走。杏子熟透时，二大娘会一家一家地送。这时的她，总是淡淡地笑着，让人感到很亲近。只是，她总会在有闺女的人家里待上好久，直到要做饭了，才有些不舍地回去。

而今，二大娘早已经不在了。老杏树依然每年开花、结果。这几年，村里人大多在村外盖了新房，老屋这边少有人住。村里的孩子，也不像当年的我们，眼巴巴盼着杏子成熟。老杏树有些孤单。

日子总是向前，就如老树的花，每年都是新的。也许，再过几年，老屋、老杏树就会不在了，但那些温暖的情景，早就印在我们的心里，任是什么时候，也不会淡忘。

谁写出了春天最美的诗行

天暖了，出去走走。

路边的树，枝头已经有了绿意，远处的坡上，也透出了鹅黄的底子，有新归来的燕子从空中飞过。

忽然想，春天是一首诗，是谁写出了最美的诗句呢？

河边的柳树该是春天的第一首诗了，新发出的嫩芽给还有些单调的季节添了一抹朦胧的绿意。柔长的枝条在微微的风中招摇，如同在空中跳一曲舒缓的舞。清亮的湖水是透明的背景，而嬉戏的鸭子就是伴舞的娇娘了。

“不知细叶谁裁出，二月春风似剪刀。”那风就是作者，淡然地隐在幕后，轻吟浅唱，可是又在构思新的诗句？

用不了多久，就会有孩童折下柳枝，做成柳哨，那些带有淡淡的甜味的声音会响在每一个巷口。有些人家的门口也要插上柳条，祈祷一年的清爽。也许，还会有老人拿柳条抽打被褥和棉衣，还有小孩子的后脊梁，以赶走臭虫和霉运，带来一年的平安和健康。

没有想到吧？每一个日子都是一首淳朴的诗，而他们自己，就是诗人。

屋檐间有啾啾的呢喃，早归的燕子已经开始筑巢了。

还是去年的那对燕儿吧，它们飞了多久、多远，又是怎么找到这檐下的旧巢的？

还记得，老家的堂屋里，最高处的檐角就有一窝燕子。爷爷说，燕子是人的朋友。燕子落在谁家，就说明这一家人诚实、本分，是一户好人家。每天，都能看到燕子飞进飞出，不时还会从上面掉下一两片羽毛来。等到小燕孵出来，屋子里就热闹了，叽叽喳喳的声音像是在开一场不变调的音乐会。

这首诗的主题是温暖，由辛勤的燕子还有我们挚爱的心写成。

屋外空地上传来孩子们的嬉闹声。

哦，有风筝飞起来了。

好久没有看到风筝了，一下子，心也跟着飞了起来。又想起古人的诗句“儿童散学归来早，忙趁东风放纸鸢”，多么生动的画面。那飘飘的蝴蝶，如在花丛中嬉戏；那一长串的燕子，上下左右，在空中喧闹。还有威猛的鹰，在展翅巡视；文静的刘海儿，似在小径间流连。风筝该是爷爷扎的吧，竹条做骨，糊上白纸或是绢布，用彩笔细细勾描，那些鲜活的影子就跳跃在孩子心里了。

这是写给蓝天的浪漫的问候，还带着爷爷童年的梦想。

还有，墙角里的那枝迎春，没有多少人注意到它，可枝头的那朵黄花早已经在还有些冷的风里绽开了，如一位娇羞的女子，悄然躲在一边。

那位给花木浇水的老人，挽起了裤腿，身上溅上了很多的泥点，脸上也有了，汗水顺着皱纹流了下来。平静的表情，温暖的眼神，细心的动作，每一树花，每一棵草，都是用心呵护的彩色诗句。

春天的诗卷早已经展开，在枝头，在地头，也在心里。每一个活泼泼的生命都是一首灵动的诗，每一个人、每一棵树、每一朵花、每一缕温暖的风都是出色的歌者。

槐花飘香

去市场，路过一个小村庄。

小村不大，几十户人家。高高矮矮的房子，并不是很整齐，但也错落有致，不显凌乱。

村里树很多，已是谷雨时节，树叶已经青翠茂密，遮下了高大的一片阴凉，只在枝叶间洒下斑斑点点阳光的影子，如碎碎的金。几棵粗大的梧桐，开满了花，恰似挂着一串串紫色的风铃。

让人惊喜的，是村子里有许多的老槐树，房前、房后、墙边，几乎家家都有。正是槐花盛开时节，白色的花，如满树的雪，在周边绿树的衬托下，莹白风雅。古人赞美梅花“遥知不是雪，为有暗香来”，可以挪来一用。况且这槐花的香，比起梅花多了许多的清甜味道，更合乎这生机盎然的季节。

窄窄的胡同，少有人走，前边大门口，坐着一位老太太，拐棍儿靠在门框上，安心地看着墙根的鸡刨食。

觉得好像走入了一幅久远的图画里，浅浅的笔墨点染，轻轻的线条勾勒，恬淡，自然。只是，这氤氲在周围的槐花香，又如何表现出来呢？

忍不住慢下了脚步，在这片浓郁的清香氛围里，久久留连。

喜欢这份恬静、安然，是与心里的那份槐花情结紧密相连着的。只是记忆里的槐花，不只清香，还有许多淡淡的生活的苦涩。

老家的春天，一如这里。当春风弥漫的时候，梧桐就像春天的新娘，一袭紫色嫁衣，优雅多姿。坐在门口的奶奶，变换着不同的声调，召唤着贪吃的鸡们。

高大的槐树，一夜之间白了头，就像爷爷的白发。糊着白纸的窗子，挡不住阵阵的香气，清晨的梦里，都是甜甜的味道。

和哥哥、姐姐一起，扛着带有铁钩的长竿，钩住花多的树枝，轻轻一扭，咯吱一声，一枝槐花，如翩然的白衣仙女，落在我们面前。莹白的瓣，如锦缎般，有些丝滑的感觉。黄黄的蕊，似眉心的一点胭脂，娇俏可爱。轻轻地贴在脸上，凉凉的爽，摘几朵放在嘴里，心里都是香甜的。

姐姐把花捋下来，盛在竹篮里。我知道，饭桌上，又会多出一样新鲜的东西了。

母亲的做法很简单，将槐花用清水洗过，加入面粉，用筷子搅匀，摊在竹箅子上，放在锅里蒸。槐花的香甜慢慢地随着蒸气浸入面粉里，面粉的厚重味道正好包裹着这缕清香，没有别的调料混合，很好地保留了槐花最本真的味道。

现在这样说，是作为饭食的补充，或是饭后的点心，而那时可是我们最主要的改善生活的方式。

槐花开时，春节已经过去好久，过年才能吃到的白面饽饽早就没有了。新麦还在地里长着，平日里吃的最多的是玉米面窝头，还有各种杂粮摊的煎饼。面缸里剩下的一点白面，是备着家里有什么大事或是来客人时才吃的。清淡的肚子，被这树上的花香引着，早就咕咕叫了。

邻居大娘家，孩子多，劳力少，每年分的粮食总是接不上趟。大娘东家借点玉米，西家借点地瓜干，调和着，挨日子。家里的孩子把树上的槐花都摘下来了，连一些嫩叶混在一起，揉上玉米面或是地瓜面，一家人总算能撑过去。

日子比当初想的要好得多，那时的我们心里最盼望的，就是能天天吃上白面，而今天，却又想方设法地换着粗粮吃。每到槐花开时，还总要弄点来，尝尝鲜，这里何尝没有对往昔那些日子的回忆。

老家的槐树没有了，只留下了一个粗大的树墩。老房子还在，但已经属于别人了。那些曾经的日子，只能在记忆的深处慢慢寻找，还有一些模糊的影子。

眼前的这个村庄，让我着迷，还是最初的样子。院子的围墙不高，木头的大门，墙边开出的小菜园，各色青菜绿油油的。生活似乎也在这里放慢了脚步，把一份古朴点染得活色生香。

还是喜欢这些本来的样子，喜欢这种不事雕琢的美丽。不像有些地方，新盖的房子整齐划一，一个模样，原来的胡同变成了宽宽的水泥路，路边是漂亮的樱花树。村庄的面貌变了，可有些东西，也随着消失了。

有时候，梦里总会有一树的槐花开着，而自己就站在树下抬头张望。醒来时的晨光里，徒留下许多的惆怅。那一树槐花，在岁月的深处，慢慢长成了浓浓的愁。

秋

不觉间，立秋了。

早晨起来时，抬头看看天，当真的高了，蓝了。昨晚刚刚下过雨，湿润的空气里已经有了凉意，夏天的酷热好似突然撤退，人也清爽了好多。

想起读过的关于秋的词句，大多是伤感的。古时羁旅在外，与亲人音讯难通，思念之情无法排解，又加上志向未了，前途坎坷，西风渐起，黄叶飘落，萧瑟之情让人如何经受得起。

“萧萧梧叶送寒声，江上秋风动客情。知有儿童挑促织，夜深篱落一灯明。”这首南宋诗人叶绍翁所写的《夜书所见》，读来心生寒意。秋风瑟瑟，梧叶萧萧，寒气在游子心中生发，漂泊之苦，寂寞之情，如无边黑夜，漫漫无际。虽有儿童夜捉蟋蟀，带来了一些活泼，但熟悉的游戏反而更添对故土的思念之情，孩子的热闹更让自己孤寂无奈。

诗中的景致，也会经常出现在我们的生活中，只是，际遇不同，我们难以生出诗人的感慨。

记得老家的院墙边就有几棵粗大的梧桐树，秋天时，一场雨，一阵风，树叶就会飘落满地。爷爷拿着扫帚一下一下扫着，堆成了一大堆，我再一把一把地抱到一个柳条编的大筐里，倒到门口的草垛边，摊开，晒干，就成了母亲做饭时极好的引火的材料。平凡的日子，充满着最朴素的气息，简单，踏实，自然不会有那些悲凉的情绪，就是站在屋檐下，听着雨打在树叶上的啪嗒声，只当是欣赏一首没有节奏的曲子，也不会敲打出夜深时的无眠。

夜静时，蟋蟀的叫声清亮，有时拿着手电筒，在墙角边搜索，总会有几只硕大的被抓住，放到用麦草编的三角的笼子里，有时会和朋友们较量一番。平静的生活，舒缓的时光，小小的蟋蟀，带来的是淡淡的悠闲，哪里有孤独和寂寞。

后来读过的诗歌里，总有蟋蟀的影子，那只小小的虫子，寄寓着绵长厚重的情感。流沙河的那只蟋蟀，跳过了时空，“在《豳风·七月》里唱过，在《唐风·蟋蟀》里唱过，在《古诗十九首》里唱过，在花木兰的织机旁唱过，在姜夔的词里唱过……”也跳过了距离，从四川的乡村，跳到了台北的巷子，把一首思乡的调子唱得婉转悠长。

杜甫的那只蟋蟀，“促织甚微细，哀音何动人”“客愁连蟋蟀，亭古带蒹葭”，杜牧的那只蟋蟀，“蛩唱如波咽，更深似水寒”，凄凉的音调里带着无边的乡愁。

远离了那些聚少离多的岁月，已无须再借小小的虫儿传递愁情，而今，岁月静好，没有那么多的愁肠，忽然觉得，有些辜负了诗人那些千回百转的句子。

其实，更喜欢刘禹锡的那首《秋词》：“自古逢秋悲寂寥，我言秋日胜春朝。晴空一鹤排云上，便引诗情到碧霄。”诗的可贵，在于诗人对秋天和秋色的感受与众不同，一反过去文人悲秋的传统，唱出了昂扬的励志高歌。那只展翅高飞的鹤，在秋日晴空中，排云直上，矫健凌厉，奋发有为，大展宏图，这何尝不是诗人自己的化身。人果真有志气，便有奋斗精神，便不会感到寂寥，“便引诗情到碧霄”。

刘禹锡才华绝代，但一生仕途坎坷，屡遭贬谪，白居易感慨其不公的命运，写诗相赠：“为我引杯添酒饮，与君把箸击盘歌。诗称国手徒为尔，命压人头不奈何。举眼风光长寂寞，满朝官职独蹉跎。亦知合被才名折，二十三年折太多。”诗中，对刘禹锡被贬谪的遭遇，表示了同情和不平。刘禹锡自己也叹息“巴山楚水凄凉地，二十三年弃置身。怀旧空吟闻笛赋，到乡翻似烂柯人”。然而，诗人依然怀有无比慷慨激昂的气概，“沉舟侧畔千帆过，病树前头万木春”，其乐观豪放之精神更让人崇敬。

自然的秋天，本是季节之变换轮回，草木本无心，都是人强加了许多的烦恼。痛苦与悲伤填满了善感的心胸，无法在现实中与人诉说，就拿草木寄托，这也是人的聪明了，要不，愁肠交织，岂不让泪水淹没了回乡的路。如果都能反转一下，像刘禹锡那样豁达，这世间虽然少了许多凄婉悱恻的诗句，却会多出许多的岸然风骨。

“一声梧叶一声秋，一点芭蕉一点愁”，留待哪个失落的傍晚，独倚轩窗，悄然体味。“落霞与孤鹜齐飞，秋水共长天一色”，更适合连同梦想，一起放飞在追逐的路上。

秋天来了，蓝蓝的天，白白的云，还有曾经奋斗过的春和夏。渐起的秋露会打湿童稚的歌谣，也会染红满树的收获，从不负人的土地，展露出丰腴的胸怀，人生，也会随着季节，走向成熟。

新醅将成，哪个月圆的清凉夜，相邀一醉如何？

一片落进了生活的叶子

清晨，一地的落叶，似是铺了一条五色的毯子。

深秋的风，已然清冷，空旷的街头，让人生出许多的悲伤情绪。

想起古人的诗句：“秋风萧瑟天气凉，草木摇落露为霜”“秋风起兮白云飞，草木黄落兮雁南归”，那些久远的凉意并不少于日渐冷落的枝头。

我于秋天，并没有太多的忧伤情绪，对于一片乃至许多叶子的飘落，倒是有所期待。

每到树叶飘落的时候，我总会想起那些过去了的日子。有时候，忍不住捡起一枚红褐色的叶子，拿在手里端详半天。那些旧日的情形如同幻灯片似的，一页一页从遥远的记忆里翻过。

小时候的秋天，似乎比现在的秋天冷，当阔大的梧桐树叶落下的时候，孩子们已经早早地穿上了棉衣，青布小袄，絮着去年的棉花，穿在身上，显得精神。新收的棉花，晾干了，有些要卖掉，换钱，买回家里需要的油盐酱醋，有些要留着，给大人孩子做棉衣，或者，过年时再给家里添几条新的被褥。

看着玩疯了的孩子，大人经常会说，就知道玩，不知道干活儿，长大了怎么过日子？还不去串回些树叶来，冬天好烧火！

“串树叶”是小孩子干的活计。一根长长的竹签，尾端打孔，穿上粗线，一人多长。把捡来的树叶一片一片串起来，拖在身后，像一条长长的蛇。大的梧桐叶，小的杨树叶，还有红透了的柿子树叶，穿在一起，五彩斑斓的。有时候，一片叶子在我们的手上要研究半天，才会穿上去，那些明显的脉络，织出了美丽的花纹，让我们着迷。最喜欢的是金黄金黄的银杏叶，小扇子似的，讨人喜欢。村里的那棵老树据说有上百年了，每年春天，长出一个一个绿色的纸扇，绿过了一个夏天，经了秋霜，变成了金黄。有时候很好奇这种变化，撕碎了一片又一片叶子，总想找到那些鲜艳的色彩到底藏在哪里。小小的心，小小的世界，装满了那么多的好奇。

捡回来的树叶，堆在大门口的草垛下，天气晴好时，摊开晒晒，晒干了，再垛起来。冬天，母亲用簸箕撮到锅台边，抓一把，扔到锅灶里，点着了，拉几下风箱，红红的火苗快活地叫着，舔着锅底，不久，就会有玉米面粥的香味冒出来。而我，最喜欢的是站在院子里，抬头看着屋顶上烟囱里的烟柱弯弯曲曲地越长越高，然后慢慢飘远。

住在村子中间的二爷爷，是个勤快的人，八十多岁了，身板硬朗，耳不聋，眼不花。每天一大早，就会拿着一把大扫帚，在街上扫地上的树叶。他家的门口，垛着一个很大的树叶垛。等到我们起来，揉着眼睛，拿着竹签再来找树叶，哪里还会有。干干净净的地上，只有几只鸡在跑。孩子们心里老大的不愿意，只好去村头的树林里捡，边走边骂着“老财迷”！

二奶奶也八十多岁了，小脚，走起路来扭扭捏捏。太阳出来时，二奶奶坐在大门口，看着摊开的树叶和在树叶堆里寻食的鸡发呆。听家里大人说，二奶奶有个闺女，小时候出去捡树叶，再也没有回来。找了好多年，找了能找的地方，终是没有音信。二奶奶哭了一天又一天，眼睛都快哭瞎了。怪不得，从来没有见二奶奶笑过。有时候，看到坐在门口的二奶奶，心里总会有一些畏惧，我们都会躲着走。

二爷爷和我们一姓，但不是我们的本家。

那些旧日的情景，早就尘封在遥远的记忆里。真正读懂一片落叶的美，是在读了一些书、一些诗以后。诗人的眼里，落叶是和飘零牵连在一起的。“秋风起兮白云飞，草木黄落兮雁南归。”秋风白云，叶落雁归，看似美丽的场景，实则藏着一颗苍凉的心。“早秋惊落叶，飘零似客心。”一叶惊心，更是直白，客中飘零，让人唏嘘。“西风扬子江边柳，落叶不如离思多。”谁又想到，离思恰如落叶，无法数清。而秋雨梧桐，更是声声敲打，无心安眠。那片失去了根基，在风中飘零的树叶，竟然被赋予了这许多的情感，虽然悲戚，却是荡气回肠。

读过古书里的一些浪漫故事，落叶又被派上了新的用场。孟棨《本事诗·情感》有这样的记载：

顾况在洛，乘间与三诗友游于苑中，坐流水上，得大梧叶，题诗上曰：“一入深宫里，年年不见春。聊题一片叶，寄与有情人。”况明日于上游，亦题叶上，放于波中，诗曰：“愁见莺啼柳絮飞，上阳宫女断肠时。君恩不闭东流水，叶上题诗寄与谁。”后十余日，有人于苑中寻春，又于叶上得诗，以示况，诗曰：“一叶题诗出禁城，谁人酬和独含情。自嗟不及波中叶，荡漾乘春取次行。”

无法猜想墙内的女子何等容貌、何等经历，高大的宫墙，是一道无法逾越的障碍，一个浪漫的开始，注定了悲苦的结局。但故事里的情意却让人生出无限的联想，任是阻隔重重，一缕愁肠竟然得到酬和，也算得到一点安慰。一片叶子的情缘，终随流水。

上学时，捡过许多精美的树叶，夹在书本里。时间长了，树叶被书页吸干了水分，被压得平整，成了精致的书签。曾经在红色的树叶上写了几句情话，偷偷地夹在喜欢的同桌书里，又偷偷地看着她什么时候能看到。当有一天，看到那片精心制作的书签又回到自己的铅笔盒里，另一面写着美丽的拒绝，一颗心怦怦跳个不停，继而伤感不已。第一次读懂了落叶里的痛。

许多年后，还会面对着满地的落叶生出许多的感慨。经过了世事的磨炼，心已然沉稳，一片落叶的身上，读到的更多的是坦然。春天生，夏天长，秋天落，冬天化为泥土，生命的轮回，是如此的静美和富有。经过了风雨，有过鲜花的陪伴，一个丰盈的过往，哪里还需要那些悲伤情绪。

一片树叶，落在了生活里，飘成了一首不老的诗。

遇见路边的一棵菊

一棵菊，长在路边的树荫下，有些孤零零的。紫色的花瓣，有些短，每一片都努力地伸展开，几点黄色的花蕊，成了很好的点缀。

染了秋霜的树叶，或红，或黄，或紫，在渐凉的风里完成最后一次优雅的展示，然后层层叠叠地堆在它的旁边，似乎专为渲染它的孤独寂寥。

它没有开在谁家的篱边，也无缘被人移进花盆，或栽在庭院。瑟瑟的风，吹过并不大的花冠，没有作半点停留。没有蜂，也没有蝶，一抹淡淡的黄，在寥落的路边有些突兀。

秋日的一朵黄花，让人赏心悦目，只是风中孤零的身影让人生出许多的怜惜，也容易牵惹许多的相思。“故乡篱下菊，今日几花开”“多少天涯未归客，尽借篱落看秋风”，一抹凉意心头婉转，南去的云，北来的雁，带不来家园花信，惆怅花径，一袭长衣掩瘦影。

最早喜欢菊花，还是课本上学过的诗歌带来的影响。东篱采菊，本就是儒雅风气，更有南山淡影，悠然入胸怀，翩然陶家君子，清静境界，不染尘埃，留给后人无限向往。东篱把酒，却是另一番伤心景象，又兼黄昏冷清，西风卷帘，黄花瘦似人面，惹出昔日才女许多眉头心头无法抹去的愁绪。也有豪放之士，怜惜菊花开于飒飒西风中，发誓若为青帝，自当让其与桃花同开。当年叱咤风云的农民将领，也有一番怜悯情怀，借一支冷菊，抒写凌云之志。“露湿秋香满池岸，由来不羡瓦松高”“宁可枝头抱香死，何曾吹落北风中”菊之情怀，被诗人赋予了更多内涵。

菊讨人喜欢，实是造化神秀，萧瑟秋风，落木无边，曾经枝头争艳的花儿早已不见了踪影，唯有凌寒而开的菊，独领此时风骚。看惯了世间繁华的双眼，哪里经得起满目苍凉，这遍地的黄花，聊可慰藉，便被赋予了众多的内涵。“秋丛绕舍似陶家，遍绕篱边日渐斜。不是花中偏爱菊，此花开尽更无花。”同样爱菊的元稹毫不遮掩，菊惹人爱，并不在于它无意与百花争春的谦退与淡泊，而在于它开后无花，在于它萧瑟深秋独斗风霜的风姿。

无意学古人风雅，实是家中别的花已经开过，只剩几棵绿叶植物，显得有些冷清。选购几盆菊花，顿觉热闹了许多。硕大的花，如牡丹，似绣球，雍容华贵，还有淡淡的药香。纯白的颜色，清奇不俗，翩然如仙子。还有一种黄色的，细细长长的花瓣，如炸开的烟花，花瓣尖处弯转，如倒挂的金钩。

午后的阳光，透过落地的窗户，照在盛开的花上。恍然间，似是有盛装的女子轻轻起舞。一杯茶氤氲着温暖的气息，几句诗随着光影跳跃。

忽然觉得，这盆中的花，虽然美丽优雅，但总归少了灵气，如同浓妆的女子，尽显妩媚，却没有清新可人。又想起那支路边的野菊，更多一股精气神。

菊本隐逸君子，适宜开在山野中，清风、和露，洗去铅华，成就飘逸脱俗姿态。园里的花，迎合了人的好恶，沾染了俗世的尘埃，多出了几许妖娆。就算是陶家篱边，也难免尘世烟火，哪有野畔溪边那般明净。

菊，还是那菊，心不是那心，心生万境，又与菊何干。且放任一番自由，莫把菊拘于庭院，真正的爱和喜，是蓝天白云下的偶然相遇。

喜欢路边的一支野菊，实是尊重一个自然的生命。

冬韵

不知从什么时候开始下的雪，纷纷扬扬的。

没有风，雪花在空中飘得有些悠然，如春天的杨花，轻柔而又洒脱。

渐亮的天光映着雪光，朦胧又有些神秘。屋顶上、树枝上都是雪，路也没有了踪影。一切，都统一着了素装，分不清平时的模样了。

故意选择了这样的天气出门，就是想好好地找一找冬天的样子。

城里的季节似是迷失了方向，偶尔露露头，又马上躲了起来，或是不经意间冲出来，弄得你惶惶不知所措。

乡里的冬天，才真正的有冬天的样子。

街上有一些深深浅浅的脚印，有早起的人走过。墙边的草垛旁，几只没回家的鸡蜷缩着，鸡头插到了翅膀底下，身上落了一层雪。听到有人走过来，警觉地抬起头看了看，又低下头去。

房前屋后的树，早已经落尽了叶子，只剩下光秃秃的树干，在冰冷的空中伸展成一幅剪影。繁华落尽，这决然的真实有着一种慑人的震撼，让人一下子不能与往日的婆娑关联起来。可是，这份独有的韵致，却是其他的季节里永远也不会有的。这种赤裸的坦诚，除了一份坚韧，还有几分坦然和淡然。在这个季节里，任何的修饰都是多余的。

村子里静悄悄的，好似还没有从梦中醒来。

我知道，用不了多久，村子就会热闹起来。

“吱呀——”一声，有人家的大门打开，有人出来扫雪了。厚厚的狗皮帽子，长长的扫帚，“唰——唰——”，不紧不慢，很有节奏。

老太太站在门口，端着一瓢高粱，一边撒在刚扫出的空地上，一边“咕——咕——咕——”地唤着，长长的声调，像是一首没有词的歌曲。

声音落处，就见一群白的黑的花的公鸡母鸡半张着翅膀“咯咯，咯咯”地跑了过来，不停地啄食着地上的粮食。一只大红冠的公鸡，高傲地站在一边，漂亮的翎毛闪着五彩的光，在白雪的背景下，更显得威武。它伸长脖子，高高地扬起头，发出了一天里最嘹亮的声音：“喔——喔喔——”接着就有其他人家的公鸡跟着叫了起来。村里一下子全都醒了过来。

不一会儿，有小孩子跑了出来，在雪地里跑来跑去，一只黄狗跟在后面，高兴地蹦来蹦去，不时“汪汪——”地叫上几声。

麦秸苫的屋顶，雪落得平平整整的。灰砖砌成的烟囱，像是一个小小的塔楼，有点特立独行的样子。当堂屋里传来“咕嗒——咕嗒——”的风箱声的时候，炉灶里的柴火呼呼地响，灰白色的炊烟在乌蒙蒙的天空中缓缓地升了起来，夹杂着柴草气息的饭菜的味道就在村庄的上空慢慢弥漫开来。

一直喜欢屋顶上的那缕袅袅的烟，每次看到都能体会到心里的暖。记得坐火车走在遥远的东北，本来有些疲倦而又无趣地看着外面空旷的田野，突然一个不大的村庄出现在视野中。傍晚的阳光，照着平的屋顶上还未化完的雪，一点淡淡的红光笼罩着，几户人家的屋顶上正冒着炊烟，在微微的风里摇摆着。心里在一瞬间如同化了一般，就那么痴痴地看着，一直到消失在视线里。小时候，去地里干活儿，老远看到村里冒出来的炊烟的时候，就知道该往家走了。回到家，家里有母亲忙碌的身影，还有饭菜的香。炊烟，在我的心里，就是家的象征。

不知什么时候，雪停了，湿润的空气有些清冷。

草垛上的雪很厚，尖尖的顶，像一把撑开的白色的伞。等到太阳出来，这些雪就会慢慢地融化，顺着谷草的苫子，滴滴答答地落下。来不及落下的，就会在苫子的谷草头上慢慢结成长长的冰凌，就像屋檐上挂着的那些似的。冰凌有长的，有短的，错落有致，如同按序排列的音符。有调皮的孩子，折一根长长的冰凌拿在手里，当成了作战的宝剑，一边挥舞，一边“杀——杀——”地喊，吓得鸡飞上了垛顶，黄狗躲到了一边。

让人充满了想象力的当属窗户上的冰花了。每天早晨，拉开窗帘，总会有一个奇异的世界在窗玻璃上展开。高高的树，伸展着的枝丫，密密的叶子，旁边是开得正旺的牡丹，或是菊花，或是桃花，说不定还会有几只振翅飞翔的小鸟。有时候，可能是一座高山，几块巨石，成群的牛羊……寒冷的天气把不同季节、不同地域里的东西神奇地组合在了一起，无限地拉扯着人的想象力。有时候，趴在窗前，傻傻地看上好久，对那个冰雪的世界，无限地向往。

不用担心中午的阳光会把这一切化为乌有，第二天的早晨，仍然会有一个精彩的世界出现在眼前。更何况，冰花化了，还有贴在玻璃上的纸花。红的绿的黄的纸花，是冬天里最耀眼的东西。纸花是奶奶剪的，奶奶剪纸花喜欢用大红的纸，奶奶说，红纸喜庆。奶奶剪的纸花有骑着麒麟的孩童，有扎着小辫子的小丫头，有瞪眼的老虎，有仰着脖子打鸣的公鸡，还有大红的喜字和福字……奶奶坐在炕头上，葫芦瓢里装着剪刀还有针头线脑，剪出来的纸屑落在腿上、炕上，剪好的纸花，我们一个一个地排开，满炕的热闹。奶奶不识字，奶奶的见识都在心里。

而今，奶奶不在了，没有人再剪各种各样的窗花了，城里的房子，玻璃上也没有变换着的冰花，有时候，总觉得冬天里少了一些说不清道不明的东西。

去村外走走吧。

河里的水早就结冰了，流动的水凝固成一面平整的镜子。阳光反射回来，晃着眼睛，青凛凛的。

想起古人的诗句：“孤舟蓑笠翁，独钓寒江雪。”还是古人玩得深沉，硬是把一江孤独挥洒得诗意盎然。无人垂钓的河面，多了许多的落寞，就连河边的树上，也不见半只雀儿。清冷的风似是冻住了脚步，无声无息，只有素朴的一面，呈现得一览无余。

那边有了一些喧闹，原来有几个孩子来滑冰。自己做的土划子，飞快地划来划去，木棍做的冰锥，扎得冰花四溅。空荡荡的冰面上，蓦地生动了起来。

我抓了一大把雪，团成一个雪球，使劲儿地扔向远处。又抓了一个，扔了出去。许多旧时的记忆在脑海里翻滚着，撞得到处都是。那些过往，依然如当初一样丰盈，在今天这样一个飘雪的日子里，仍能温成一壶陈年的酒，醉了这个冬天。这么多年了，走过了许多地方，见识了各种各样的冬天，心里最难忘的依然还是故乡的风景。窄窄的胡同，低矮的老屋，随处生长着的树木，门口的草垛，草垛旁跑着的鸡和狗，还有那缕牵肠挂肚的炊烟，那些屋檐下晶莹的冰凌，玻璃上神秘开放着的冰花……并不富裕的生活里有着难以忘怀的温暖。

冬天的韵致，原来就在这些朴素的日子里。许多我们曾经无视的东西，经过了岁月的沉淀，都变得无比芳香。奶奶剪出的鱼儿扑棱棱跳跃在眼前，远不是那披着蓑衣的渔翁钓出无边的虚无；屋顶的炊烟，袅袅娜娜，却是最真实的烟火气息；鸡狗满地的街道，冰面上嬉闹的孩童，满满的都是生活应该有的景儿……

冬天的韵致，在于冬天成就的美丽，更在于人世生活的温暖。冬天的韵致，就在我们的心里。

一场雪的惊喜

盼了一个冬天，数过了三九和四九，就要闻到春的气息了，一场雪却不期而至。

雪是傍晚时分下的。先是稀稀拉拉的雪粒，如漫天飘落的尘埃，真的是“撒盐空中差可拟”。打在脸上，凉凉的疼。风吹过，路面上似起了一层薄雾，飘过来，又飘过去，时而又在墙角旋转着上升，上升，又忽地不知飘到什么地方去了。

天黑下来了，亮起的路灯，有些昏黄，映着乌沉沉的天，给人许多的压迫感。风停了，大片大片的雪花轻盈地飘着，这才有雪的样子了。当年谢家的女子以风中柳絮形容，既有了色彩，又有了动态，那翩然的才情，羡煞后世几多痴郎。

朋友圈里，早已经飘得纷纷扬扬了，久违的雪惹来了无边的惊喜。一幅又一幅的图片，照出了雪的倩影。树枝上的，车顶上的，路边的，墙头上的……一个银装素裹的世界，在不同的角度里，点染着素雅的美丽。

有人在雪地里写下祝福，有人画出了花鸟，有人随意涂鸦，有人就那么站着，慢慢白头。有孩童在雪地里跑，大红的棉衣，在素白的背景上如跳动的火。小小的雪球，攥在小小的手里，虽然扔不出多远，但童稚的笑声里却是无法用距离来衡量的快乐。

去雪里走一走吧，亲吻一抹湿凉的浪漫，重拾那些记忆里的美好。

小时候的雪，还要大。早晨上学时，根本找不到先前的路。大着胆子，深一脚浅一脚地往前走，雪厚的地方没到膝盖，不小心会滑到路边的沟里去。回头看看，一行清晰的脚印；向前看看，白茫茫一片。

披着蓑衣，戴着苇笠，穿着大头棉鞋，现在想来，倒有许多的古意。诗人笔下的渔翁，不就是披蓑戴笠，雪中垂钓吗？

蓑衣是爷爷编的。草是秋天就打下的，爷爷选的草是高高的蓑草，晒干了，用木棒槌轻轻地砸，直到柔软。线是自己搓的麻线，沤好的麻，用牛骨头做成的拨棰子织成线，缠成大大的球。爷爷织蓑衣时，我在爷爷的指导下，把蓑草分成小绺，给爷爷供着把。爷爷的手有些粗，像极了村口老槐树的树皮。爷爷的手很灵活，上下左右，绑住，再往手心里吐一口唾沫，使劲儿把线拽紧，蓑衣便在爷爷的手里慢慢成形了。阿黄站在一边，追着地上拽得转动的线球，蹦来蹦去，还不时地啊呜两声，看得我不住地笑。

棉鞋是母亲做的。黑色的条绒鞋帮，扣着亮亮的扣眼。厚厚的棉花絮，软软的，暖暖的。鞋底是母亲纳的千层底，一针一线，费尽了工夫。

雪后的日子多了许多的乐趣，堆雪人，打雪仗，都能玩出各种的花样。街边住的二爷爷，不是我们的本家，没有儿女，平时对小孩子凶巴巴的。有时候在他们家门口的空地上玩，他嫌吵，总是出来赶。大家在他们门前堆了一个雪人，捡了一顶破帽子，用玉米秸当成棍子，插在雪人的手里。远远看去，倒有些二爷爷的模样。孩子们围着雪人大喊大叫，有调皮的拿着雪球打到二爷爷家的门上，当当地响。二爷爷听到动静，拿着棍子出来，孩子们一哄而散，气得二爷爷拿木掀把雪人铲到了墙根下。躲得远远的我们，偷偷地乐，全然忘记了秋天吃到的二爷爷家的大石榴。那时，是二爷爷一家一家给送过去的。

生产队的场院里，有着另一种快乐。七爷爷会扫出一块地方，撒上米粒，用木棍支起筛草用的大筛子，然后在木棍上拴上绳子，躲在场院屋里，透过窗户看着。我们趴在窗户上，瞪大了眼睛，大气不出，生怕错过了什么。总会有贪吃的麻雀进入埋伏，成了我们冬天里的陪伴。以后上学，读到鲁迅文章里类似的情节，倒多了许多亲切感。

一场雪，飘在了少年的记忆里。那些曾经的顽皮和欢乐，是用纯真写就的诗，誊写在我们走过的每一个稚嫩的脚印里。

喜欢走在雪地上的感觉，咯吱咯吱的声音，清脆悦耳。伸出手，接一朵雪花，看着它在手心里慢慢地融化，却又在心里开出了另一朵花。路灯的光里，雪有了些鹅黄的底子，长长的街道，把厚厚的软软的被子，铺到了目光的尽处。想起了一句农谚："今冬雪盖一层被，来年枕着馒头睡。"雪被底下的庄稼，可以暖暖地做着成长的美梦，忙碌了一年的庄户人，在这样的雪夜里，也可以安心地拥火品茶，计划开春的活计了。

团一个雪球，填在嘴里，那种甜甜的凉直到心底。飘飞的雪花，恰似秋日里无边的芦花。又想起雪压梅枝的情形，一朵梅香染皎洁。"梅红雪素两相宜，暗香偏有新嫁衣。不与桃李争娇艳，殷勤报得春消息。"偶然跳出的诗句，为这样的一个雪夜，添了一些风雅的味道。

一场雪，飘在了笔尖下。笔尖下的雪花多出许多的意蕴，也多出了娉婷的姿态。那片片飘飞着的冬的精灵，是片片飞舞的思绪，搅得内心难以平静。

早就盼着下一场雪了，这雪中的世界晶莹剔透，让人心里留不得一点尘埃。早就盼着这一场雪，让雪后的诗情莹润多姿。

回到家里，依然心有不足地靠在窗前，看漫天雪花飞舞。

窗前的干枝杜鹃开了，几天前还是一把干枝条，插在水中，看着它发芽，秀花蕾，直到今天，一朵朵粉色的小花灿烂在枝头，映着窗外的月光，别有一番妖娆。

有时候想，等待也是一种幸福，或许等待的过程有些漫长，但是等待的每一个瞬间都是一份情的凝聚。繁杂的日子有着数不清的风雨，风雨过后，花依然开，草依然绿。沉得下心来，用心体味每一个细节，就如同对着一把干枝等待花开，在凛冽的干冷中期盼一场雪的到来。许多的空灵总会有合适的注脚，许多的美好，总会在翘首中展现。

生活，不负我，自然也不会负你。

一场雪，竟是如此多的惊喜，串起了过往，也启迪了明天。

许你一场春暖花开

除夕那天打的春，正月还没过完，天已经暖得穿不住厚厚的棉衣。

虽说下了几场小雪，但雪化得真比坡岭上的兔子跑得还快，太阳刚刚露头，就不见了踪影。

站在村口望过去，老湾边那棵歪脖子柳树，似乎有了朦胧的绿色，雾似的。去年雨水多，老湾里积了水，原本冻得严严实实的水面，已经在微微的风里漾出了一圈又一圈的波纹。几只灰的、白的鸭子有些慵懒地浮在水面上，偶尔使劲儿把脖子扎到水里，红红的鸭掌蹬得水哗哗地响。

大门口，蔷薇爬满了墙，没有怎么打理，长得有些恣肆，冬天落光了叶子，在北风里有些萧瑟。如果细细看，已经能够看到一个又一个紫红的芽苞，鼓鼓的。

梧桐树下的草垛，早就没有了厚厚的雪帽子，几个晴好的日头，就又暄腾腾的。垛根下，老母鸡刨的草一堆一窝，没草的地方，像是划拉出了一些神秘的符咒。

屋顶上烟囱里的炊烟，带着陈年麦草的甜香味儿，呱嗒呱嗒的风箱声，舒缓有序，敲打得人心里也如胡同里飘来的风，暖暖的。

有人从地里回来，小筐里满满的。地里的荠菜可以拔了，别看叶子还黄乎乎、干巴巴的，菜心处都已经发红发绿，放在清水里泡一会儿，就会伸展开了。

荠菜该是春天地里最早出现的野菜了，雪还没有化完，太阳一暖，就会忍不住地贴着地皮伸展开茎叶。初春的荠菜最是肥嫩，包饺子最为鲜美，生吃又是另一种风味，如果配上自家酿的大酱，那就更加醇厚。等到春风再浓一些，白色的小花就会开得遍地，如同满地的星星。

再来一场小雨，坡岭上的苦菜也会起劲儿地长。锯齿状的叶子，绿油油的，黄色的小花在风中摇晃。苦菜也是极好的野菜，连根拔起，蘸甜面酱，苦苦的味道，能清除肝火，苦过之后，是回味悠长的清香。有时候，一顿饭吃下来，能让人悟出许多生活里的哲理。

如果你细心，还能找到石头缝里才有的“胖孩草”，长满了褶皱的叶子，芽心处带些紫红，刚鼓出的花苞，像攥着的小孩的拳头，已经开了的花儿，黄灿灿的，点缀在灰色的石头之间，多出许多的灵动。

满地的蒲公英，宽大的叶片，长得有些张扬，同样是黄色的小花，开得一蓬蓬，一堆堆，显示出许多的富贵样。等到花落后，就会长成一个个白色的绒球，每个绒球都是无数个小伞组合在一起。那些挖野菜的孩子，采一枝蒲公英，放在嘴边使劲儿一吹，看那些小伞升起又飞向远方。就算落尽了繁华，生命也不会退场，随风的飘扬，是生命悠然的传递。

还有紫色的灯笼花，一串一串的，开得热烈。硕大的甜酒棵子，花像一个仰着头的喇叭，用心地吹出彩色的旋律。早起的蜜蜂嗡嗡地围着飞，不时落在花心处，享受甜甜的蜜汁。如果你愿意，你也可以采一朵花，放在嘴里轻轻地咂，那份甜，带着露水的清爽。你也可以像小孩子那样，有模有样地吹一曲甜甜的歌，那些遥远的往事，就会被从心底唤醒，说不定还会湿了眼睛，甜了心情。

要是有几天阳光好，朝阳坡地上的枯草里就会长出一丛叫“菰荻”的美味。菰荻也叫白茅，就是茅草的嫩穗。剥开绿色的外衣，穗白白嫩嫩，吃到嘴里，黏黏糊糊，还有一种清香。不过拔的时候要小心翼翼，用匀了劲儿，否则就会拔断。能吃菰荻的时间很短，用不了几天，穗子长开了，就会长成狗尾巴一样的白色的穗头，绿绿的叶子中间，像极了迎风招展的旗子。

这时候，院子里，篱笆边，三三两两的桃啊，杏啊，梨啊，李啊，迎春啊，梧桐啊，都会赶趟儿似的露出了俏模样，红的、白的、粉的、黄的、紫的，如锦如霞。村外坡上的桃林、梨园，就是成匹的彩缎披在那里了。

不甘落后的还有街上的榆树，金黄的榆钱一串一串地缀满枝头。“东家妞，西家娃，采回了榆钱过家家。一串串，一把把，童年时我也采过它……”清新的曲调，如同清晨清爽的风。

槐花的香，是老远就能闻得到的。成串的花，淡纯洁净，晶莹剔透，在绿叶的掩映中有些脱尘出俗的韵味。老辈人说，“门前一棵槐，不是招宝，就是进财”，孩子们更喜欢槐花的香甜。

村里的花，同小村一样，有着自然的容貌、朴素的本性，不像那些刻意栽培的，多出许多的娇媚。

朋友圈里，有人晒出外出赏春的图片，美丽的景色，精致得让人心痛，可那份华丽的色彩，却遥远得不太真实。有人说，春天来了，去远方看看吧，那里有最美的色彩，还有最撩人的诗。

浪漫的语言，如同浪漫的风，撩拨着心里的躁动。谁不喜欢春天，谁不喜欢远方，谁又不喜欢诗呢？

可是，如果你真的有心，在这个春天，回乡里来看看吧，那满地不起眼的小花，还有那些稀稀拉拉的桃啊，杏啊，梨啊，遮不住的春色里，是最单纯、最动人的美，这种美丽是满含着情感的，是有温度的。

其实，春天并不只在远方，诗也不只在远方。心里有爱，寻常巷陌就是诗的源头；心有远志，草屋檐下，一样有无限风景。春天在每一颗善感的心里，心里有爱，春意就会萌生，就会有花开，就会有诗意盎然。

只要你愿意，脚下的土地一样许你一场灿烂的花事。只要你不嫌弃，定会许你一场春暖花开。那些情意浓浓的烂漫，那些挤挤的热闹，就是一行行最动人的诗。

第四辑 山光水色

就像是一场梦一般的旅行，那个无数次想象过的地方恰如梦里一样的神奇。来这里，就像是赴一个久远的约会，陶醉在如梦如仙的境界里不愿再回到现实。

赴一场久远的约会

走下船的那一刻，似乎有了一种皈依感，怦怦跳着的心，平静了好多。

码头上，人影攒动，并没有影响到我。举目四望，面前是青山，背后是大海。山上，绿树葱茏，有红瓦的房子隐约其中，在茫茫大海的背景下，有一种无法言说的真实。

许多年前，站在蓬莱阁上，扶栏远眺，云雾缭绕间，几处岛屿若隐若现，想看得再清晰一些时，又倏忽没有了影踪，不经意间，又突然出现在视野里。有人曾经在晴好的天气里，看到了海上缥缈的云雾间，有亭台楼阁，还有走动的行人和车马。一个神仙的世界，没有半点征兆地出现在人们的眼前，又在转眼间消逝得无影无踪。

蓬莱阁的旁边，就是当年八仙过海的地方，而八仙要去的地方，就是海中的那座仙岛。而今，神话里的世界却那么真实地展现在我的眼前，车流，人流，到处充满的是最真实的人间景况。

这里，就是长岛，一个藏于大海深处，被蒙上了神秘面纱的世外之地。

长岛东西窄，南北长，地图上看又瘦又长，所以叫长岛。也有人说秦皇汉武认为登上此岛即可长生，便将它取名长生不老岛，即长岛。当年方士徐福带领三千童男童女寻找长生不老药，一去不复返，始皇的长生梦终难成就，有人说，他们从此东渡，繁衍生息。

长岛并不只有一个岛，相连的两个较大的，是北长山岛和南长山岛，还有一些有名的、没名的小岛环绕着，茫茫海天间，遥相呼应。

北长山岛的西北角有一处绵延数百米的险峻山崖，崖下水深流急，岩礁棋布，这就是有名的九丈崖。千万年来风浪的侵蚀，石崖渐成了上凸下凹之势，壁面犬牙交错，石窟、石穴鳞次栉比，是众多水鸟栖息的乐园。崖下水中，有高耸的石塔挺立在风浪中，就像是屹立在海边的巨人，当地人称为“九叠石塔”。石塔纹络清晰，层次分明，形态别致，与九丈崖组成一对“母子崖”。山崖下，大大小小的洞穴无数，海浪灌入流出，发出轰轰的巨响。有一个大的石洞，洞顶近似拱门，传说当年八仙曾在此聚会。旁边有一小洞，洞内设有石桌、石床，上开两扇天窗，传说是何仙姑的寝室。试想一下，当年的仙人于此下棋、垂钓，谈诗论文，笑看人间，何等逍遥自在。

北长山岛的最北边，是一处弯弯的海滩，就如一弯巨大的新月，此处被称为“月牙湾”，也叫“半月湾”。步入月牙湾，最惹人眼球的便是百米长的球石滩了。这里的石头洁白如玉、晶莹剔透，在海水的冲刷下，有的浑圆如球，有的椭圆如蛋，有的扁长如柱，每一块石头都是独一无二的，让人爱不释手。当年叶剑英来长岛，欣然为月牙湾题词："内长山岛月儿湾，勤车渔农并石田。昂价球石生异彩，妇孺岂情指头艰。"

离北长山岛不远，就是庙岛。庙岛形若凤凰，北边有一小岛名为烧饼岛，形如太阳。两岛相映，状若"丹凤朝阳"，属上上风水宝地。岛上的妈祖庙，据说建于宋徽宗年间，是我国北方最早也是最著名的妈祖庙，长岛渔民祖祖辈辈敬称"海神娘娘"庙。明崇祯元年，崇祯皇帝御赐庙额"显应宫"。可惜"文革"期间原庙被毁，仅存一像一镜，现在看到的是后来重修的。宫殿里的妈祖坐像居正中神龛龙墩上，两侧的神像肃然而立，让人心生敬畏。偏殿、钟楼、鼓楼，建筑风格各异，有明代特点。据说这里常年香火不断，每年的元宵节和娘娘生日，显应宫便有万余人朝拜。

上岛时，路两边都是岛上的居民，摆着当地的一些海鲜特产。硕大的海星还是第一次见，美丽的颜色，很招摇。横行的螃蟹，沉静的海龟，还有各种各样的鱼、海螺，让人好奇不已。有热情的居民在路边架起了铁锅，新鲜的海味任你品尝。

南长山岛的脚下，有一礁石，形状极像一位妇女头戴围巾，怀抱婴儿迎风而立，好像在等丈夫归来，人称此礁为"望夫礁"。

有一个动人的传说流传在民间。有一年腊月二十八，一位渔夫被迫出海打鱼，突遇风浪而一去不复返。他结婚一年多的妻子悲痛欲绝，整天抱着不满月的孩子站在海边，希望有一天奇迹出现，她的丈夫能够平安归来。但是过了很多年，亲人没有归来，她变成了不动的石像伫立在那里。让人惊奇的是望夫礁的位置与庙岛妈祖庙里的显应宫几乎在同一纬度，海岛人认为是海神娘娘庇护海上行船，巡游至此，为船家祈盼福运，因此，望夫礁也称为妈祖石。

乘船航行于海上，有无数的鸥鸟在头顶盘旋。有人把手中的食物抛到空中，就会有鸟儿来争抢。鸟儿的喧叫声和海浪打在船头的哗哗声融合在一起，一幅天然而又和谐的图画立体地展示在碧蓝的大海上。

海里有一排排的圆球样的东西浮着，一个个形状奇特的小屋夹在中间。有人说，那是海产养殖场。长岛海产品品种多、质量好，特别是海参、鲍鱼、海胆、扇贝等海珍品，在国内外享有盛誉，这里被命名为“中国鲍鱼之乡、中国扇贝之乡、中国海带之乡”。

曾经坐在海边的凉棚里，看着渔船缓缓地靠上码头，船头的渔民紫红色的脸膛，映着蓝蓝的天光，那种坚毅的神情让人心生敬意。吃到了刚刚捕捞上来的螃蟹、扇贝、海螺、小虾，那种原汁原味的鲜美，和着渔民纯朴的笑容，就那么深刻地留在记忆里。

我们住的，是一户普通的渔家。三间正房，两间偏房，不大的院子，收拾得干干净净，院子的上方，装上了遮阳网，既能挡住直晒的太阳，又能透过带着凉意的海风。几盆小花贴墙根放着，几只蜜蜂嗡嗡地围着打转。大门口长着一棵无花果树，有胳膊那么粗，大的果子有鸡蛋那么大。几个向阳的，已经红了，主人拿了凳子，踩着摘了几个，分给我们。吃在嘴里，甜甜的，如同主人的笑容。

主人在院子里摆放了一张小桌，精致的茶具，泡好的茶氤氲着淡淡的香。五十多岁的人，已经有了许多白发，额角的皱纹很明显，昭示着岁月的痕迹。主人说，以前主要是捕鱼、养鱼，现在年龄大了，就改行做起了渔家乐。每年旅游旺季，来的人多，也因此交了好多的朋友。问起收入，他笑笑，只说，还好，还好，只要自己勤快、热情，比每年在海上好多了。

淳朴、善良、勤劳，就是一张最好的名片。我想，明年再来时，还住在这里。

就像是一场梦一般的旅行，那个无数次想象过的地方恰如梦里一样的神奇。来这里，就像是赴一个久远的约会，陶醉在如梦如仙的境界里不愿再回到现实。无边的大海，成群的海鸥，晶莹如玉的卵石，慈祥的妈祖，望夫回来的少妇，岸然独立的石塔，向海的崖洞，神奇的传说……都在或浓或淡的云雾里，渺茫得似是无法抓住。

我知道，只此一次的约会，已经让我把心留在这里了。

古北口长城

第一次去长城，去的是古北口。

古北口是万里长城的一个关口，背有卧虎山和蟠龙山，一条潮河将古北口镇一分为二，西边的叫河西村，东边的叫河东村，现在叫古北口村。

村子不大，村口像景区似的建了大门，有人守着。我们进去时，有人简单地问了几句，就放行了。

村里的房屋并没有统一的规划，除了一条东西的街道外，其他的房屋错落交织，形成了一条一条不规则的小胡同。房屋旁边的空地上，种着蔬菜，有些瓜蔓已经爬到了墙上，长长的瓜挂在墙边，几只鸡在草丛里刨食，并没有因为我们的到来惊慌地跑开。

我们定好的住家，是个普通的农家小院。三间平房，二间南屋，稍加收拾，做了农家乐的客房。院子里有一棵石榴树，石榴花开得正红。主人是老两口，七十多岁了，很和善，忙着给我们收拾房间，准备饭菜，不时地问问我们的一些事情。

村子的周围都是山，近处的山头上就有一个个城楼一样的东西。老人说，那些都是当年城墙的垛口，有些已经破败不堪，有些修缮过。远处的山隐在暮色中，连绵的长城在渐暗的天光中，仍然有一种夺人的气魄。

老人告诉我们，这里的长城大多是北齐时期的，明朝时进一步完善，就形成了这样的规模。因为这里地势险要，处在山海关与居庸关中间，山陡路险，是辽东平原和内蒙古通往中原地区的咽喉，历来是兵家必争之地。城墙都是顺着山势而建，敌楼密集，形式多变，结构各异，并以奇、特、险著称于世。

看不出，老人知道的还很多呢。老人说，他们祖辈就居住在这里，守着长城，也护着长城，从小就听着长城的故事长大。看着老人脸上自豪的表情，一种敬意油然而生。

我们执意不去经过修缮的已经开放的景区，想看看长城原本的样子。在老人的指点下，我们从村后的小路上山，去探访经过了千年风霜雨雪的古长城。

一条小路，曲曲弯弯，路边的草没过了膝盖。走不多远，长城就出现在我们眼前。

巨龙一样的身躯，蜿蜒在山脊之上，在上午的阳光下，别有一番摄人心魂的庄严。顺着山的走势看过去，长城越过了一座又一座山，一直延伸到看不见的远方。

登上城墙时，心里忽然有了一种崇高感。自己的脚下就是长城，就是耗费了无数国力、民力、财力，历经几代几世修建的长城啊。它曾经抵御了外族的入侵，捍卫了国家的尊严，见证了波澜壮阔的民族风云，而今，它成了中华民族的象征。长城，长江，黄河，在中华儿女的心里，占据着至高无上的地位。

站在高高的城墙上，看向北方，那就是长城外了。同长城里一样的群山连绵，一样的芳草萋萋，花开遍野。可是，当年，这一道墙隔开的是不同民族之间的厮杀。一道出自战争用途的城墙，一道坚固的防御工事，必然要发挥出它应有的作用。而今，当年的金戈铁马化作了玉帛，长城内外也早成了一家，民族的融合，让过去的堡垒成了永久和平的历史见证。

再看看脚下的长城，经过了历史的侵蚀，已经没有了原有的巍峨，有些地段坍塌了，宽大的城墙砖散落在一边，缝隙里长满了蒿草，在关外的风里摇摆着萧瑟和苍凉。近处的敌楼也倒了，只剩下一面墙，高高地耸立在那里，墙体已经开了裂，摇摇欲坠，不过，还能看出以前高大的样子。不知道是年代久远，自然地垮倒，还是经受了炮火的轰击。

顺着城墙继续前行，爬上一段陡坡，眼前是一个比较完整的敌楼。虽然原来的瞭望口破了，但基本的结构都在。墙体上有些撞击过的洞，应该是弹孔。当年，这里曾经是抗日的战场。山下，还有一座抗战纪念馆。据说，里面有座坟，埋葬着三百六十多具抗战战士的遗骨。敌楼两层结构，下面可以藏兵，上面可以阻击敌人。现在，顶部塌了半边，大大的洞口漏着半边天，好似在诉说着那些浴血奋战的经历。

这里是没有整修的一段。没有想到，长城竟然残破成了这样，像一个垂垂老矣的老人，在塞外的风中挺着苍老的身躯。站在高高的烽火台上，耳边的风声里好似还有沙场的鼓声、号角声，还有战马的嘶鸣、士卒的呐喊，伴着嗖嗖的飞箭，还有后来的枪炮声。这段残破的城墙唤起了心里那些历史的记忆，也唤起了心里的豪迈。假如，再有外敌入侵，这里，依然还会是杀敌的战场，依然还会有无数的热血男儿筑起新的长城。

离这里不远，就是经过整修的司马台长城。那里有有名的望京楼、将军楼，也是古北口区长城中最险要的一段。整修后的长城更能让人感受到长城的伟大，看到我们的先人当年付出的艰苦努力和无比的智慧。但是，我们依然还是避开了那里，拥挤的人潮里，夹杂着浓郁的商业气息，让人很难静下心来慢慢读这本写满了民族自豪、浸透了百姓血泪，又有着深厚的历史耻辱的惊天长卷。

对长城的向往是小时候就有的，最熟悉的格言就是“不到长城非好汉”，可到了长城，才真正懂得“好汉”二字的内涵，那是一种民族的尊严，是每一个华夏儿女骨子里就有的英雄本色。

希望历史留下来的都能好好地保护下去，但不希望过多的人为改变在里面；希望每一个到长城来的人都能从这古旧的砖墙上读懂一部民族的发展史，而不只是仅仅满足于来过、看过。

夕阳西下时，我们站在山上看向四方，辽阔的万里江山，在晚霞的光里绚烂锦绣，长城就像一条玉带，曲折盘旋。

江山如画，如画的江山。

那天，我从草原走过

当辽阔的草原展现在眼前时，心里是一种通透的感觉。

想象过草原的辽阔，可当满目的绿色一望无际地在眼前铺开时，心里的那份震撼依然强烈得很。蓝天，白云，绿草，成群的牛羊，蜿蜒的小河，蘑菇样的蒙古包，远景近景，层次分明，互为点缀，随便一个角度，就是一幅清新的水墨画，就能把人的心拉伸到无穷远。

几百公里的疲惫，就在一瞬间融化在贡格尔这无边的绿色里。

临行前，做过一些功课。有人说，来贡格尔，一定要走走达达线，达达线，有最美的风景。

看过网上的图片，每一幅，都让人向往。真的走在达达线上的时候，那些图片里的美，那些静态的景致，就显得那么的平淡。眼前的美，是流动的，是有着生命力的。

一条黑色的柏油路，从草原的中间穿过，顺地势起伏，一直延伸到视线尽处，仿佛通到了梦的彼岸。路中间的黄线，宛若一条彩色的丝带飘舞。黑的、黄的、绿的、白的，看似单调的色彩的叠加，竟然充满了如此强的冲击力，让人一时无法用语言来准确地形容。

路上很清静，偶尔有车经过，许多时候，就我们自己。很喜欢这样开车的感觉，缓缓地走，有凉凉的风拂着脸，风里带着青草的味道，还有淡淡的花香。偌大的天地里，让人感受到自己的渺小。

远远的，有成群的羊，如一朵一朵的云，飘在草丛里。又像是散落在绿毯上的星星，在蓝天白云的背景上，灵动而又富有内涵。

路边有成群的牛，慵懒地啃着草。有几头，悠闲地走在路上，听到车来，回头好奇地瞅了瞅，并没有躲避的意思。几头小牛犊，躲在老牛的身后，略有些恐慌。耐心等着牛们慢慢地走过，不忍心打扰它们的安静。我们只是过客，它们才是草原真正的主人。

偶尔，有些起伏的小山包，缓缓的坡上，开满了各色的花。黄的、紫的小花，点缀在绿叶间，色彩和谐。很为这些顽强的生命感动，就算是短短的一个轮回，也要开出最美丽的样子。记得前些年去坝上，我们竟然在一个雨后的清晨，在小小的山包上发现了蘑菇。一个一个白色的小伞一样的草菇，如点缀在绿草丛中的星星，闪着诱人的光。那天，我们高兴地采了满满一袋，连同我们在草丛中捕的蚂蚱一起让饭馆的师傅做了，鲜美的草原风味，给我们留下了深刻的印象。

今年干旱，这里应该不会有蘑菇，草也长得不高，但很密实。在草地上走走，脚底下软软的。高高低低的草，长在沙土里，烈烈的太阳下有些无精打采的样子。坐在草丛里，掐一根青草咬在嘴里，有股淡淡的清香。抬头看白云变换着模样，感受天地间这份空阔，觉得自己也融在其中了。

草丛里不时有蚂蚱飞起，翅膀扇动的声音，在耳边回响，无边的空阔里，多了许多的生动。一丛白桦长在坡顶，并不高大，让人感动的是每一根枝条都是努力地向上生长，绝没有旁逸斜出。心里有股莫名的感动，每一个生命，都在以最美的姿态呈现在自然面前，不管处在什么环境，都在顽强地展现着本来的样子。

达达线的末端，是草原上的明珠——达里诺尔湖。在蒙语里，这是“大海一样的湖”。碧蓝的湖水，与蓝天相应，水天一色。银色的沙滩，连着绿色的草原，色彩的变换，平淡自然。一汪湖水，如一颗大大的宝石，静谧，神秘。

湖边沙地上，长着一蓬一蓬的沙柳。丛生的枝条形如火炬，当地人说，沙柳生命力顽强，具有干旱旱不死、牛羊啃不死、刀斧砍不死、沙土埋不死、水涝淹不死的“五不死”特性。那年在腾格里沙漠见过，就曾经为它的顽强感到震撼，今天再一次见到，自然多了许多的亲切，就如久别的老友重逢一般。站在柳林里，来一张自拍，心里有一种凝重的感觉。

走过湖边湿地，就到了水边。水岸平缓，走进去很远，水也仅仅到了膝盖处。湖水暖暖的，摸上去，滑溜溜的，可能是含有盐分和其他矿物质的缘故。听湖边戏耍的当地人说，湖内只产两种鱼，即鲤鱼、华子鱼，肉质鲜嫩细腻，说得我们直流口水。

天上不时有水鸟飞过，清亮的叫声，在空旷的水天间，嘹亮高远。人一下子也如这湖水般，清澈透明。没有看见传说中的大天鹅、小天鹅，有点小小的遗憾。

草原上的夜色来得有些迟，已经很晚了，西边的天光还是亮亮的。

我们落脚在白音敖包，一个充满传奇的地方。“白音敖包山”，汉语意思是“富饶的山”，是贡格尔草原上蒙古族祭祀的圣地。古老的习俗延续到现在，依然神秘而又神圣。

第一次见到这么多的蒙古包，一个一个聚在一起，像是雨后的蘑菇。

蓝色的哈达，像草原的天空一样清明；热情的迎宾歌曲，带有草原的空旷和深邃；一杯飘香的马奶酒，让人虽在天涯亦是故乡。

当熊熊的篝火烧起来时，草原姑娘跳起了欢快的走马舞，悠扬的歌声在草原的上空飘荡。

夜深了，草原安静下来了，天上的星星那么多，那么亮，眨呀眨的，给人无限的遐想。耳边有不知名的小虫子的叫声，细细碎碎的。清凉的风，带走了白天的酷热。

忽然觉得，这无边的天地，就属于我们自己了。

那些时光的影子

并不是第一次来岱庙，依然震撼于那种古朴与肃穆的氛围。

高大的牌坊、高耸而厚实的城墙、深深的门洞，似是隔开了现实与过往。

从进入大门的那一刻起，就如同穿越了时空隧道，置身于浩瀚的历史烟海中。

门口两侧的牡丹让人惊艳，粗壮的枝干，显示出经历过风雨的沧桑，那红的、粉的、白的、紫的花，富丽堂皇。那些耀眼的灿烂，在这个凝固了时光的院落里，别有一番摄人的张扬。

庭院里，古木参天，粗的、细的，挺拔的、虬曲的、匍匐的，开满了花朵的、绿荫遮掩的，各自展露着生命的姿态。那棵苍劲的柏树，树皮皴裂，像位沉默的老者，在千年前吹来的风里打坐，悠然地俯视着俗世尘寰。那棵盛开的白色绣球，该是位爱美的百岁老妪，正在廊下倾听来自遥远的琴声吧。

一条古道，贯穿了殿堂，将院落分为左右两部分，然后出北门，直达岱顶。几千年来，这里走过了帝王将相，也走过了平民百姓。踏过青砖、石板的那些肉身凡体，都有着对天地神灵的敬畏。那些跪倒的身躯，祈求的是五谷丰登，人杰地灵，家和业兴，子孙绵延。前面那座巍峨的山，承载了凡世众生虔诚的祈愿。

从什么时候开始，东岳大帝成了人世间的守护神。朱漆廊柱，黄色的琉璃瓦，重檐斗拱，建筑于宋代的这座大殿，在古树的掩映中，庄严神圣。重檐之间有竖匾，上书："宋天贶殿"，殿内供奉的正是泰山神——东岳大帝。殿内墙壁上有巨幅壁画——泰山神启跸回銮图，描绘了泰山神出巡时的浩荡壮观场面。千年的时光在神的眼里只是一瞬，可地上的众生已经延续了数代，不变的，是千年来流传下来的血脉和品性。

那段残碑，几经劫难，如今静静地立在玻璃做成的罩子内，不再受到风雨的侵袭，接受万人的瞻仰，仅存的十个字，也只有七个完整（臣去疾臣请矣臣），另外三个半残（斯昧死），是当年的秦相李斯以小篆书刻制成，如今已成了镇庙之宝。几千年来，当年的汉字经过了几次大的演变，它所承载的人文内涵更加的丰富。院子的另一边，米芾题写的"第一山"，还有硕大的赑屃驮着的各种石碑，都在默默地承载着一段古老的历史。

那株汉柏，扭结上耸，苍劲葱郁。同根连理的两根树干，左边的经过战火，已经枯死了，右边的虽已肤剥心枯，却新枝又发。树下有一座碑，碑上是乾隆皇帝的画，画的正是这连理枝，当时可都枝繁叶茂呢。那棵唐槐，在历史的风雨中死去了，只剩下了一段残桩，屹立不倒。后人在枯槐内植入新槐，如今已枝干粗大，扶疏郁茂，形成了“唐槐抱子”的奇观。古老与年轻相拥，沧桑与俊逸同根，可也是一种传承。树下有明万历年间的“唐槐”大字碑，碑面风化，字已经开始模糊了。

铜亭、铁塔、磨出了深沟的青石板，还有香炉内缭绕了千年的香烟；城墙、角楼，还有斑驳的大门上磨得光滑的铜钉，庄严如同凝固了的历史，那些时光的影子静静地躲在红尘中，留给后人慢慢地参悟。

任时光流逝，那些变不了的，是精神，是底蕴，在岁月的沉淀中，更加馨香无比。

十里桃花寻常意

周末，朋友相约去看桃花。

今年春天天暖，桃花开得比往年要早一些。朋友说，落鸦石的桃花开得正旺，正是观赏的好时候。

新修的水泥路蜿蜒曲折，路边有零散的桃树开着淡红的花。转过几个缓坡，突然就闯到一片花的海洋里了。眼前的景象让人惊讶地瞪大了眼睛，张大了嘴巴，一个传说中的桃花源，就这样毫无遮拦地出现在我们面前。

并不高的山坡，起起伏伏，漫山遍野，都是盛开的桃花。红的如霞，粉的如锦，大片大片地随着地势铺展开去。可是织女织就的锦缎飘落了人间？还是哪位天才的画家，浓墨重彩，信笔涂鸦？要不就是一篇汉代的大赋，汪洋恣肆！

见惯了公园里、街道边三三两两的桃花，妖娆的身姿，绚烂的色彩，常常惹得行人流连。而今，这望不到边际的花海，更多了一分震撼。眼里、心里都是花，那些曾经熟悉的桃花诗句，似乎被盈满的花盖住了，一下子竟然无从想起。

走在树间，小心避开横斜的花枝，感觉自己也像是穿了一件花衣裳。红色的花瓣，热烈，奔放；粉色的花瓣，典雅，娇俏。红红的花苞，鼓着嘴，暗暗地使着劲儿，酝酿着一份灿烂的心事。几只蜜蜂落在花心处，忙着采集花粉。偶尔有白色的蝴蝶飞过，多出了一分灵动。

桃园都是开放的，你可以随意和每一朵花亲近。不像城里，总会有护栏隔开，一副拒人的样子。地里长着各种各样的草，前些天刚下了雨，绿油油的，有些开着黄色或是紫色的花，与树上的花相映衬，别有一番美丽。一切，都是如此的自然，和谐。

乡里的花，朴实、热烈却不张扬，不像那些刻意营造的景致，多了许多的妩媚。这些恣意开着的花，纯粹是自然的样子，没有半点的媚态，也不会刻意地迎合什么。即使什么人也不来，它还是一如既往地开在春天的风里。然后，凋谢，孕育果实。开放的意义，并不仅仅是美丽，只是生命里一个优雅的过程。就是落了，也会化作泥土，滋养着土地，哪里需要什么“锦囊收艳骨”，更无须牵惹出那么多的情怨。

地里有忙碌的果农，一手拿着花粉桶，一手拿着点花笔，正在授粉。这是一桩琐碎却又幸福的工作，耐心而又轻柔的动作，温暖而又疼爱的表情，似是呵护着美丽的女儿，又是渴望着秋天的收获。见惯了来赏花的人，他们并没有太多的拘谨，自然地打着招呼。

许是因了陶渊明的《桃花源记》，许多诗人笔下的桃花都带着一股仙家气息，全然不是这里的乡间情致。

“桃花流出武陵洞，梦想仙家云树春。今看水入洞中去，却是桃花源里人。”瓣瓣桃花随流水，只是来处让人向往，那个世外的桃源，究竟还是只能遥望而无法企及。

“人间四月芳菲尽，山寺桃花始盛开。长恨春归无觅处，不知转入此中来。”白乐天诗里的桃花，同样的不着人间烟火，藏在深山古寺中，伴着暮鼓晨钟，多出许多禅意。

就算是接点地气，也只和美人相映。“去年今日此门中，人面桃花相映红”，让人心里一亮，生出无限的遐想。一树桃花，因如花人面而让诗人念念不忘，以至于来年又至。只是“人面”不再，虽则“桃花依旧笑春风”，也难掩心中的一抹失落。可见，诗人更在意的是与桃花相映的“人面”而非桃花本身。桃花成了美人的陪衬，不知是否也会惆怅。

另有“竹外桃花三两枝”，与竹为友，倒也学得几分君子风雅。春江水暖，鸭子嬉戏，隔岸花开，临水照影，翩然不落俗套。只是，依然是一种孤高的姿态，清冷。

还是这山里的桃花，才是本来的样子。春日里开花，夏日里成长，秋天里收获，冬日里孕育，生命的本色，总会让人肃然起敬。

山坳里有个不大的村子，这就是落鸦石村。山里人家，随着地势，盖了房屋，高低错落，如五线谱上的旋律。一条并不宽的街道，杂长着一些粗大的树。

这几年，小村的名气渐大，来赏花的人越来越多，村里人也适时地做起了生意。自家园子里的青菜，刚摘的香椿芽，自家的土鸡蛋，地里的野菜……都是新鲜的。问问价，村里人实在，说，都是自己家的，给点钱，你拿些就是了。

很好奇村庄的名字，问一位年长的人。老人说，这谁能说得清呢。不过，老辈人有这样的说法，说是明朝洪武年间，有姓徐的兄弟俩，从山西洪洞县迁到山东来，二人一路走，一路找合适的地方落脚。来到一处四面环山的地方，看到中间平坦，东山根下有一处山泉，喝一口，甘甜。兄弟二人觉得这里有山有水，是个好地方，就留了下来，并起了个名字叫山头泉村。后来，越来越多的人来到这里，村子开始兴旺起来。有一天，村里有人发现，在村西北角沟里的两块大石头上，经常有一对大黄鸟，有认识的，说是一对金鸦。村里人认为这是好兆头，便把村名改为了落鸦石。

都是传说，谁也不知道真假。现在的年轻人，早就不知道这些了。不过，村外真的有两块石头立在那里。老人笑了。其实，何必计较真假呢，美丽的传说里，包含着的是村里人的向往。

离开时，已是中午时分。有人家屋顶的烟囱里冒出了灰白的炊烟，没有风，高高的烟柱缓缓地上升，再慢慢地散开，空气里有一股桃木的淡淡幽香。

内敛的小村庄，朴实的山里人，过春风十里，桃花依旧。

小村行

不大的一个村子，几十户人家，红色的瓦房依着地势，高低错落。

小村名叫张家溜，安丘南部一个很普通的村子。近年来，原本藏在深山里的小村，因为优美的景致和物产的丰富，名声渐渐大了起来。

村口的空地上停了许多车，几只鸡飞上了门口的草垛，咯咯咯咯地叫着，有狗对着外来的人汪汪了两声，又跑到屋后去了。小小的村子，氤氲着祥和、温馨的气息。

屋前屋后，种了许多树。高高的梧桐开了满树紫色的花，那一朵朵喇叭一样的花，成串地挺立在枝头，有一股甜甜的味道在空气里弥漫着。“栽下梧桐树，引得凤凰来”，古老的习俗，不一定还有多少人记得，但屋前庭院里种几棵梧桐树，那阔大的树叶能遮出好大的一片阴凉。夏日里，婆娑的枝叶，摇曳着满树的清凉，树下摆上小桌，一壶茶水，一把蒲扇，是最好的消凉去处。

院子外边粗大的槐树正开着白色的花，清甜的味道格外惹人，忍不住使劲儿做了几个深呼吸，感觉从鼻孔到心里都被花香浸透了。想起小时候折槐花的情景，不觉间，有笑意挂在脸上。

一条新修的水泥路高高低低，弯弯曲曲，在山里盘绕。路两边是坡度不算陡的山坡，山坡上种满了桃树，还有山楂树，一片绿意葱茏。

每年春天，这里的桃花盛开，满山遍野，如霞如锦。到了秋天，红红的桃子，挂满枝头，馋得人心里痒痒的，吃上一个，汁水甜美，爽脆可口。如今，桃花谢了，白色的山楂开得正旺，远远看去，如一片素雅的锦缎铺在平缓的山坡上，在微微的风里起伏。想想成熟时节，那满树珊瑚珠一样的果子，在绿的叶子的映衬下，更是一番别样的风景。每年这里出产的山楂都会出现在城里的大街小巷，一串串红红的冰糖葫芦，酸里带甜，不只是小孩子喜欢，更是上了年纪的人忘不了的乡土的味道。

小村的前面，有小河流过，清清的水，映着绿树的影子。河上有一座石桥，过了桥，顺着坡，就上了山。山路两边长着许多樱桃树，樱桃已经长得有些大，青里透着淡淡的红，再过十几天就是成熟的季节了。想起去年采摘樱桃的时候，挎个柳条编的小篮子，攀着挂满了红宝石一般的樱桃的树枝，摘几个放在嘴里，甜甜的，透到心里的甜。

孤独而有些寂寞的小村，而今却是满目的生机勃勃。

吸引我们来的，是几棵叫流苏的古树。朋友说，来看看吧，几百年的老树了，正是花开得最旺的时候，真的像满树的雪一样。

流苏，听起来清雅脱俗的名字，远不如它的俗名“油根子”“四月雪”更接地气。它耐干旱，生命力旺盛，山里的一些坡地上常有，很多人拿指头粗的木本嫁接桂花，嫁接后的桂花，长得又旺，开花又多。但我见过的油根子，粗的也不过大拇指粗，也没有见过它开花。今天，又能见到什么样的景象呢?

走上山坡，一片耀眼的白，恍如一片雪的世界。十几棵古树，一人合抱粗，散在缓坡上。满树的白花，像一把撑开的白色的巨伞，真的是花浓如云，洁白如雪，馨香四溢，沁人肺腑。这些流苏树据传是元末明初栽植，距今已 700 余年，最大的树高 15 米，胸径 0.6 米，东西冠幅近 17 米，南北冠幅也有 12 米之多。参天大树，浓荫蔽日。每到谷雨前后，洁白的流苏花开满树冠，如雪覆翠顶，在漫山新绿中特别惹眼，层层簇簇、洁白摇曳，花香四溢，沁人心脾，别具风情，故有“树覆一寸雪，香飘十里村”的美誉。

东北角一株三杈的流苏树最具传奇色彩。传说有三个木匠用弯梁锯伐这棵流苏树，树身立即冒出三股红水，像在流血。三个木匠惊恐万状，立即停伐。以后，树身伤口处冒出三个杈，吓得人们再也不敢砍伐了，说树成了精，便顶礼膜拜，尊树为神，每逢节日便烧香磕头，好生伺候。

据老人们讲，这里曾是元朝的一片墓地，有一块墓碑上就写有保护这些古树的文字。如今，石碑虽然已经破损，但村里的人们一直把流苏树视为“村宝”，爱护古树的遗风仍然流传至今。

古老的民风悠久流传，如山下那条清澈的溪水，流出了纯朴的过往，也流出了崭新的明天。

喜欢“流苏”这个诗意的名字，如一位古代的仕女穿着秀丽的衣裙，亭亭玉立。几百年风霜雪雨的滋养，日光月光的淘洗，养成了这无与伦比的风流格调。站在树下，轻轻地闭上眼睛，细细地听风从数百年前轻轻吹来，有虚虚渺渺的香吹送到心里。

小小的山村，平凡、古朴，流淌着的是最纯粹的自然气息，也是最浓郁的人间气息。

扬州小记

有首歌的名字叫《烟花三月下扬州》，歌里唱道：烟花三月是折不断的柳，梦里江南是喝不完的酒。那种迷蒙的情景让人生出无限的遐想。

当年那个浪漫的诗人杜牧，在晚唐寂寥的风里看尽了十里春光，赏遍了廿四桥明月，留下了无限风情，但依然江湖落魄，虽才高八斗，但生不逢时。“十年一觉扬州梦，赢得青楼薄幸名”，以致赤壁江头，看见人家打捞上来的几件生了锈的破兵器，大发醋心：“东风不与周郎便，铜雀春深锁二乔。”而今，明月仍在照着流水，照着流水上的小桥，只是，不见了当年放浪的才子，也不见了桥头缠绵的箫声。

板桥郑燮在扬州时，曾经因为生活困苦，卖画为生，但他的笔下，依然是对扬州的无限热爱。他的《满江红 · 思家》里的首句：“我梦扬州，便想到扬州梦我。”便是用平实、真挚的话语表达出对扬州的思念。而他的《扬州》

诗中“画舫乘春破晓烟，满城丝管拂榆钱。千家养女先教曲，十里栽花算种田。雨过隋堤原不湿，风吹红袖欲登仙”的句子，更是写尽了扬州之繁华。

更有英雄史可法，一腔热血化作民族精魂。当年史可法以兵部尚书之名督师扬州，清军破城，清将多铎劝降，史可法说：“城亡与亡，我意已决，即碎尸万段，甘之如饴，但扬城百万生灵不可杀戮！”后壮烈就义。多铎因为攻城的清军遭到很大伤亡，心里恼恨，下令屠杀扬州百姓。大屠杀延续了十天，死亡八十万人，这就是有名的“扬州十日”。

扬州，一个被三月的风洗柔了的地方也曾经铸就了铮铮铁骨。

初到扬州，盛夏的风热情得让人无法躲藏。扬州的美，似是也藏了起来，无处寻找。倒是街上的出租车很友好地让过行人，给人很多夏日的清凉。

几条河穿街而过，河两岸柳荫遮蔽，只是，河水有些浑浊。

一路穿街越巷，想探寻古诗里的意境，重温当年的无限风光。不觉间，来到东关街，一条有名的商业文化名街。

扬州在唐代就赢得了“东南第一商埠”的美誉，而利津古渡也就是今天的东关古渡，是当时扬州最繁华的交通要冲，因渡口而兴起的街市繁荣至今。街道两边是明清风貌特色的宅子，除了几处名人故居外，大多是店铺。传统色彩浓厚的手工艺、特色小吃和商业老字号集中在这里，叫卖声合着各种小吃的味道，弥漫在街道的上空。

繁华的街道两边，有一条一条幽长的小巷，望不到尽头。偶尔，有人慢慢走过。我在想，幽长的小巷深处，会有一种怎样的生活？街头的繁华是俗世的外衣，而小巷的深处才是真的世间，人生多少本真的东西，总是在这些不动声色的沉静里。

街两边，吆喝声此起彼伏，各种小吃飘出诱人的味道，更有浓郁的酒香不时冲入鼻孔。在这里，吃到了传说中的扬州炒饭，晶莹的饭粒合着各色配料，刺激着视觉和味蕾，这应该是真正的扬州味道了吧！

还是想走进小巷里好好看看。

到了扬州，一定会到瘦西湖来看看的。夏日的扬州，一大早就热浪扑人，好像一下子离太阳近了好多，这才知道，为什么要烟花三月下扬州。

当传说中的瘦西湖出现在眼前时，还是有一些小小的惊讶。西湖之“瘦”，竟瘦到了这种程度！窄窄的水面，尽显苗条之形。

瘦西湖，其实就是扬州城外的一条河道，明清时期，一些巨富商贾沿河两岸建造水上园林，逐渐成了规模。乾隆极盛时期沿湖有二十四景，誉为“两堤花柳全依水，一路楼台直到山”。康熙和乾隆两位皇帝南巡时，曾经六次来到这里，对这里的景色赞赏有加。

瘦西湖名称的来历，据说是出自乾隆年间寓居扬州的诗人汪沆的一首感慨富商挥金如土的诗作：“垂柳不断接残芜，雁齿红桥俨画图。也是销金一锅子，故应唤作瘦西湖。”也有人说是因为湖面瘦长，蜿蜒曲折，再加上景色不输杭州西湖，所以依其特点，就叫作了“瘦西湖”。

一路走来，两岸桃柳掩映，清风徐来，果真是三步一桃，五步一柳，阳春三月，那才是桃红柳绿，风情无限。也难怪，当年的文人雅客、富贾巨商都喜欢这个地方。

湖中荷园，花叶相映，别样红艳。路边的盆里，更有各种品种的花中精品，各色花姿，风中招摇。

前面是传说中的二十四桥。一座单孔的拱桥，汉白玉栏杆，旁边有介绍，说此桥长二十四米、宽二十四米、栏柱二十四根、台阶二十四层，处处都与“二十四”对应。站在桥上望去，绿瓦红窗的熙春台，掩映在绿树红花之中，朴素古雅。只是，杜牧笔下的二十四桥，并不见得就是一座具体的桥，扬州城里有那么多的桥，桥桥都是杜郎之爱。更何况，怎么就会对应了这么多的“二十四”呢！若果真如此，岂不大煞风景，杜郎有知，或许会哑然失笑吧。

当年的明月依旧，只是不见吹箫的玉人影踪。吹箫亭下，倒有鸭子嬉戏。

树上的知了一个劲儿地在叫，柳枝垂至水面，逗弄着水里游来游去的鱼儿。

绿树之间，有五座亭阁建于桥上，这就是有名的五亭桥，也叫莲花桥，这是扬州的经典。黄色的瓦，红色的柱子，白色的栏杆，倒映碧水之上，绝美的一幅水彩画。据说桥下有十五个卷洞，彼此相通。十五月圆时，每个洞里都有月光，月光在水中荡漾，与天上的月亮遥相呼应，妙不可言。清人黄惺庵曾经赞美说：“扬州好，高跨五亭桥，面面清波涵月镜，头头空洞过云桡，夜听玉人箫。”亭中小憩，有风从水面飘来，有悠悠的琴声和在里面，缥缈不定。

行走在绿树碧水间，偶有亭台楼榭，画船游走在水中，柳风、桃情、荷蕴，伴着远久的风流。

“天下三分明月夜，二分无赖是扬州。”扬州，把江南的风流从过去写到了今朝。

夜宿酒家近秦淮

去南京，少不了要去秦淮河。

住处就在秦淮河边，来时就有人说，秦淮河的夜景最美。晚饭后，顺着大街，很快就来到了。

晚上的秦淮河，热闹非常。五彩的灯光点亮了河的两岸，古色古香的建筑也被灯光勾勒出了轮廓，倒映在水中，水面也成了灯的世界。装饰华丽的游船来来去去，岸边舞台上，几个古装女子翩翩起舞。

河边的街道两旁是各种店铺，小吃，杂耍，种类繁多。店门口的音乐声、流动小贩的叫卖声，混杂在潮湿的空气中。据说，秦淮风味小吃是我国四大小吃群之一，来了，少不得要一饱口福。

进的第一家小店，招牌是鸭血粉丝。粉丝润滑，鸭血鲜嫩，再加上作配料的鸭肝、鸭肠、葱花、香菜和其他调味料，香味扑鼻。没有想到，就是这么简单的几样东西，搭配起来，竟然就成了如此的世间美味。第二家吃的是小笼包，小小的一笼四个包子，面皮晶莹透亮，用手指轻轻一碰，软软的，里面汁水饱满。用小碟托着，咬上一个小洞，有汁水流出来，吹吹凉，吸一口，满嘴里都是鲜香。还有加了蟹粉的，吃起来，更是别有味道了。

顺着香味，前面是不大的一家盐水鸭店，南京被称为“鸭都”，盐水鸭是南京有名的特产。南京的盐水鸭皮白肉嫩、肥而不腻、鲜香美味，具有香、酥、嫩的特点，来上半只，切成小块，再来上一杯啤酒，倒是不错的选择。

一路走走吃吃，来到了夫子庙前。流过门前的秦淮河成了天然的泮池，南岸建于明代的照壁，高大雄伟，全长110米，为全国照壁之最，有“天下第一壁”之称。上有双龙戏珠图案，在灯光的映衬下，金碧辉煌。庙门前的天下文枢坊，高大雄伟，牌坊两根中柱上挂的是乾隆皇帝撰的楹联：允矣斯文，为古今中外君民立之极；大哉夫子，会诗书易礼春秋集其成。坊额青底黑字“天下文枢”，意思指孔子是天下文章道德的中枢，步入“天下文枢”之门是升堂入室的开始。六角的聚星亭，则有“群星毕集，人才荟萃”之意。牌坊后面是“棂星门”，丈余高的石牌坊，六柱三门，中门刻有“棂星门”三字篆文。石坊之间墙上嵌有牡丹图案的浮雕，柱头有云雕，形即华表。据说这是帝王出巡朝圣祀孔的通道，非一般官员百姓所能出入的。因是晚上，没有进入庙内参拜，只是对着大门虔诚地鞠上一躬。

过文德桥就是乌衣巷，乌衣巷是一条狭小的巷子，青石铺就的小路，两旁青砖小瓦，回廊挂落，一栋栋建筑起伏有序，浑然一体。

小巷的闻名，是缘于曾住在这里的几个名人。东晋名相王导、谢安将宅院建在这里，两族子弟都喜欢穿乌衣以显身份尊贵，因此得名。乌衣巷里曾经走出了王羲之、王献之，还有山水诗鼻祖谢灵运。据说，谢家那位有咏絮之才的女子谢道韫也曾居住在这里。唐代诗人刘禹锡的名作《乌衣巷》更是让此处名声在外。“朱雀桥边野草花，乌衣巷口夕阳斜。旧时王谢堂前燕，飞入寻常百姓家。”当年的繁华不再，王侯家的燕子也寄身在寻常人家，沧海桑田，人生多变，一切如过眼烟云，成为历史的陈迹。而今的乌衣巷，则成了人流的海洋，不知这些匆匆的过客里，又有几人能读得懂这些历史的风尘。那口古井，默默地还在那里，无言地看着日子在一天天地由新而变得沧桑。

附近还有一处古迹，就是李香君故居。这是一座两层高的砖木结构民居，又称媚香楼。这个被称为“秦淮八艳”之一的女子，成了清初戏剧家孔尚任名著《桃花扇》中的秦淮名妓，打动人的不仅是她容貌靓丽、歌喉圆润、诗书琴画歌舞样样精通，更在于她有着强烈的正义感、爱国心和高尚的情操。出淤泥而不染，濯清涟而不妖，一代奇女让时人、后人唏嘘不已。

人多，什么也来不及细看，只是随着人流挤挤前行。这里与想象中的秦淮河不是一个样子。当年的神韵不再，浓浓的商业气息，淹没了往昔的风流。来来往往的人，也只是走在一处曾经有过古人、古事的寻常所在，感受到的也只是任凭哪里也会得到的市场的热闹。

此时的秦淮不再惹人心醉，心里有一些淡淡的失落。

知道秦淮河，最初是在古诗词里。小时候就读过杜牧写的《泊秦淮》：“烟笼寒水月笼沙，夜泊秦淮近酒家。商女不知亡国恨，隔江犹唱后庭花。”老师讲解时，特别对溺于声色的陈后主提出了批判，心里觉得秦淮河就是个声色游乐之地。

后来又读到王士祯的《秦淮杂诗》“年来肠断秣陵舟，梦绕秦淮水上楼。十日雨丝风片里，浓春艳景似残秋。”更觉得一片凄凉萧条，无限哀伤。

原本的“烟柳繁华地，温柔富贵乡”，怎惹出了这许多的愁和恨。

六朝的脂粉，飘飞的舞袖，浓艳的歌喉，曾经给秦淮河抹上了最绚丽的色彩，多少风流往事沉淀在河底。

一条河，流过了千年万年，流走了脂粉，留下了六朝遗蕴，还有后人无尽的感叹。

秋天是首灵动的诗

朋友说，山里的格桑花开了。

阴了好多天，出太阳了，天空中那抹蓝，有些晃眼，几朵棉絮般的云，悠闲地飘着。

进山的路是刚修的水泥路，很平整。路的两边是成片的格桑花，随着地势的起伏和山路的弯曲，一条斑斓的花路，牵惹着目光，给人许多五彩的联想。路边的空地、山凹间，散落着大片小片的花地，各色的花，如锦如霞，在秋日的阳光下，给日渐萧瑟的季节平添了几分壮丽。

格桑花也叫八瓣梅，格桑在藏语里是幸福的意思，所以也叫幸福花。它是一种生长在高原上的普通的花朵，秆细瓣小，看上去弱不禁风的样子，可风越狂，它身越挺；雨越打，它叶越翠；太阳越暴，它开得越灿烂。它的故乡是圣洁的青藏高原，它被藏族乡亲视为象征着爱与吉祥的圣洁之花，据说格桑花由格桑活佛变成，可以给人们带来吉祥。藏族有一个美丽的传说：不管是谁，只要找到了八瓣格桑花，就找到了幸福。

去青海时，见过辽阔的草原上的格桑花，和着其他的花草，那么随便地长在山坡上，一丛丛，一片片。远处的雪山，似是一位沉默的老人，深沉的目光关注着这些精灵一样的存在。厚重的云在山间翻滚着，不时变换着样子，甚至低低地掠过草地，把草地、花朵还有成群的牛羊隐藏起来。在如此浓重的背景上，漫山的格桑花，更像是勇敢而美丽的藏家女子，勇毅而动人。

眼前的格桑花，比起高原上的，少了一些精神，多了许多的妩媚。但在这繁花落尽的秋日里，让人似乎穿越了季节，回到了春天，那一朵朵在风里盛开的花和树上红透了的柿子一样，都是这个季节最美的诗句。格桑花的花语是“怜取眼前人”，美丽而富有情韵的蕴含，让每一颗善感的心都变得温暖而柔软。

避开了众多的游人，拐上了一条少有人走的野径，喧哗渐渐被浓密的树挡住。草很高，有些干枯了，踩在脚下，唰啦唰啦地响。脚底下软软的，像是走在厚厚的地毯上，那些散落的树叶和倒伏的枯草，似是粗朴未加修饰的辞藻，简单而自然。

树很多，大多是柏树，依然苍翠，树下一层厚厚的叶，烂了，成了松软的土，倒是很好的肥料。想起“叶落归根”的成语，又想起“落红不是无情物，化作春泥更护花”的句子，一样的蕴含。林间不时有鸟儿飞过，能听得见翅膀扇动的声音。

几棵黄栌长在崖边，叶子刚开始有些红，夹杂着一些暗绿，远远看去，已经显现出秋的色彩了。再过几天，经一场秋霜，定会是一片耀眼的红。树枝长得蓬松，叶子在微凉的风里轻轻地颤动，在没有人关注的这个孤独的角落，悄然等着美丽的蜕变。

心里有股暖流在悄悄地流淌，这些自由生长着的草、树，不正是秋天最本真的样子吗！

当那丛野菊那么突然地出现在我的眼前的时候，秋天的清韵就毫无遮拦地涌满了心胸。

并不陡峭的山坡上，一片野菊开得灿烂。黄色的花，小小的花瓣，在枯草中格外显眼。淡淡的香在空气中弥漫着，有蜂儿飞来飞去，忙得不亦乐乎。

见过各种各样的菊花，白如雪，黄似金，粉像霞，红如火。倒卷的花瓣，似金钩；修长的花瓣，似彩带。只是她们都长在不同的花盆里，如同精心打扮过的女子，少了一些洒脱淡然，成了庭院的点缀了。

古时诗人大多爱菊，便赋予了菊花许多的意蕴，那些承载着丰厚意蕴的菊花，毕竟被蒙上了太多的心意，而多了俗世的晕染，让人生出无限的叹惋。就算是陶家东篱边的那丛菊花，也被一颗追逐自由的心牵拽，无奈承接了红尘烟火，瑟瑟秋风中，且将满心的孤傲温暖一份苍凉和落寞。追求自由的陶潜，有意无意地束缚住了本该自由的菊。菊又何知，任其在季节的风里开过，然后凋谢，才是一个圆满。

还是这丛野菊，开在这少有人来的山野里，没有人关注到它，没有人来欣赏它。土地的贫瘠，让它没有长出高高的枝，开出大大的花冠，也没有摇曳多姿的婀娜，可在这自然的天地里，它尽情地舒展着最朴素的姿态，这才是生命最本真的样子。就像山林里的竹子，汲取天地之精华，沐浴日月之清辉，与溪水为伴，与清风嬉戏，才有那般的傲然风骨，恬静安然。等到移入庭院，虽未改变其本性，毕竟成了附庸风雅之人的陪衬，少了应有的秉性。

上山的路越来越崎岖，几处陡峭的地方，前面过去的人拴上了绳子。偶遇几个同伴，一起在山路上攀爬，不小心，手被荆棘刺破了，细细的血流出来。抬头看，山顶就在上面，于是，咬咬牙，抓紧绳子，踩稳了脚下，继续往上爬。一棵叫不出名字的小树，长在崖边的石缝里，努力地伸展着细细的枝条。

等到气喘吁吁地站在山顶时，一下子开阔的视野让心胸也放大开来。层层叠叠的山峦，如波浪般，绵延万里，高耸的山头似擎天的柱子，茂密的树林似彩色的锦缎，蜿蜒的河流，如同腰间的玉带，一幅刚刚写就的水墨画，更是一首灵动的诗。

不必有太多的人生感慨，生命自有他该有的样子，不必把太多的情感寄予草木，草木也有自己的情怀，就像是山下的格桑花，山上的野草、红叶、野菊，在这个属于自己的季节里，尽情地生长，开放，然后老去，凋谢，只要真的来这世间走上一遭，生命就是一种完美。

秋天，不管是自然的秋天，还是生命的秋天，都是一首灵动而富有内涵的诗，就让他随造化自由地吟诵吧。

杭州漫记

去西湖时，正是微雨蒙蒙。

雨中的西湖淡去了现代的背景，成了一幅浓淡相宜的古典水墨画。薄薄的水雾浮起在碧波间，远山的影子隐隐约约，似是蒙了一层薄纱的江南女子，婉约而不失庄重。几只小船从雾里划出，又钻进雾里，倏忽间没了踪影。有船歌贴着水面传来，似是婉转的紫竹调子。

沿白堤缓步而行，长长的柳枝垂到了水面上，像对镜梳妆的女子，婀娜多姿。树下碧桃开得正艳，绚丽多彩。当年白公刺史杭州，以白沙铺地，修堤贮蓄湖水，灌溉农田，造福一方百姓，留下了这难得的景致。“最爱湖东行不足，绿杨阴里白沙堤”，道出了白公内心的喜悦。明人王稚登游白堤也感怀万千：“湖边绿树映红阑，日日寻芳碧水湾。春满好怀游意懒，莺撩吟兴客情闲。波中画舫樽中酒，堤上行人岸上山。无限风怀拚一醉，醉看舞蝶绕花间。”倒是写出了文人雅士之风流。

白堤尽处，就是有名的断桥。岸边有“断桥残雪”碑。“断桥残雪”为西湖十景之一，引无数人为之折腰。明代画家李流芳《西湖卧游图题跋——断桥春望》称：“往时至湖上，从断桥一望，魂销欲死。还谓所知，湖之潋滟熹微，大约如晨光之着树，明月之入庐。盖山水映发，他处即有澄波巨浸，不及也。”景致之美，可见一斑，湖山神髓，岂独残雪！

此时正是夏天，难睹雪中佳境，但水里荷花袅娜，莲叶田田，别是一番盛景。白的、粉的花儿点缀在绿叶间，小小的水珠缀在花瓣上，如珍珠般。水中有鱼儿自在来去，追逐着落花。

断桥的由来说法不一，但那个凄婉的故事却流传了千年。

想当年，白蛇与乌龟同在桥下水中修炼，虽时有龃龉，但也能和平相处。直到有一天，许姓小儿春游时，吃了汤圆腹痛不止，被一白发老者倒提着，拍了后背三下，汤圆吐出来，落到了桥下水中。小儿好了，全家人要感谢白发老者，却早已不见了人影，周围的人都说白发老者是神仙。为了感谢救命之恩，许姓小儿改名为许仙。

许仙吐出的汤圆正好落到正在修炼的白蛇和乌龟面前，白蛇脖子长，动作快，抢在口中。因为经了仙人之手，白蛇吃后，增长了五百年的功力，得以化为人形。乌龟没有抢到，怀恨在心，以后化为法海和尚，专门与白蛇作对。

白蛇化为白娘子，寻找许仙，为报恩以身相许。夫妻二人，治病救人，邻里和睦，本是神仙眷属，可偏遭法海拆散，一入空门，一压雷峰塔下。

世间口耳相传的佳话，内核在于“情意”，蛇虽是异类，但其知恩图报的心不知要羞煞多少世间之人。而打着扫除妖孽，惩恶扬善幌子的法海，像极了装腔作势、心口不一之人，留下了千古骂名。

与其相似的，还有一出戏剧叫《鱼美人》。修炼于碧波潭中的鲤鱼精，感念书生眷恋之情，化作牡丹女，朝夕相伴。鱼儿为求一生厮守，宁愿剥下鱼鳞，抛弃千年道行。同样是“异类”，却为人间树起了情意的标杆。

而今，雷峰塔早就倒了，白娘子也早该脱去了厄运，只是，许仙可否等到了那一天，这场仙凡之间的情愫最终是怎样的结局，谁也无法说清。但是，络绎不绝的凡夫俗子，站在断桥上极目远望时，心里翻腾的应该还是这段奇缘里的真情真意吧。

湖边有寺灵隐，寺临一峰，名为“飞来峰”。山上老树古藤，盘根错节；岩骨暴露，峰棱如削。明人袁宏道曾赞道：“湖上诸峰，当以飞来为第一。”

山上石刻造像颇多，年代久远，各具形态。其中最大的一尊是大肚弥勒像，佛爷袒胸露肚、笑口常开。有人经过时，总要摸摸佛爷光光的大肚子，不知有多少人摸过，佛爷的肚子光溜溜的了。可是，又有多少人能懂他“容天下难容之事，笑世上可笑之人”的法理妙趣。

峰西有一泉，掩映在绿荫深处。泉水莹润如玉，涝不溢，旱不涸。明代画家沈石田有诗：“湖上风光说灵隐，风光独在冷泉间。”冷泉池畔建有冷泉亭。

半山腰有一亭，名翠微亭，小巧玲珑，有曲折的小路相通，幽林古木之间，朴素而端庄。据说此亭是南宋抗金名将韩世忠为悼念岳飞而建的。亭上有楹联：“路转峰回藏古迹，亭空人往仰前贤。”

飞来峰并不高，可名气不小，其得名的传说还与那个穿着破袈裟，戴着破帽子，手里永远拿着一把破蒲扇，要踏平人间不平事的疯癫和尚有关。

据说灵隐寺的道济和尚神通广大，他算到有一座山峰要从远处飞来，而且正好要压到寺前的一个村子上。和尚劝人赶快离开逃命，可没有人信他。没办法，和尚背起村里正在拜堂的新娘，向村外跑去。等众人都追出来时，那座飞来的山峰“轰隆”一声，压在了村子上。众人这才如梦方醒，知道和尚救了全村人的命。于是，就把这座山叫作了“飞来峰”。

湖西山中，有一个小村庄，叫龙井村，有名的龙井茶就出在周围的山中。小小的村子，四周高高的山，山上缥缈的云雾，正是孕育茶的好地方。“茶者，南方之嘉木也”，世人爱茶，从一片普通的绿叶中品出了人间百味。

山上溪水汇聚，形成了“万壑争流下九溪”的美景。溪随山流，路随溪走，漫步水中，踏石而行，野径清幽，断不是凡间之境。清俞曲园有诗：“重重叠叠山，曲曲环环路。叮叮咚咚泉，高高下下树。”这里就是既为茶乡又是景区的九溪十八涧。

涧里有一亭，名为“林海亭”，石柱上刻了一副对联：小住为佳，且吃了赵州茶去；曰归可缓，试同歌陌上花来。正是这副对联，使得这处清静的地方又多了许多的禅意和情意。

《五灯会元》卷四里有一则故事：

从谂禅师问一位新来的僧人：“你以前曾到过此间吗？”

僧人回答说：“到过。”

从谂说：“吃茶去。”

从谂又问另一位僧人：“到过此间吗？”

回答是：“不曾到过。”

从谂说：“吃茶去。”

事后，一旁的院主问从谂：“为什么到过也说吃茶去，不曾到过也说吃茶去？”

从谂听罢叫道：“院主！”

院主应了一声，从谂说：“吃茶去。”

从谂，年幼出家，参南泉普愿禅师而得法，后住赵州观音院，宣扬禅法。他所说的“此间”，不是指自己在的禅院，而是一种了悟的境界。他对“了悟”和“没有了悟”的人都给了同样的回答“吃茶去”，正是显示了他抛却执着、平等如水的至高境界。

而“陌上花开”，则是最温暖的人间情意了。吴越王钱镠因见凤凰山脚，西湖堤岸桃红柳绿，万紫千红，思念回家省亲的王妃，便带信给她：“陌上花开，可缓缓归矣。”缱绻情意，藏于寥寥几字之中，情重而用语朴素，让后人感叹不已。后来，乡人编成《陌上花》，里间传唱。就连苏东坡通判杭州时，也曾经写了三首《陌上花》，表达了对吴越兴亡的凭吊。其中一首是这样写的：

陌上花开蝴蝶飞，江山犹是昔人非。
遗民几度垂垂老，游女长歌缓缓归。

当年的风流都已经随风而去，只留下了这些美丽的传说和诗句，熏染在日渐繁盛的商业气息中。赵州茶已经无法喝到，陌上花前，脚步纷沓，且幸心里还有一处安静的地方能容得下这些人世间的诸般况味。

去杭州走走吧，吹吹西湖的风，喝喝龙井的茶，太多的景致，连着古老的传说，让人应接不暇，又流连忘返。

初见西塘

初见西塘，与别的江南古镇有很多的相同点。穿镇而过的河流，沿河而建的房舍，一个挨一个的店铺，琳琅满目的特色小吃，络绎不绝的游人……

当真正走进了西塘，才开始有了别样的感觉。西塘，像是邻家的小妹，美丽淳朴而又内涵十足。

青砖和青石板铺就的小街，沿河延伸，光溜溜的表面映照出了岁月的痕迹，那些悠久的过去又叠加了今人的故事，继续书写着自己的日记。

小街边有深深的巷子，是夹在两幢住宅之间的露天弄堂。巷子很窄，仅仅能容一个人通过，可就在这些不起眼的巷子里，却藏着一座座深宅大院。最有名气的石皮弄建于明末清初，宽仅一米，弄口最窄处仅八十厘米，全长六十八米，由一百六十六块青石铺成，弄面平整，下为下水道。左右两壁的梯级状山墙有六到十米高，抬头看，只能看见一线天光。石皮弄的深处有“尊闻堂”，堂中的“百寿图案”为全国有名的古迹。

西塘的河，河面宽，水流得缓慢。河边的柳树垂在水面上，柔软细长的柳条像是抛出的钓丝，静等着鱼儿上钩。水中的鱼成群结队的，追逐逗弄着水面上的落叶，漾起了一圈一圈涟漪，又凌乱地散开。坐在河边，双脚伸进水里，炎热的天里，有了一股清凉。有鱼儿在咬着脚背，痒痒的。

水上的船慢慢地划过去，欸乃的桨声伴随着起落的水花，还有那个满头白发的划船的老人，是水中一道流动的风景。当傍晚的阳光斜斜地洒在水面上时，坐在临河的小吃店里，喝一杯冰镇的桂花酒，再配上清蒸的当地白鱼，对着划过来的小船，又是一种另样的韵致。

河上的桥多，据说有二十多座桥连起了九条河。高高拱起的桥身，方的圆的桥洞，如虹如练，“船从碧玉环中过，人步彩虹带上行”。“送子来凤桥”是最有名气的一座，据《西塘镇志》记载，来凤桥建于明崇祯十年，清代两度重修。相传当初造桥时，有一只鸟飞过来，大家以为祥瑞，遂取名“来凤桥”，桥还没有造好，名字就已经取好了。后来有员外家又生了儿子，镇里人认为也是一个好兆头，就又在前面加了两个字，就成了现在的名字。桥面采用古典园林中“复廊”的形式，中有隔墙花窗，两边通道。左边上桥是台阶，右边上桥是缓坡，上桥时男子走台阶，步步高升；女子走缓坡，三寸金莲小迈步，持家稳稳当当。婚前情侣过此桥，南则送子，北则来凤，婚后还未得子的，也来走一走，定会有意外之喜。

西塘的独特之处是临河的街道都有廊棚，总长近千米，称为“烟雨长廊”。廊棚为砖木结构，顶上覆盖着墨瓦，沿河而建，连为一体，俗称“一落水”。走在长廊下，看着流动的河水，欣赏着旁边店铺里各种特色的物品，不怕日晒，也不怕雨淋，别有一种悠然。

西塘的长廊有很多传说，最流行的是行善之说。据说西塘有个开烟纸店的老板，一天小店打烊时，见一个叫花子在店前的屋檐下避雨，就让他进屋来。叫花子执意不肯，老板就拿了一卷竹帘连在屋檐上，临时搭了个小棚让叫花子躲雨。第二天叫花子在店门板上留下一行字：“廊棚一夜遮风雨，积善人家好运来。”此后烟纸店果然生意兴隆。店主为感谢叫花子的恩德，索性在店门前的屋檐下搭了个有砖、有瓦、有木架的廊街，且跨过小街直至河埠。古老的传说也体现了西塘人的纯朴善良。塘东街上有一家百年老字号的药铺钟介福药店，大门上有这样的一副对联：“宁药架满尘，愿天下无病。”也就是说店家情愿药卖不出去，也不希望百姓受病痛之苦。同样是传统的善良与爱人。

据记载，西塘历史上曾出过十九位进士，三十一个举人，更有近现代的一些进步人士，有名的南社社员中就有很多西塘人，当年柳亚子先生也在西塘的西园中活动过。

今天的西塘人一样的勤劳善良，各种各样的手工艺传承下来，成了宝贵的文化遗产。手工酿造的米酒，在深巷中飘香；各色芡实糕点，香甜软糯；荷叶粉蒸肉，色香味俱足，吊人胃口。各种老宅改成的旅舍，别有特色，既满足了游人的需要，又让老宅焕发出了新的生命。

“春秋的水，唐宋的镇，明清的建筑，现代的人”，是对西塘最恰当不过的形容，西塘的美，古朴典雅，美在内里。初识西塘，就已经深深地爱上了她。

遇见，就是最美丽的风景

从昆明坐火车去大理，一路上，山明显多了起来。火车不时钻进隧道，车厢里忽明忽暗。

住的地方，在大理古城内，酒店有个好听的名字——欣悦客栈。客栈规模挺大，客房环绕的小院，四周有回廊，院子中间，木板铺的栈道，浅浅的水环绕，墙角有别致的桌椅。

早晨竟然是在公鸡的叫声中醒来。久违了的情景，忽然涌出许多的感动。

小时候在老家，冬天的早晨，天亮得晚，还在暖暖的被窝里睡得正香，朦胧间，听到母亲叫我，鸡叫了，该起来了，上学别耽误了。

小孩子贪睡，又是冬天，被窝里暖，外面冷，起床是件很困难的事情，有时候要母亲叫好多次。

背着书包，走在街上时，村里的鸡叫声此起彼伏，“喔——喔喔——”抬头看看天，星星还亮晶晶地眨着眼睛。

前几年，和妻一起随着驴友们去蒙山，晚上搭帐篷，就住在山里。山坡上，有个小小的村子，山上下来的小河从村边流过。小村掩映在绿树丛中，恍若隔世。山上的夜晚，异常的安静，小河里的水，哗啦啦的，耳边有各种“唧唧、唧唧”小虫的叫声。睡梦中，有悠长的公鸡的叫声，一时无法想起自己身在哪里。那种莫名的感动，让泪水悄然而下。

生活在城市中，日子过得忙忙碌碌，那些旧日的时光渐渐成了回忆中的温暖。今天，躺在远离家乡的大理古城，在主人家的鸡叫声里，又一次泪流满面。过去的美好，就在心底，不经意间的唤醒，也是一桩幸福。

昨天到大理时，已是傍晚。大理的天似乎比山东黑得晚，已经是七点半了，太阳还没有落下。

透过车窗，看到大朵的云，缭绕在山头，山峰在虚无缥缈间。接我们的师傅说，那边是苍山最高的地方。

最早知道苍山，还是小时候看电影《五朵金花》，那个叫阿鹏的小伙子，走遍苍山寻找美丽的姑娘金花。美丽的景致，纯粹的爱情，甜蜜的生活，带给人们多少幸福的向往。

小时候，课本上有介绍大理的文字，记住的也只有苍山、洱海、崇圣寺三塔，内心里充满了向往。而今，真正走在大理的土地上，似是有了一种皈依感，那些曾经的想象，正在一点一点幻化成现实。

环洱海前行，一路都是风景。一边的苍山，云雾缭绕，山顶若隐若现，山上绿树覆盖一片青笼。洱海烟波浩渺，天光水色，融为一体。

洱海呈狭长形，以“洱”为名，要么说它“形若人耳”，要么说它“如月抱珥”。而“海”的叫法，则源于云南的习俗。在云南十八怪中就有一怪为“湖泊称作海”。

海边人家，粉墙黛瓦，大片的稻田，如同无边的绿毯。路边的向日葵，金黄的笑脸，自带温暖。

那些充满着水墨情调的民居群落，整齐地坐落在古老的石头巷子两边。每一个院落的布排，都力求做到自然、贴切，一种儒雅的格调。当然，大理的民居也与其他地方的民居建筑一样，都有着对称式的布局和封闭式的外观。这种源于秦汉时代的廊院式住宅，经隋唐的演变，到宋代已成定式。大理民居的建筑样式，一般分为“三坊一照壁”“四合五天井”“一进两院”“一进四院”等样式，其中又以“三坊一照壁”和“四合五天井”居多。

“三坊一照壁”即三幢三开间的房屋加上一面照壁。照壁正对厢房，相邻两“坊”山墙之间设耳房及“漏角天井”。“四合五天井”则是不设照壁，由四“坊”组成的封闭式四合院落。房屋四角设有“漏角天井”，加上院中的大天井，一共有五个天井。白族人建造民居，是有一整套的规矩和讲究的。如果祖上或家里没出过像样的文人雅士和有功名声望的“人物”，即使富可敌国，也绝不允许建盖阔气的门楼、修砌高大的照壁。甚至连四围的墙壁，也不能使用白色或粉红色的装饰。大理地区的人文蔚起，并最终博得“文献名邦”的盛誉，当与这一风俗的盛行不无干系。

当地居民，白族居多。白族古建筑，最有特色的当属喜洲的严家大院——侯庐。

严家大院为大理著名的民族资本家严子珍于 1919 年兴建，由北而南的两院“三坊一照壁”、两院“四合五天井”组成。四个院落之间，以“六合同春”和“走马串角楼”连贯成为一个整体。整座建筑豪华古朴，典雅大方。

严家大院的木雕、石刻、泥塑力求保持纯传统的做法，一丝不苟。照壁中央镶有大理石山水画，周围塑有传统民间传说“渔樵耕读”，展示大理白族人民的勤劳和勇敢，也是金庸小说《天龙八部》中的人物原型。就连地上的每一块石板，都有简约朴素的图案，透露着浓浓的文化气息。

大院建筑多为三层，现在一二层供游人参观，三楼还有严家后人居住。严家当年制茶卖茶，现在侯庐内还有供游人体验的三道茶表演项目，歌舞与茶艺交融，带给人们丰富的文化体验。

时间已是中午，包车的师傅送我们去当地人开的小饭馆。师傅说，有几样当地才有的菜可以品尝品尝。

看美景，吃美食，出门在外谁不想。每到一个地方，我们总会品尝当地的小吃，这也是感受地方文化和生活习俗的一种方式。

上的第一道菜，看上去是绿色的花苞，吃起来，爽滑可口。

师傅给我们介绍说，这道菜有个很浪漫的名字，叫“水性杨花”，是云南独有的。

这种花，生长在云南的泸沽湖上，花不大，白色，只有花漂浮在水面上，其他部分全在水下。相传这种花在有阳光的时候将花露出水面，没有阳光的时候将花潜在水里。当地人拿它做菜，也用它来招待客人。

听起来就让人向往，一道菜，也风情万种。

又上了一道汤菜，闻起来有花香，喝一口，更是清新。师傅说，做汤的材料就是苍山上的杜鹃花。云南花多，吃过很多次当地的鲜花饼，没想到，这做菜的材料都与花有关。

身在大理总有意想不到的相遇。

遇见，本就是一种缘分。

过喜洲，沿海而行，海边的荷花开得热烈，“莲叶田田”。浅水处的蒲苇，结了长长的棒槌，有淡淡的清香味道。远处苍山横卧，安静如睡中。

走到海边，湖水平静，波光粼粼。天下着小雨，湖面与天空一般，呈淡墨色。水清凉凉的，捧在手里，很惬意。那种滑过肌肤的感觉，轻柔，细腻，又透彻心底。

我似乎对水有着特别的喜欢，每次见到水，就想要触摸到它。去海边，总是忍不住地要跑到海里。海水呛到鼻孔里，涩涩地难受，然后抹抹脸，讪讪地笑。去达里诺尔湖，穿着短裤就跑进了水里。在西湖，看着清清的湖水，倒映着柔长的柳丝，不忍心打扰它的宁静。

到双廊时，雨细细地下着，小街沿水，一边是店铺，挂着当地的一些特产，有江南水乡的味道。路边的民居，青砖，白墙，墙上有各种内容的淡墨画。有小店的招牌写着“你也在双廊”，满满的温情和诱惑。风情浓郁的白族集镇，古色淡雅。这里山美水秀、人杰地灵，曾是《五朵金花》《洱海情波》等影片拍摄的外观景点。

双廊的玉几岛并不大，一条小路曲曲折折，上上下下，几棵粗大的榕树，幽深的水洞，显示出岁月的风尘。本来安静的小岛，因了几个名人，引得游客络绎不绝。那个所谓的青庐、太阳宫，依然是普通人的禁区，也有喜欢窥探名人生活的，才会花费几百元进去。

不远处的南诏风情岛，静卧在蓝天之下，碧水之中，犹如一把巨梭，奇异独特的地形地貌中，拥藏着无限的海岛景致。岛屿四围渚清沙白，苍洱百里壮景尽收眼底，可谓“山同人朗，水与情长”。因为时间紧，没有上去，有些小小的遗憾。

沿海边一直走，远处的苍山合着白云倒映在洱海中，山在云里，云在海中，水天相应，山光水色，厚重与轻盈融为一体。

天阴阴的，水也阴阴的，如果是晴天，海水映着蓝蓝的天、白白的云，波光粼粼，当是无限景致。

去崇圣寺，看三塔时，天很清朗。白絮般的云，撒了满天。远望洱海，波光粼粼，岸边的白族村落如水墨画里淡淡的落笔。

金庸小说《天龙八部》中写到的天龙寺，应该就是现在的崇圣寺。

崇圣寺，东对洱海，西靠苍山，离大理古城约一千米，点苍山麓，洱海之滨，以寺中三塔闻名于世。

三塔鼎足而立，是云南最古老的建筑物之一，也是在国内享有盛誉的塔群，历来都是大理的象征，似三支巨笔，把古城点缀得更加壮丽，为苍洱风光增添了不少光彩。

三塔的主塔名叫千寻塔，方形基座，四周有石栏，栏的四角柱头雕有石狮，东面正中有块石照壁，上书“永镇山川”四个大字，颇有气魄。塔顶有铜制覆钵，上置塔刹，具有唐代建筑的典型特色。

崇圣寺依苍山而建，一共六座主要大殿建筑群，一座比一座高，一直延伸到苍山的半山腰。

在十二观音殿，见到了男相观音，与在其他地方见到的观音不同。其中阿嵯耶观音是南诏国、大理国最重要、最受尊崇敬仰的一位神祇，其造型非常独特：纤细修长挺直的身躯、高耸精美的头饰、发辫及服饰都与唐宋观音造型、藏传观音造型迥然不同，为鲜明的云南地方观音图像的一大特色。

让我感到震撼的还有偏殿里的罗汉。五百罗汉，造型各异，或坐或立，神情不一。据说，罗汉，有杀贼、应供、无生的意思，是佛陀得道弟子修证最高的果位。罗汉者皆身心六根清净，无明烦恼已断，已了脱生死，证入涅槃。

心里油然而生庄严感。

离开崇圣寺，我们前往丽江。忍不住再一次回首，默默地许下心愿。

旧日的味道

晚上看书，有点饿，去厨房里找了一个冷馒头，一块疙瘩咸菜。咬一口馒头，吃一口咸菜，竟然越吃越香。馒头是自家蒸的，有浓浓的发面味道，咸菜是自家菜缸里的，咸咸的，香香的。

吃得馒头渣掉了一身，使劲儿拍拍身上，把馒头渣归拢在一起，又填到嘴里。一连串的动作娴熟，没有半点拖泥带水。

没有想到，冬天的夜里，偶然相遇旧日的味道，一个人坐在书桌前竟然愣了一会儿。旧日的那些情景又开始一帧一帧在眼前展开。

小时候，正月十五是逛庙会的日子。庙会在离家十几里的峡山，有时候跟着大人去，有时候就和几个小伙伴儿一起去，来回总要大半天的时间。母亲担心我们路上饿，就会让我们带上一个过年时蒸好的馒头。因为放得时间久，馒头已经开了裂，有些干巴巴的了。但那时，到正月十五家里还有馒头的人家已经是生活比较好的了，所以，能带着一个馒头出去，心里还是挺自豪的。中午饿了，就可以慢慢啃着吃，也不用就什么菜，吃在嘴里越嚼越香，还有一点淡淡的甜味儿。

庙会在山坡上，人很多，有一些小脚的老太太在庙的废墟上烧香磕头。当年的庙宇早就被毁了，只有一些破碎的青砖散在草丛里，似是在昭示着曾经的辉煌。山坡有些陡，没有想到这些小脚的老太太竟然能爬上来，看来，信仰的力量真的很大。

废墟旁边有块较为平整的空地，有耍杂耍的，上下翻飞，舞枪弄棒，技艺非凡。有卖泥老虎的，拿着头和尾巴往中间一鼓，就会发出老虎的叫声；有卖吱嘎孩儿的，就是小木棍儿上粘上一个泥做的小孩儿，一摇，吱吱嘎嘎地叫。最喜欢的还是卖糖葫芦的，卖的人拖着长长的腔调，不断地喊着:“糖葫芦——糖葫芦——”小孩子们围成一圈，一边笑着，一边也学着喊。买上一串，看着那晶莹剔透的糖葫芦还有点缀在上面的几粒芝麻，真的有点不舍得下口。不过，没有多久就会抵挡不住诱惑，先轻轻地咬一口外面的糖，嘎嘣脆，甜；再咬一口里面的山楂，酸里带甜。有人会作出夸张的表情，惹得大家又是一阵哄笑。

秋天时，庄稼都成熟了，地瓜、玉米、大豆，满地都是。趁大人没有看见，在地头挖一个坑，里面先铺上一层干了的玉米秸，再放上刚刨出来的地瓜，上面再放上玉米秸，然后点火。等火烧过一阵，再用土把坑埋上，地瓜就焖在里面。过一会儿，扒开土，烧好的地瓜软软的，掰开，红红的瓤，甜甜的味儿，经常吃得嘴边一圈黑。

冬天，教室黑板边的角落里会点一个烧煤的火炉，旺旺的，冒着蓝莹莹的火苗。课间时，大家会拿出带来的各种吃的东西，凑到火炉边烤。有烤粉皮的，一烤就膨胀开来，一咬，酥脆，香。有烤地瓜干的，白里透黄，香。有用小铁勺炒黄豆的，炒熟的黄豆透着诱人的焦黄，嚼起来，咯嘣咯嘣响，满屋子都是浓浓的豆香。也有大胆的，把树上的还裹在茧里的蛹烤来吃，那就是肉的香味了。不过，只有一些调皮的男孩子才敢。

很怀念那些曾经拥有的日子，很怀念那些经常想起的味道，可有些已经很难再尝得到了。

那时的日子苦，没有现在的富足，也没有现在各种各样的点心，但那些吃过的味道都深深地留在了记忆里，那是童年的幸福，是不管什么时候，不管走到哪里都不会忘记的最真实的人间烟火味儿。

日子在平静中慢慢地走过，我们无法拽住让它停留半步，但旧日的那些味道，在记忆中发酵得越发醇香。不管有多少新的东西出现，也总会在某个月明的晚上或是有清风拂过柳梢的清晨清晰地出现在我们眼前，独倚竹篱，嘴角漾起的那丝笑意就是对旧日的时光最好的注脚吧。

生活，从烟火中寻找诗意

很流行的一句话："生活中不只是苟且，还有诗和远方。"如同一盏灯，照亮了生活里的困倦和无奈，唤醒了不甘于鄙陋和平庸的心。

生活的麻，一团又一团，纷乱地纠缠在一起，理不出头绪。疲累的心，浮沉于生活的海，呛得找不到逃离的出口。

那迷人的远方和散发着星光的诗，又在哪里呢？苦苦地寻觅，找不到影踪，就是在梦里，也抓不住希望的尾巴。痛苦，失落，怨天尤人，以至沉溺在苟且里不能自拔，诗和远方就成了一个遥不可及的未知。

生活本来就是这样，孕育着希望，也缠绕着苦闷。有奔波，有喜悦，也有孤独和无法与人言说的无奈。我们总是喜欢站在狭窄的屋檐下，眺望着别人眼里的诗意，把一颗自己无法安放的心，生出许多恣意的芽。然后，再回过头来，用现实的土，把自己深深地埋葬。

其实，诗和远方并非遥远得不可企及，它本来就在生活的每一个角落里，只是你没有发现它。

心里多一份热爱，再平凡的苟且也会寻到独有的内蕴，而这些，就是平凡的日子里平凡的诗。

既然无法脱离俗世的烟火，就要从烟火里寻找诗意。粗茶淡饭，街头巷尾，柴米油盐，瓜果梨蔬，鸡鸭鹅狗，也是一种生活的富有。每一个日子都有或浓或淡的滋味，还有比这更朴素的诗句吗？哪个诗人的笔下离得了这些？

不为五斗米折腰的陶潜，“开荒南野际”，他喜欢的也不过是八九间草屋，屋后的榆柳，堂前的桃李，树上鸡鸣，巷里狗吠，平常的生活依然诗意无穷。

久经磨难的苏轼，则把目光和心投在了落满枣花的衣襟、村口的缫车、卖黄瓜的老农身上，纯净的日子，纯净的心，本来就是最美的风景，哪里还需要到别处寻找所谓的诗！

清晨的一碗米粥，氤氲着谷香；傍晚的炊烟，缭绕在屋顶。草垛旁啄食的鸡，对着陌生人叫着的狗，悠闲地吃着草的牛羊，蹲在墙角晒太阳的老人，就连墙头上在风中抖动的草，那不都是诗的句子和逗点吗？这俗世的烟火，本就是上天写就的最美的诗篇。

把自己的心态放平，就能看得到平凡的快乐；努力地走好每一步，就能寻到奋斗的意义。所有的努力，都是理想的诗句，未来的样子，就在今天的努力里。给每一粒种子发芽的机会，是诗意；适时地掐头，不让藤蔓肆意地生长，也是诗意。花前月下，杨柳岸边，可以让诗情飞舞；瓜田麦垄，鸡舍篱边，同样有情思无限。

谁能说一粥一饭不是生活里的诗意，谁能说恩爱和谐不是生命中最美的意境。听一曲禅音，平静下来的是心里的躁动，可以让人更好地关注生活、关注心灵。

不烦烟火，不拒诗意。苟且也是生活的样子，经过了洗礼的心里，才会有真正的诗，有了诗的心里，自然就有了远方。

耐得住苟且，才有机会寻找到诗和远方。

用心做个幸福的人

许多时候，站在岁月的门口回头观望，除了沾染了几许沧桑，更多的还是恬静的幸福。翻检那些逝去的日子，平静地看过那些或浓或淡的色彩，悄悄珍藏，心里又多了一份富有和满足。细腻兼有粗犷的生活，多储一份恬淡的颜色，像笑逐颜开的老农，守着一生的富足。

二十多年了，把曾经的一个愿望做成了一份事业，期间起起落落最终成了一份平淡和坦然。月影徘徊，坐拥书卷，看看学生们那些稚嫩的文章，或是工整或是潦草的答卷，多的是一种责任感，心里无数次地对自己说，做个老师，很幸福。

日子一天天地过去，时光总会把一份生命的朴素，让人咀嚼得有滋有味。城市的喧嚣日渐繁杂，种种诱惑也会透过围墙，逼视着平静的生活。独守那一份坦然，用一种平常的眼光来看待世间万物，褪去了繁华，一切都会显得真实而美丽。

有时，也总会听到一些略带伤感的怨言，无奈的语调里也包含了生活的苍凉，远去了世间的名利，似是人生的价值少了证据。可是，静下心来，看看那些我们陪伴着一路走来的孩子，看着他们一个个成功的脚印，真的比我们的成功更让人欣喜。生命本来就是这样，自己发光固然可喜，但是做一盏灯，为孩子照亮前行的路，更是一种有价值的追求。

也许，我们的生命中会留下许多的遗憾；也许，一个人走在秋风渐起的小路上会生出许多的伤感。但是，心中多了一份坦然，生命的秋天里就不会有凄风苦雨。心上搁个秋，并不尽是愁。人生的春固然可爱，但也用不着为留它不住而愁绪满怀。即使到了秋，也还有那些灿灿的红叶，它们依然会装点我们生命的美丽。

也许是年龄渐长，没有了年轻时的暴躁，平静的心里多了许多的慈爱。每天，看着学生们的脸上充满了朝气，看着他们的眸子里透出聪慧，看着他们少年的心里装满了明天的幻想，我就想，让我做棵大树吧，为这些花花草草撑起一片没有风雨的天空。但是我还想，让我做一个慈祥而勇敢的父亲吧，放开双手，让他们自己去走，去跑，硬着心肠看他们一次次摔倒，只是站在旁边为他们的爬起而鼓掌喝彩。

很欣赏园丁的职业，除去杂草，剪掉杂枝，让每一颗种子发芽，给每一棵幼苗开花的机会。在我们的花园里，面对那些活泼泼的生命，我们更应多一份责任和欣赏，让每一个生命都能有尊严地成长。

多一份平淡，多一份慈爱，我们才会有心情欣赏太阳的东升西落，才会懂得归雁的鸣叫，才会看得懂落叶的心事，才会感悟到袅袅的炊烟里升腾起的温暖。那淡蓝色的烟里，满是平常的人间气息，朴素、温暖而芳香，叫人莫名感动。那炊烟，我想，该就是生命的另一种飞升了。

常怀一颗淡然之心，把平凡的生活过得悠远久长。

常怀一颗慈爱之心，珍惜每一个生命的成长，让每一个生命里没有遗憾。

生活很平淡但是也很富有，做个有心人，用我们的真心把生活装点得美丽，做一个幸福的人。